C000104349

Tucholsky Wagner Zola Scott Sch
Turgenev Wallace Fonatne Sydow Freud
Twain Walther von der Vogelweide Fouqué Friedrich II. vor
Weber Freiligrath
Kant Ernst Fre
Fechner Fichte Weiße Rose von Fallersleben Richthofen F
Hölderlin
Engels Fielding Eichendorff Tacitus Dumas
Fehrs Faber Flaubert Eliasberg Ebner E
Maximilian I. von Habsburg Fock Eliot Zweig
Feuerbach Ewald
Goethe London
Mendelssohn Balzac Shakespeare Elisabeth von Österreich
Lichtenberg Rathenau Dostojewski Ga
Trackl Stevenson Doyle Gjelleru
Mommsen Tolstoi Hambruch
Thoma Lenz Hanrieder Droste-Hülsho
von Arnim Hägele
Dach Verne Hauff Humbold
Reuter Rousseau Hagen Hauptmann Gautier
Karrillon Garschin
Defoe Baudelaire
Damaschke Descartes Hebbel
Hegel Kussmaul Her
Wolfram von Eschenbach Schopenhauer
Dickens Grimm Jerome Rilke George
Bronner Darwin Melville
Campe Horváth Aristoteles Bebel Proust
Bismarck Vigny Barlach Voltaire Federer Herodot
Gengenbach Heine
Storm Casanova Tersteegen Grillparzer Georgy
Chamberlain Lessing Langbein Gilm Gryphius
Brentano Lafontaine
Strachwitz Claudius Schiller Schilling Kralik Iffland Sokrates
Bellamy
Katharina II. von Rußland Gerstäcker Raabe Gibbon Tschechow
Löns Hesse Hoffmann Gogol Wilde Vulpius
Luther Heym Hofmannsthal Gleim
Klee Hölty Morgenstern
Roth Heyse Klopstock Kleist Goedicke
Luxemburg Puschkin Homer Mörike
Machiavelli La Roche Horaz Musil
Navarra Aurel Musset Kierkegaard Kraft Kraus
Nestroy Marie de France Lamprecht Kind Kirchhoff Hugo Moltke
Laotse Ipsen Liebknecht
Nietzsche Nansen Ringelnatz
Marx Lassalle Gorki Klett Leibniz
von Ossietzky May vom Stein Lawrence Irving
Petalozzi Knigge
Platon Pückler Michelangelo Kock Kafka
Sachs Poe Liebermann Korolenko
de Sade Praetorius Mistral Zetkin

Su único hijo

Leopoldo Alas

Pie de imprenta

Autor: Leopoldo Alas
Diseño de la cubierta: toepferschumann, Berlín (Alemania)

Editorial: tredition GmbH, Hamburgo (Alemania)
ISBN: 978-3-8495-2793-8

www.tredition.com
www.tredition.de

Su único hijo

Por

Leopoldo Alas, «Clarín»

Librería de Fernando Fé, Madrid

1890

Capítulos:

-I-

Emma Valcárcel fue una hija única mimada. A los quince años se enamoró del *escribiente* de su padre, abogado. El escribiente, llamado Bonifacio Reyes, pertenecía a una honrada familia, *distinguida* un siglo atrás, pero, hacía dos o tres generaciones, pobre y desgraciada. Bonifacio era un hombre pacífico, suave, moroso, muy sentimental, muy tierno de corazón, maniático de la música y de las historias maravillosas, buen parroquiano del gabinete de lectura de alquiler que había en el pueblo. Era guapo a lo romántico, de estatura regular, rostro *ovalado* pálido, de hermosa cabellera castaña, fina y con bucles, pie pequeño, buena pierna, esbelto, delgado, y vestía bien, sin afectación, su ropa humilde, no del todo mal cortada. No servía para ninguna clase de trabajo serio y constante; tenía preciosa letra, muy delicada en los perfiles, pero tardaba mucho en llenar una hoja de papel, y su ortografía era extremadamente caprichosa y fantástica; es decir, no era ortografía. Escribía con mayúscula las palabras a que él daba mucha importancia, como eran: amor, caridad, dulzura, perdón, época, otoño, erudito, suave, música, novia, apetito y otras varias. El mismo día en que al padre de Emma, don Diego Valcárcel, de noble linaje y abogado famoso, se le ocurrió despedir al pobre Reyes, porque «*en suma* no sabía escribir y le ponía en ridículo ante el Juzgado y la Audiencia», se le ocurrió a la niña escapar de casa con su novio. En vano Bonifacio, que se había dejado querer, no quiso dejarse robar; Emma le arrastró a la fuerza, a la fuerza del amor, y la Guardia civil, que empezaba a ser benemérita, sorprendió a los fugitivos en su primera etapa. Emma fue encerrada en un convento y el escribiente desapareció del pueblo, que era una melancólica y aburrida capital de tercer orden, sin que se supiera de él en mucho tiempo. Emma estuvo en su cárcel religiosa algunos años, y volvió al mundo, como si nada hubiera pasado, a la muerte de su padre; rica, arrogante, en poder de un curador, su tío, que era como un mayordomo. Segura ella de su pureza material, todo el empeño de su orgullo era mostrarse inmaculada y obligar a tener fe en su inocencia al mundo entero. Quería casarse o morir; casarse para demostrar la pureza de su honor. Pero los pretendientes aceptables no parecían. La de Valcárcel seguía enamorada, con la imaginación, de su escribiente de los quince años; pero no procuró averiguar su paradero, ni aunque hubiese venido le hubiera entregado su mano, porque esto sería dar la razón a la maledicencia. Quería *antes* otro marido. Sí, Emma pensaba así, sin darse cuenta de lo que hacía: «*Antes* otro marido». El *después* que vagamente esperaba y que entreveía, no era el adulterio, era... tal vez la muerte del primer esposo, una segunda boda a que se creía con derecho. El primer marido pareció a los dos años de vivir libre Emma. Fue un americano nada joven, tosco, enfermizo, taciturno, beato. Se casó con Emma por egoísmo, por tener unas blandas manos que le cuidasen en sus achaques. Emma fue una enfermera excelente; se figuraba a sí misma convertida en una monja de la Caridad. El marido duró un año. Al siguiente, la de Valcárcel dejó el luto, y su tío, el curador-mayordomo, y una multitud de primos, todos Valcárcel, enamorados los más en secreto de Emma, tuvieron por ocupación, en virtud de un *ukase* de la tirana de la familia, buscar por mar y tierra al fugitivo, al pobre Bonifacio Reyes. Pareció en Méjico, en Puebla. Había ido a buscar fortuna; no la había encontrado. Vivía de administrar mal un periódico, que llamaba chapucero y guanajo a todo el mundo. Vivía triste y pobre, pero callado, tranquilo, resignado con su suerte, mejor, sin pensar en ella. Por un corresponsal de un comerciante amigo de los Valcárcel, se pusieron estos en comunicación con Bonifacio. ¿Cómo traerle? ¿De qué modo decente se podía abordar la cuestión? Se le ofreció un destino en un pueblo de la provincia, a tres leguas de la capital, un destino humilde, pero mejor que la administración del periódico mejicano. Bonifacio aceptó, se volvió a su tierra; quiso saber a quién debía tal favor y se le condujo a presencia de un primo de Emma, rival algún día de Reyes. A la semana siguiente Emma y Bonifacio se vieron, y a los tres meses se casaron. A los ocho días la de Valcárcel comprendió que no era aquel el Bonifacio que ella había soñado. Era, aunque muy pacífico, más molesto que el curador-mayordomo, y menos poético que el primo Sebastián, que la había amado sin esperanza desde los veinte años hasta la mayor edad.

A los dos meses de matrimonio Emma sintió que en ella se despertaba un intenso, poderosísimo cariño a todos los de su raza, vivos y muertos; se rodeó de parientes, hizo restaurar, por un dineral, multitud de cuadros viejos, retratos de sus antepasados; y, sin decirlo a nadie, se enamoró, a su vez, en secreto y también sin esperanza, del insigne D. Antonio Diego Valcárcel Merás, fundador de la casa de Valcárcel, famoso guerrero que hizo y deshizo en la guerra de las Alpujarras. Armado de punta en blanco, avellanado y cejijunto, de mirada penetrante, y brillando como un sol, gracias al barniz reciente, el misterioso personaje del lienzo se ofrecía a los ojos soñadores de Emma como el tipo ideal de grandezas muertas, irreemplazables. Estar enamorada de un su abuelo, que era el símbolo de toda la vida caballeresca que ella se figuraba a su modo, era digna pasión de una mujer que ponía todos sus conatos en distinguirse de las demás. Este afán de separarse de la corriente, de romper toda regla, de desafiar murmuraciones y vencer imposibles y provocar escándalos, no era en ella alarde frío, pedantesca vanidad de mujer extraviada por lecturas disparatadas; era espontánea perversión del espíritu, prurito de enferma. Mucho perdió el primo Sebastián con aquella restauración de la iconoteca familiar. Si Emma había estado a tres dedos del abismo, que no se sabe, su enamoramiento secreto y puramente ideal la libró de todo peligro positivo; entre Sebastián y su prima se había atravesado un pedazo de lienzo viejo. Una tarde, casi a oscuras, paseaban juntos por el salón de los retratos, y cuando Sebastián preparaba una frase que en pocas palabras explicase los grandes méritos que había adquirido amando tantos años sin decir palabra ni esperar cosa de provecho, Emma se le puso delante, le mandó encender una luz y acercarla al retrato del ilustre abuelo.—Sí, os parecéis algo—dijo ella—; pero se ve claramente que nuestra raza ha degenerado. Era él mucho más guapo y más robusto que tú. Ahora los Valcárcel sois todos de alfeñique; si a ti te cargaran con esa armadura, estarías gracioso.

Sebastián continuó amando en secreto y sin esperanza. El guerrero de las Alpujarras siguió velando por el honor de su raza.

Bonifacio no sospechaba nada ni del primo ni del abuelo. En cuanto su mujer dio por terminada la luna de miel, que fue bien pronto, como se encontrase él demasiado libre de ocupaciones, porque el tío mayordomo seguía corriendo con todo por expreso mandato de Emma, se dio a buscar un *ser a quien amar, algo que le llenase la vida.* Es de notar que Bonifacio, hombre sencillo en el lenguaje y en el trato, frío en apariencia, oscuro y prosaico en gestos, acciones y palabras, a pesar de su belleza plástica, *por dentro*, como él se decía, era un soñador, un soñador soñoliento, y hablándose a sí mismo, usaba un estilo elevado y sentimental de que ni él se daba cuenta. Buscando, pues, algo que le llenara la vida, encontró una flauta. Era una flauta de ébano con llaves de plata, que pareció entre los papeles de su suegro. El abogado del ilustre Colegio, a sus solas, era romántico también, aunque algo viejo, y tocaba la flauta con mucho sentimiento, pero jamás en público. Emma, después de pensarlo, no tuvo inconveniente en que la flauta de su padre pasara a manos de su marido. El cual, después de untarla bien con aceite, y dejarla, merced a ciertas composturas, como nueva, se consagró a la música, su afición favorita, en cuerpo y alma. Se reconoció aptitudes algo más que medianas, una regular embocadura y mucho sentimiento, sobre todo. El timbre dulzón, *nasal* podría decirse, monótono y manso del melancólico instrumento, que olía a aceite de almendras como la cabeza del músico, estaba en armonía con el carácter de Bonifacio Reyes; hasta la inclinación de cabeza a que le obligaba el tañer, inclinación que Reyes exageraba, contribuía a darle cierto parecido con un bienaventurado. Reyes, tocando la flauta, recordaba un santo músico de un pintor pre-rafaelista. Sobre el agujero negro, entre el bigote de seda de un castaño claro, se veía de vez en cuando la punta de la lengua, limpia y sana; los ojos, azules claros, grandes y dulces, buscaban, como los de un místico, lo más alto de su órbita; pero no por esto miraban al cielo, sino a la pared de enfrente, porque Reyes tenía la cabeza gacha como si fuera a embestir. Solía marcar el compás con la punta de un pie, azotando el suelo, y en los pasajes de mucha expresión, con suaves ondulaciones de todo el cuerpo, tomando por quicio la cintura. En los *allegros* se sacudía con fuerza y animación, extraña en hombre al parecer tan apático; los ojos, antes sin vida y atentos nada más a la música, como si fueran parte integrante de la flauta o dependiesen de ella por oculto resorte, cobraban ánimo, y tomaban calor y brillo, y mostraban apuros indecibles, como los de un animal inteligente que pide socorro. Bonifacio, en tales trances, parecía un náufrago ahogándose y que en vano busca una tabla de salvación; la tirantez de los músculos del rostro, el rojo que encendía las mejillas y aquel afán de la mirada, creía Reyes que expresarían la intensidad de sus impresiones, su grandísimo amor a la melodía; pero más parecían signos de una irremediable asfixia; hacían pensar en la apoplejía, en cualquier terrible crisis fisiológica, pero no en el hermoso corazón del melómano, sencillo como una paloma.

Por no molestar a nadie, ni gastar dinero de su mujer, puesto que propio no lo tenía, en comprar papeles de música, pedía prestadas las polkas y las partituras enteras de ópera italiana que eran su encanto, y él mismo copiaba todos aquellos *torrentes de armonía y melodía*, representados por los amados signos del pentagrama. Emma no le pedía cuenta de estas aficiones ni del tiempo que le ocupaban, que era la mayor parte del día. Sólo le exigía estar siempre vestido, y bien vestido, a las horas señaladas para salir a paseo o a visitas. Su Bonifacio no era más que una figura de adorno para ella; por dentro no tenía nada, era un alma de cántaro; pero la figura se podía presentar y dar con ella envidia a muchas señoronas del pueblo. Lucía a su marido, a quien compraba buena ropa, que él vestía bien, y se reservaba el derecho de tenerle por *un alma de Dios*. Él parecía, en los primeros tiempos, contento con su suerte. No entraba ni salía en los negocios de la casa; no gastaba más que un pobre estudiante en el regalo de su persona, pues aquello de la ropa lujosa no era en rigor gasto propio, sino de la vanidad de su mujer; a él le agradaba parecer bien, pero hubiera prescindido de este lujo indumentario sin un solo suspiro; además, creía ocioso y gasto inútil aquello de encargar los pantalones y las levitas a Madrid, exceso de *dandysmo*, entonces inaudito en el pueblo. Conocía él un sastre modesto, flautista también, que por poco dinero era capaz de cortar no peor que los empecatados *artistas* de la corte. Esto lo pensaba, pero no lo decía. Se dejaba vestir. Su resolución era pesar lo menos posible sobre la casa de los Valcárcel, y callar a todo.

-II-

Emma era el jefe de la familia; era más, según ya se ha dicho, su tirano. Tíos, primos y sobrinos acataban sus órdenes, respetaban sus caprichos. Este dominio sobre las almas no se explicaba de modo suficiente por motivos económicos, pero sin duda estos influían bastante. Todos los Valcárcel eran pobres. La fecundidad de la raza era famosa en la provincia; las hembras de los Valcárcel parían mucho, y no les iban en zaga las que los varones hacían ingresar en la familia, mediante legítimo matrimonio. Procrear mucho y no querer trabajar, este parecía ser el lema de aquella estirpe. Entre todos los Valcárcel no había habido más hombre trabajador en todo el siglo que el padre de Emma, el abogado, que también había sido, dentro del matrimonio, menos prolífico que sus parientes. Ya se ha dicho que Emma era hija única, y, por tanto, heredera universal del abogado romántico y flautista. Pero los ahorros del aprovechado jurisconsulto llegaron a su hija un tanto mermados. Parece ser que la castidad de D. Diego Valcárcel no era tan extremada como se creía; su verdadera virtud había consistido siempre en la prudencia y en el sigilo; sabía que el mal ejemplo y el escándalo son los más formidables enemigos de las sociedades bien organizadas, y él, visto que no le era posible conservarse en casta viudez, entre seducir a las criadas de casa y a las doncellas de su hija, y, tal vez, como la tentación le había apuntado varias veces a la oreja, a las respetables clientes, desamparadas señoras que acudían a su despacho en demanda de luces jurídico-morales, como él decía; entre esto y reglamentar el vicio, las inevitables expansiones de la carne flaca, optó por lo último, organizando con sabia distribución y prudentísimo secreto el servicio de Afrodita, como decía él también. Y allí, fuera del pueblo, en las aldeas vecinas adonde le llevaban a menudo los cuidados de la hacienda propia y negocios ajenos, llegó a ser, valga la verdad, el Abraham —*Pater Orchamus*— irresponsable de un gran pueblo de hijos naturales, muchos adulterinos. Ni su conciencia, ni la del cura que le confesó, que en vida le había ayudado a veces a evitar escándalos, ni ciertas amenazas de bochornosas confesiones por parte de algunas pecadoras, le consintieron, a la hora un tanto apurada de hacer testamento, dejar en completo olvido ciertas obligaciones de la sangre; y como se pudo, guardando los disimulos formales que fueron del caso, se dejaron mandas aquí y allá, que disminuyeron en todo lo que la ley consentía la herencia de Emma. No fue esto lo peor, sino que, previa consulta del mismo director espiritual, D. Diego había hecho antes subrepticiamente muchas enajenaciones *inter vivos*, a que, muy a su pesar, le obligó el miedo al escándalo, que era su gran virtud, según se ha dicho. *En suma*, Emma se vio con bastante menos caudal que su padre, pero ella apenas lo supo casi, porque la daban jaqueca los papeles, síncopes los números y grima la letra de los curiales. *Allá el tío*, decía siempre que se trataba de intereses. Ella no entendía de nada más que de gastar. Bien hubiera querido D. Juan Nepomuceno, antes curador de Emma y actual mayordomo, sacudir todas las moscas que en forma de parientes zumbaban alrededor del mermado panal de la herencia; mas no era esto hacedero, porque el entrañable cariño que a los Valcárcel pretéritos y presentes y futuros había cobrado la sobrina, exigía que la hospitalidad más generosa acogiera a todos los suyos. D. Juan tuvo que contentarse con ser el único administrador de aquella prodigalidad gentílica, pero no llegó su influencia a evitar el despilfarro, ni siquiera a conseguir que redundara sólo en provecho propio la generosidad excesiva de su antigua pupila.

Emma, que tuvo un mal parto, salió de una crisis de la vida lisiada de las entrañas, con el estómago muy débil, y perdió carnes y ocultó prematuras arrugas. Mas no podía esconder un brillo frío y siniestro de la mirada, antipático como él solo; en aquel brillo y en la expresión repulsiva que le acompañaba, se había convertido el *misterioso fulgor* de aquellos ojos que habían cantado, a la guitarra, varios parientes de la enfermucha mujer, nerviosa, irascible. De aquellos parientes, enamorados los más en secreto tiempo atrás, cada cual según su temperamento, hizo su corte Emma, que cada día despreciaba más a su marido, a quien sólo estimaba como *físico*, y sentía más vivo el cariño por los de su raza.

Reyes comprendía bien que, sin culpa suya, se iba convirtiendo en el enemigo de sus afines, enemigo vencido y humillado gracias a que su mujer le entregaba indefenso, atado de pies y manos, a cuantos parientes quisieran hacer de él un pandero.

Los Valcárcel, oriundos de la montaña, habían bajado a las villas de las vegas y de la llanura a procurarse vida más holgada y muelle, y por todo recurso acudían al expediente de buscar matrimonios de ventaja, seduciendo a los ricachos de pueblo con pergaminos y escudos de piedra labrada, allá en los caserones de los vericuetos, y a las tiernas doncellas con las buenas figuras de arrogante vigor y señoril gentileza que abundaban en la familia. Casi todos los Valcárcel eran buenos mozos, aunque no tanto como el abuelo heroico, esbeltos; pero de palabra tarda, ceño adusto, voz ronca, trato oscuro y orgullosos sin disimulo; distinguíanse también por su apego exagerado a la capa, cuyo uso era excusado la mayor parte del año en los poblachones bajos, templados y húmedos, donde solían buscar novias. Algunos llevaron su audacia, sin dejar la capa, a extender sus correrías de caballeros pobres hasta las puertas de la misma capital de la provincia, y por fin, D. Diego, el padre de Emma, el genio superior de la familia sin duda alguna, entró en la ciudad sin miedo, fue estudiante emprendedor y calavera, y al llegar a la mayor edad y tomar el grado, cambió de carácter, de repente, se hizo serio como un colchón, abrió cuarto de estudio, acaparó la clientela de la montaña, aduló a los señores del margen, magistrados serios también y amigos de las fórmulas más exquisitas, hizo buena boda, salió de pobre, brilló en estrados con fulgor de faro de primera clase, y, sin perjuicio de ser romántico en el fuero interno, y hasta de escribir octavillas en el seno del hogar, y dejar válvulas de seguridad a los vapores del sentimentalismo en las llaves de la flauta, en que soplaba con lágrimas en los ojos, fue con todo el más rígido amador de la letra y enemigo del espíritu y de toda interpretación arriesgada e irreverente de la ley sacrosanta. Y no se cuenta que una sola vez tuviera la Sala que dirigirle el más comedido apercibimiento; ni de la pulcritud de su lenguaje en estrados se hizo la magistratura sino lenguas, llegando en este punto a caer D. Diego, valga la verdad, en cierto culteranismo, disculpable, eso sí, porque mediante él procuraba que su elocuencia saliese como el armiño de las cenagosas aguas de la *podredumbre privada*, adonde le arrastraban, en ocasiones, las necesidades del foro. Alguna vez tuvo que acusar, mal de su grado, a un sacerdote indigno, de delitos contra la honestidad; y si bien en el fondo procuró estar fuerte, terrible, implacable, no hubo modo de que su lengua usase epítetos duros, ni siquiera enérgicos ni aun pintorescos, llegando en el mayor calor del ataque a llamar a su contrario «el mal aconsejado presbítero, si se le permitía calificarle así». «Mal aconsejado —decía después D. Diego explicando el adjetivo—; esto es, que yo supongo que el presbítero no hubiese caído en tales liviandades a no ser por consejo de alguien, del diablo probablemente». Tenía el abogado Valcárcel que luchar en sus discursos forenses con el lenguaje ramplón y sobrado confianzudo que se usaba en su tierra, y que aun en estrados pretendía imponérsele; mas él, triunfante, sabía encontrar equivalentes cultos de los términos más vulgares y chabacanos; y así, en una ocasión, teniendo que hablar de los pies de un hórreo o de una *panera*, que en el país se llaman *pegollos*, antes de manchar sus labios con semejante palabrota, prefirió decir «los sustentáculos del artefacto, señor excelentísimo». A estas cualidades, que le habían conquistado las simpatías y el respeto de toda la magistratura, unía el don no despreciable de una felicísima memoria para recordar fechas con exactitud infalible, y así, había más números en su mollera que en una tabla de logaritmos. Llegó, sí, llegó el apellido de los Valcárcel, gracias a D. Diego, a un grado de esplendor que no había tenido desde los siglos remotos en que había brillado por las armas. Honra y provecho había ganado el ilustre jurisconsulto, y, de una y otra ventaja, querían gozar los parientes, que, por culpa de la fecundidad de sus hembras y de las afines, incurrían en un doloroso proletariado que amenazaba llenar de Valcárceles el mundo. No había matrimonios ventajosos que bastasen, con esta desmedida facultad prolífica, a sacar a la raza del temor muy racional de dar al fin en la miseria. Aquel movimiento de expansión en busca de la prosperidad, que se había señalado en la dirección del *vendamont*, bajando de la montaña al valle, ya volvía a indicarse en una reacción proporcionada en sentido de *vendaval*, echando otra vez al monte, a los caserones de los vericuetos, a las proles numerosas de los Valcárcel, multiplicadas sin ton ni son, incapaces de trabajar; porque no se puede llamar propiamente trabajo, a lo menos en el sentido económico, los mil apuros que en redor de los tapetes verdes pasaban los parientes de Emma, casi todos jugadores, y muchos de ellos víctimas de su pasión, que estalló en forma de aneurisma. Muerto D. Diego, los Valcárcel perdieron su único apoyo, y el movimiento de retroceso en busca de la montaña se aceleró en toda la familia. Cuando bajaban al llano venían cada vez más montaraces, más orgullosos; su odio a la cortesía, a las fórmulas complicadas de la buena sociedad de provincia, se acentuaba. Cuanto más pobres se iban quedando, más vanidad solariega tenían y más despreciaban la

vida en poblado y en tierra llana. En la ribera, como llamaban allá
arriba a las regiones bajas, sólo una cosa respetable reconocían los
Valcárcel del monte: el tapete verde. Se iba a las ferias a jugar, a
perder, a empeñarse... y a casa.

Por el camino de retroceso que llevaba aquella raza se volvía a la
horda; era aquel el atavismo de todo un linaje. Por algún tiempo
contuvo en gran parte tan alarmante tendencia el espíritu exaltado
de Emma. El cariño gentilicio que en ella despertó con tan exagerada vehemencia, sirvió para reconciliar a muchos de sus parientes
con la civilización y la tierra llana. Las visitas a la capital fueron más
frecuentes, tal vez porque eran más baratas y más cómodas. Ya se
sabía que la casa del famoso y ya difunto abogado D. Diego Valcárcel, era, como él la hubiera llamado si viviese, *jenodokia*, jenones, o
sea, en cristiano, albergue de forasteros. Emma, que en algún tiempo había desdeñado, no sin coquetería, la adoración de sus primos y
tíos —pues también tenía tíos apasionados— ahora, es decir, después
de haber perdido la flor de la hermosura, sobre todo la lozanía, por
culpa del mal parto, gozábase en recordar los antiguos despreciados
triunfos del amor, y quería rumiar las impresiones deliciosas de
aquella adoración pretérita. Rodeábase con voluptuosa delicia, como de una atmósfera tibia y perfumada, de la presencia de aquellos
Valcárcel que algún día se hubieran tirado de cabeza al río por
gozar una sonrisa suya.

El amor aquel en algunos de ellos tenía que haber pasado por
fuerza, so pena de ser ridículo; los años y la grasa, y la terrible prosa
de la existencia pobre y montaraz de allá arriba, habían quitado
todo carácter de verosimilitud a cualquier tentativa de constancia
amorosa; pero no importaba: Emma se complacía en ver a su lado a
los que todavía recordaban con respeto y cariño el amor muerto, y
consagraban al objeto de tal culto todos los obsequios compatibles
con el natural huraño y brusco de la raza montés. Aquellos cortesanos del amor pretérito, tal vez al rendir sus homenajes, pensaban sobre todo en la munificencia actual de la heredera de D. Diego,
única persona que aún tenía cuatro cuartos en toda la familia; pero
ella, la caprichosa cónyuge del infeliz Bonifacio, no se detenía a
escudriñar los recónditos motivos por que era acatada su in-
discutible soberanía sobre los suyos. Es muy probable que ya
ninguno de los parientes viese en su prima la belleza que, en efecto,

había volado; pero algunos fingían, con mucha delicadeza en el disimulo, ocultar todavía una hoguera del corazón bajo las cenizas que el deber y las buenas costumbres echaban por encima. Emma gozaba también, sin darse cuenta clara de ello, creyéndolo vagamente; saboreaba aquel holocausto de amor problemático con la incertidumbre de una música lejana que ya suena, no se sabe si en la aprensión o en el oído. Lo que era un dogma familiar, que tenía su fórmula invariable, era esto: que por Emma no pasaban días, que lo del estómago no era nada, y que después de parir, de mala manera, estaba más fresca y lozana que nunca. Nadie creía tal cosa, porque saltaba a la vista que no era así; pero lo aseguraban todos. Los cortesanos de aquella sultana caprichosa y de carácter violento y variable, se vengaban de su humillación ineludible despreciando a Bonifacio Reyes sin ningún género de disimulo. Emma llegó a sentir por su esposo un afecto análogo en cierto modo al que hubiera podido inspirar al Emperador romano su caballo senador. Otro dogma de la familia, pero éste secreto, era que «*la niña* había *labrado* su desgracia uniéndose a aquel hombre». El primo Sebastián confesaba entre suspiros que el único acto de su vida de que estaba arrepentido (y era hombre que se había jugado la hijuela materna a una carta), se remontaba a la época de su pasión loca por Emma, pasión que le había hecho caer en la debilidad de consentir en dar todos los pasos necesarios para buscar, encontrar, emplear y casar al estúpido escribiente de D. Diego. Aquella debilidad, aquella ceguera de la pasión, no se la perdonaría nunca. Y suspiraba Sebastián, y suspiraban los demás parientes, y suspiraba Emma también a veces, gozando melancólicamente con aquella afectación de víctima resignada que sufre por toda una vida las consecuencias desastrosas de una locura juvenil.

-III-

El buen esposo durante mucho tiempo no paró mientes en tales injurias. En el fondo del alma, y a pesar de los elegantes trajes de paño inglés que se le había hecho vestir, continuaba considerándose el antiguo escribiente de D. Diego, a quien había pagado sus favores con la más negra ingratitud.

Todos los Valcárcel eran para él los *señoritos*. En vano, allá en los rápidos días, ya remotos, de aquella luna de miel que Emma había decretado que fuese tan breve, en vano la enamorada esposa le había exigido más dignidad y tesón en el trato con los primos y tíos; él, Bonifacio, no podía menos de estimarlos siempre muy superiores a él por la sangre, por los privilegios de raza en que confusamente creía. D. Juan Nepomuceno le aterraba con sus grandes patillas cenicientas, sus ojos fríos de color de chocolate claro y su doble papada afeitada con esmero cancilleresco; le aterraba sobre todo con sus cuentas embrolladas, que él miraba como la esencia de la sabiduría. Siempre que D. Juan daba noticia somera de las mermas de la hacienda a su aturdida sobrina, exigía que Bonifacio estuviese delante; era inútil que Emma y el mismo Reyes quisiesen excusar esta ceremonia. — De ningún modo — gritaba el tío — ; quiero que lo presenciéis todo, para que el día de mañana no diga ese (Bonifacio) que os he arruinado por inepto o por otra cosa peor. El *todo* que había de presenciar por fuerza *ese*, no era nada; allí no se podía ver cosa clara, y aunque se pudiera, no la vería Reyes, que ni siquiera miraba. Si era una escena molesta, irritante para Emma la de asistir a *las cuentas del tío*, sin atender, sin sacar en limpio más que «aquello iba muy mal», para el marido era el tormento más insoportable. En vez de pensar en los números, pensaba en lo que le querrían decir aquellos ojos del administrador pariente. Le querían decir, en su opinión, «¿quién eres tú para pedirme cuentas, para fiscalizar mi administración? ¿Por qué estás tú metido en la familia, plebeyo miserable?». Sí, plebeyo, pensaba el infeliz; porque si bien sabía, con gran oscuridad en los pormenores, que sus ascendientes habían sido de *buena familia*, casi lo tenía olvidado, y comprendía que los demás, los Valcárcel especialmente, no querrían recordar, ni casi casi creer, semejante cosa.

Tan fuerte llegó a ser el disgusto que le causaban aquellas inútiles entrevistas, que, por primera vez en su vida, se decidió a cumplir en algo su propia voluntad, y se *cuadró*, como él dijo, y no quiso presenciar más la insoportable escena. Con gran extrañeza y mayor placer se vio victorioso en este punto sin gran resistencia por parte del tío. En cuanto a Emma, tampoco insistió mucho en contrariar el deseo de su esposo. Y fue porque se le ocurrió que detrás de la emancipación del otro vendría la suya. En efecto, a los tres meses de haber prescindido de la presencia de Bonifacio, Emma consiguió que se prescindiera también de la suya. Y el tío, sin que lo supiera nadie más que él y la sobrina, dejó de rendir cuentas de gastos y de ingresos a bicho viviente. Cada cual firmaba lo que tenía que firmar, sin leer un renglón ni una cifra, y no se hablaba del asunto.

Dos preocupaciones cayeron después sobre el ánimo encogido de Bonifacio: la una era una gran tristeza, la otra una molestia constante. Del mal parto de su mujer nacían ambas. La tristeza consistía en el desencanto de no tener un hijo; la molestia perpetua, invasora, dominante, provenía de los achaques de su mujer. Emma había perdido el estómago, y Bonifacio la tranquilidad, su musa. El carácter caprichoso, versátil de la hija de D. Diego, adquirió determinadas líneas, una fijeza de elementos que hasta entonces en vano se pretendía buscar en él; ya no fue mudable aquel ánimo, no iba y venía aquella voluntad avasalladora, pero insegura, de cien en cien propósitos. Emma, con una seriedad extraña en ella, se decidió a ser de por vida una mujer insoportable, el tormento de su marido. Si para el mundo entero fue en adelante seca, huraña, la flor de sus enojos la reservó para la intimidad de la alcoba. Molestaba a su esposo como quien cumple una sentencia de lo Alto. En aquella persecución incesante había algo del celo religioso. Todo lo que le sucedía a ella, aquel perder las carnes y la esbeltez, aquellas arrugas, aquel abultar de los pómulos que la horrorizaba haciéndola pensar en la calavera que llevaba debajo del pellejo pálido y empañado, aquel desgano tenaz, aquellos insomnios, aquellos mareos, aquellas irregularidades aterradoras de los fenómenos periódicos de su sexo, eran otros tantos crímenes que debían atormentar con feroces remordimientos la conciencia del mísero Bonifacio. «¿No lo comprendía él así?». No. Su imaginación no llegaba tan lejos como quería su mujer. Él no pasaba de confesar que había sido un ingrato para con D. Diego dejándose robar por su hija. De todo lo demás no tenía él la culpa, sino Emma o el diablo, que se complacía en que él no tuviese hijos, ni su mujer las necesarias condiciones para ser como todas las hembras. En cuanto se quedaban solos en la habitación de la enferma, ella cerraba la puerta con estrépito, y acto continuo se oía la voz chillona, estridente, que gastaba las pocas fuerzas de la anémica en una catilinaria de cuya elocuencia y facundia no era posible dudar. La disputa, si a estas verrinas se les podía dar tal nombre, solía comenzar por una consulta médica.

—Me sucede esto—decía ella—, y hablaba de sus irregularidades íntimas; ¿qué te parece que será? ¿Qué debo hacer? ¿Continuaré con tal medicamento o tendré que suspenderlo?

Bonifacio palidecía, la saliva se le convertía en cola de pegar... ¿Qué sabía él? Compadecía a su esposa (por supuesto, mucho menos que a sí mismo), pero no sabía ni podía saber lo que la convenía; es más, ni siquiera tenía una idea exacta de los males de que ella se quejaba; estaba seguro de que tenían cierta gravedad y de que eran origen de la propia desesperación, porque le cerraban la esperanza de ser padre, de tener hijos legítimos; pero de medicamentos y pronósticos ¿qué podía decir él? Nada; y se echaba a temblar pensando en los oscuros fenómenos patológicos de que ella le hablaba, y barruntando la tormenta que traía aparejada su ignorancia del caso.

—Mujer, yo no puedo decirte... yo no entiendo... llamaremos al médico....

—¡Eso es, al médico! ¡Para estas cosas al médico! Ya que tú no tienes pudor, déjame a mí tenerlo. Estas son intimidades del matrimonio: al médico no se debe recurrir sino en el último apuro.... Tú debieras saber, tú debieras afanarte por averiguar lo que me conviene; aunque no fuera por cariño, por pudor, por vergüenza; y si no tienes vergüenza, por remordimientos, por....

Ya se ha indicado que la facundia de Emma, llegados estos momentos, no tenía límites.

Un día, en que a ella se le antojó que tenía una inflamación del hígado... en el bazo, fue en busca de su esposo y le encontró en su alcoba tocando la flauta. Su indignación no encontró palabras; allí no había elocuencia posible, a no ser la del silencio... y la de los hechos. «Ella muriendo de un *ataque al hígado* y él... ¡tocando la flauta!». Aquello merecía testigos, y los tuvo. Acudieron a la citación de Emma D. Juan Nepomuceno, Sebastián y otros dos primos. La indignación cundió por todos los presentes. El delito era flagrante: la flauta estaba allí, sobre la mesa, y el hígado de Emma en su sitio, pero hecho una laceria. Bonifacio, que a pesar de todo quería a su mujer más que todos los tíos y primos, olvidando el propio crimen, quiso enterarse del mal que padecía la víctima; a duras penas pudo conseguir que Emma, tendida en un sofá y ahogando los sollozos, señalase con una mano en el lado izquierdo la región del bazo.

—Pero, hija... se atrevió a decir, si eso... no es el hígado. El hígado está al otro lado.

—¡Miserable!—gritó la esposa—. ¿Todavía te atreves a hablar? ¿No dices que tú no eres médico? ¿Que tú no entiendes de eso? Y ahora por contradecirme....

D. Juan Nepomuceno, amante de toda verdad, como no fuera del orden aritmético, en el cual prefería las lucubraciones de la fantasía, declaró, con la mano sobre la conciencia, que en aquella ocasión ¡rara avis! (dijo) Bonifacio tenía de su parte la razón; que el hígado estaba al otro lado, en efecto.

—No importa—dijo Sebastián—; puede ser un dolor reflejo.

—¿Y qué es eso?

—No lo sé; pero me consta que los hay.

No era tal cosa; era un dolorcillo reumático ambulante; pocos momentos después lo sintió Emma en la espalda. Resultó, en fin, que no era nada; pero siempre sería cierta una cosa: que Bonifacio estaba tocando la flauta en el instante en que su esposa se creía a las puertas del sepulcro.

No dormían juntos, sino en habitaciones muy distantes; pero el marido, en cuanto se levantaba, que no era tarde, tenía la obligación de correr a la alcoba de su mujer a cuidarla, a preparárselo todo, porque la criada tenía irremediable torpeza en las manos; y en esta parte Emma hacía a su Bonifacio la justicia de reconocerle buena maña y dedos de cera. Rompía mucha loza y cristal, y buenas reprimendas le costaba; pero tenía dotes de enfermero y de ayuda de cámara. Y también reconocía ella de buen grado, y pensando a veces en pasadas ilusiones, que a pesar de ser tan hábil en aquellos manejos, su marido no era afeminado de figura ni de gestos; era suave, algo felino, podría decirse untuoso, pero todo en forma varonil. Aquel plegarse a todos los oficios íntimos de alcoba, a todas las complicaciones del capricho de la enferma, de las voluptuosidades tristes y tiernas de la convalecencia, parecían en Bonifacio, por lo que toca al aspecto material, no las aptitudes naturales de un hermafrodita beato o cominero, sino la romántica exageración de un amor quijotesco, aplicado a las menudencias de la intimidad conyugal.

Emma seguía sintiéndose orgullosa del *físico* de su Bonis, como llamaba a Reyes; y al verle ir y venir por la alcoba, siempre de agradable y noble catadura a pesar de los oficios humildes en que allí se empleaba, experimentaba la alegría íntima de la vanidad satisfecha. Mas antes la harían pedazos que dejase traslucir semejantes afectos, y cuanto más guapo, más esclavo quería al mísero escribiente de D. Diego, más humillado cuanto más airoso en su humillación. Reñir a Bonifacio llegó a ser su único consuelo; no pudo prescindir ni de sus cuidados ni de pagárselos con chillerías y malos modos. ¿Qué duda cabía que su Bonis había nacido para sufrirla y para cuidarla?

Sus pocos momentos de buen humor relativo los gastaba Emma en cultivar los resabios de sus pretéritas coqueterías; todavía pretendía parecer bien a los parientes a quienes un día desdeñara; un poco de romanticismo puramente fantástico, alambicado, enfermizo, era lo único que, en presencia de los Valcárcel, y sólo entonces, revelaba la existencia de un espíritu dentro de aquella flaca criatura pálida y arrugada: lo demás del tiempo, casi todo el día, parecía un animal rabiando, con el instinto de ir a morder siempre en el mismo sitio, en el ánimo apocado y calmoso del suave cónyuge.

Bonifacio no era cobarde; pero amaba la paz sobre todo; lo que le daba mayor tormento en las injustas lucubraciones bilioso-nerviosas de su mujer, era el ruido.

«Si todo eso me lo dijera por escrito, como hacía D. Diego cuando insultaba a la parte contraria o al inferior en papel sellado, yo mismo lo firmaría sin inconveniente». Las voces, los gritos, eran los que le llegaban al alma, no los *conceptos*, como él decía.

Había temporadas en que, después de los ordinarios servicios de la alcoba, para los que era irreemplazable el marido, Emma declaraba que no podía verlo delante, que el mayor favor que podía hacerla era marcharse, y no volver hasta la hora de tal o cual faena de la incumbencia exclusiva de Bonifacio. Entonces él veía el cielo abierto, tomando la puerta de la calle.

-IV-

Se iba a una tienda. Tenía tres o cuatro tertulias favoritas alrededor de sendos mostradores. Repartía el tiempo libre entre la botica de la Plaza, la librería Nueva, que alquilaba libros, y el comercio de paños de los Porches, propiedad de la viuda de Cascos. En este último establecimiento era donde encontraba su espíritu más eficaz consuelo; un verdadero bálsamo en forma de silencio perezoso y de recuerdos tiernos. Por la tienda de Cascos había pasado todo el romanticismo provinciano del año cuarenta al cincuenta. Es de notar que en el pueblo de Bonifacio, como en otros muchos de los de su orden, se entendía por romanticismo leer muchas novelas, fuesen de quien fuesen, recitar versos de Zorrilla y del duque de Rivas, de Larrañaga y de D. Heriberto García de Quevedo (salvo error), y representar *El Trovador* y *El Paje, Zoraida* y otros dramas donde solía aparecer el moro entregado a un lirismo llorón, desenvuelto en endecasílabos del más lacrimoso efecto:

¿Es verdad, Almanzor, mis tiernos brazos te vuelven a estrechar?
¡Pluguiera al cielo!, etc.

decía Bonifacio y decían todos los de su tiempo con una melopea pegajosa y simpática, algo parecida a canto de nodriza. Y decían también, esto con más energía:

¡Boabdil, Boabdil, levántate y despierta!... etc.

Esta era la mejor y más sana parte de lo que se entendía por romanticismo. Su complemento consistía en aplicar a las costumbres algo de lo que se leía, y, sobre todo, en tener pasiones fuertes, capaces de llevar a cabo los más extremados proyectos. Todas aquellas pasiones venían a parar en una sola, el amor; porque las otras, tales como la ambición desmedida, la aspiración a algo desconocido, la profunda misantropía, o eran cosa vaga y aburrida a la larga, o tenían escaso campo para su aplicación en el pueblo; de modo que el romanticismo práctico venía a resolverse en amor con acompañamiento de guitarra y de periódicos manuscritos que corrían de mano en mano, llenos de versos sentimentales. ¡Lástima grande que este lirismo sincero fuera las más veces acompañado de sátiras ruines en que unos poetas a otros se enmendaban el vocablo, dejando ver que la envidia es compatible con el idealismo más exagerado! En cuanto al amor romántico, si bien comenzaba en la forma más pura y conceptuosa, solía degenerar en afecto clásico; porque, a decir la verdad, la imaginación de aquellos soñadores era mucho menos fuerte y constante que la natural robustez de los temperamentos, ricos de sangre por lo común; y el ciego rapaz, que nunca fue romántico, hacía de las suyas como en los tiempos del Renacimiento y del mismo clasicismo, y como en todos los tiempos; y, *en suma*, según confesión de todos los tertulios de la tienda de Cascos, la moralidad pública jamás había dejado tanto que desear como en los benditos años románticos; los adulterios menudeaban entonces; los Tenorios, un tanto averiados, que quedaban en la ciudad, en aquella época habían hecho su agosto; y en cuanto a jóvenes solteras y *de buena familia*, se sabía de muchas que se habían escapado por un balcón, o por la puerta, con un amante; o sin escaparse se habían encontrado encinta sin que mediara ningún sacramento. La tertulia de Cascos y la tienda de los Porches habían sido, respectivamente, ocasión y teatro de muchas de aquellas aventuras, que se envolvían en un picante misterio y después venían a ser pasto de una murmuración misteriosa también y no menos picante. Aunque en nombre de la religión y de la moral se condenasen tales excesos, no cabe negar que en los mismos que murmuraban y censuraban (tal vez cómplices, por amor al arte, de tales extremos) se adivinaba una recóndita admiración, algo parecida a la que inspiraban los poetas en boga, o los buenos cómicos, o los cantantes italianos—buenos o malos—o los guitarristas excelentes. Aquel romanticismo representado en la sociedad (entonces todavía no se había inventado eso de hablar tanto de la realidad) era como un grado superior en la común creencia estética. En cambio, si los antiguos partidarios del *clair de lune* de la tienda de paños tenían que declarar la inferioridad moral—relativamente al sexto mandamiento no más—de aquellos tiempos, recababan para ellos el mérito de las buenas formas, del eufemismo en el lenguaje; y así, todo se decía con rodeos, con frases opacas; y al hablar de amores de ilegales consecuencias se decía: «Fulano obsequia a Fulana», v. gr. De todas suertes, la vida era mucho más divertida entonces, la juventud más fogosa, las mujeres más sensibles. Y al pensar en esto suspiraban los de la tienda de Cascos; de Cascos, que había muerto dejando a la viuda la herencia de los paños, de la clientela y de los tertulios ex románticos, ya todos demasiado entrados en años y en cuidados, y muchos en grasa, para pensar en sensiblerías trascendentales. Pero no importaba; se seguía suspirando, y muchos de aquellos silencios prolongados que solemnizaban la ya imponente oscuridad de la tienda con aspecto de cueva; muchos de aquellos silencios que tanto agradaban a Reyes, estaban consagrados a los recuerdos del año cuarenta y tantos. La viuda, señora respetable de cincuenta noviembres, tal vez había amado y se había dejado amar por uno de aquellos asiduos tertulios, un D. Críspulo Crespo, relator, funcionario probo y activo e inteligente, de muy mal genio; sí, se habían amado, aunque sin ofensa mayor de Cascos; y en opinión de los amigos, seguían amándose; pero todos respetaban aquella pasión recóndita e inveterada; rara vez se aludía a ella, y se la tenía por único recuerdo vivo de tiempos mejores; y el respeto a tal documento póstumo del muerto romanticismo se mostraba tan sólo en dejar invariablemente un puesto privilegiado, dentro del mostrador, para D. Críspulo.

Bonifacio, que había sido uno de los más distinguidos epígonos de aquel romanticismo al pormenor, ya moribundo, se sentía bien quisto en la tertulia y se acogía a su seno, tibio como el de una madre.

Una tarde que Emma le arrojó de su alcoba por haber confundido los ingredientes de una cataplasma—¡caso raro!—, Bonifacio entró en la tienda de paños más predispuesto que nunca a la voluptuosidad de los recuerdos. Don Críspulo estaba en su asiento privilegiado. La viuda hacía calceta enfrente del relator. Ambos callaban. Los demás ex románticos, entre toses y largos intervalos de silencio que parecían parte del ceremonial de un rito misterioso, soñoliento, hablaban en la semioscuridad gris, fuera del mostrador, y repasaban sus comunes recuerdos. ¿Quién vivía en aquella plaza que tenían delante, el año cuarenta? El habilitado del clero, allí presente, hombre de prodigiosa memoria, recordaba uno por uno los inquilinos de todos aquellos edificios tristes y sucios, grandes caserones de dos pisos. «Las de Gumía habían muerto en la Habana, donde era el año cuarenta y seis magistrado el marido de la mayor; en el piso segundo de la casa grande de Gumía habitaba el secretario del Gobierno civil, que se llamaba Escandón, era gallego, muy buen poeta, y se había suicidado en Zamora años después, porque siendo tesorero se le había hecho responsable de un desfalco debido al contador. En el número cinco vivían los de Castrillo, cinco hermanos y cinco hermanas, que tenían tertulia y comedias caseras; la casa de Castrillo era uno de los focos del romanticismo del pueblo; allí se escribía el periódico anónimo y clandestino, que después se metía por debajo de las puertas. Perico Castrillo había sido un talentazo, sólo que entre las mujeres y la bebida le perdieron, y murió loco en el hospital de Valladolid. Antonio Castrillo había sido el mejor jugador de tresillo de la provincia, después se había ido a jugar a Madrid, y allí se agenció de modo, siempre jugando al tresillo, que se hizo un nombre en la política y fue subsecretario en tiempo de Istúriz. Pero este y los demás Castrillos habían muerto tísicos. En cuanto a ellas, se habían dispersado, mal casadas tres, monja una y perdida la otra por un seductor del provincial de Logroño, el capitán Suero».

Al llegar a la casa número nueve el habilitado del clero suspiró con gran aparato.

—Ahí... todos ustedes recuerdan quién vivía el año cuarenta....

—La *Tiplona*, dijeron unos.

—La *Merlatti*, exclamaron otros.

La *Tiplona*, la *Merlatti* había sido el microcosmos del romanticismo músico del pueblo. Era una tiple italiana que aquellos provincianos hubieran echado a reñir con la Grissi, con la Malibrán, sin necesidad de haber oído a estas. No concedían aquellos señores formales que en este mundo se hubiera oído cosa mejor que la Merlatti... ¡Y qué carnes! ¡Y qué trato! Era más alta que cualquiera de los presentes, blanca como la nieve, suave como la manteca y de una musculatura tan exuberante como bien contorneada; montaba a la inglesa, tiraba la pistola, y había abofeteado en medio del paseo a la *Tiplona*, su rival la Volpucci, que también tenía sus aficionados. Esta era delgada, flexible como un mimbre y lucía más que la *Tiplona* en las *fioriture*; pero como voz y como carnes y buena presencia, no había comparación. La *Tiplona* había vencido, y había vuelto a la ciudad en varias temporadas, y por último se había casado con un coronel retirado, dueño de aquella casa de la plaza del teatro, el coronel Cerecedo; y allí había vivido años y años dando conciertos caseros y admirada y querida del pueblo filarmónico, agradecido y enamorado de los encantos, cada vez más ostentosos, de la ex tiple. Y ¡quién lo dijera!, también había muerto tísica, después de un mal parto. ¡La *Tiplona*! El que más y el que menos de aquellos señores la había amado en secreto o paladinamente, y el mismo Bonifacio, muy joven entonces, tenía que confesarse que su afición a la ópera seria había crecido escuchando a aquella real moza, que enseñaba aquella blanquísima pechuga, un pie pequeño, primorosamente calzado, y unos dientes de perlas.

El habilitado del clero siguió pasando revista a los inquilinos del año cuarenta; de aquella enumeración melancólica de muertos y ausentes salía un tufillo de ruina y de cementerio; oyéndole parecía que se mascaba el polvo de un derribo y que se revolvían los huesos de la fosa común, todo a un tiempo. Suicidios, tisis, quiebras, fugas, enterramientos en vida, pasaban como por una rueda de tormento por aquellos dientes podridos y separados, que tocaban a muerto con una indiferencia sacristanesca que daba espanto. El vejete terminó su historia al por menor con los ojos encendidos de orgullo. ¡Qué memoria la suya!, pensaba él. ¡Qué mundo este!, pensaban los demás.

A Bonifacio aquella narración le había hecho recordar el espectáculo tristísimo de las ruinas de la casa donde él había nacido; sí, él había visto desprenderse las paredes pintadas de amarillo y otras cubiertas de papel de ramos verdes; él había visto como en un plano vertical la chimenea despedazada, al amor de cuya lumbre su madre le había dormido con maravillosos cuentos; allá arriba, en un tercer piso... sin piso, quedaba de todo aquel calor del hogar el hueco de una hornilla en una medianería agrietada, sucia y polvorienta. ¡Al aire libre, siempre expuesta a las miradas indiferentes del público, estaba la alcoba en que había muerto su padre! Sí; él había visto en lo alto los restos miserables, la pared manchada por las expectoraciones del enfermo, las señales del hierro de la cama humilde en la grasa de aquella pared.... ¿Qué quedaba de toda aquella vivienda, de aquella familia pobre, pero feliz por el cariño? Quedaba él, un aficionado a la flauta, en poder de su Emma, una furia, sí, una furia, no había para qué negárselo a sí mismo. La casa había desaparecido; aquellas ruinas de su hogar habían estado siendo el escándalo de la gacetilla urbana. «¿Pero cuándo se derriba la inmunda fachada de la esquina asquerosa de la calle del Mercado?». Esto había gritado la prensa local meses y meses, y al fin el Municipio había aplicado la piqueta de *doña Urbana*, como decía el periódico, a los últimos restos de tantos recuerdos sagrados. ¿Y él mismo, pensaba Bonifacio, qué era más que un esquinazo, una ruina asquerosa que estaba molestando a toda una familia linajuda con su insistencia en vivir, y ser, por una aberración lamentable, el marido de su mujer? Todas aquellas ideas tristes y humillantes las había despertado en su espíritu el diablo del habilitado con aquella *ojeada retrospectiva* al año cuarenta. ¡La historia! ¡Oh!, la historia en las óperas era una cosa muy divertida... *Semíramis*, *Nabucodonosor*, *Las Cruzadas*, *Atila*... magnífico todo... pero las de Gumía, las de Castrillo... tanta muerte, tanta vergüenza, tanta dispersión y podredumbre... esto *encogía el ánimo*. Por fortuna la conversación volvió a la *Tiplona*, y con motivo de esto se recordó las óperas que se cantaban entonces y las que se cantaban ahora en comparación con aquellas. La verdad era que ahora no se cantaban óperas en el pueblo, pues casi hacía ocho años que no parecía por allí un mal cuarteto. Entonces el habilitado, que tanto había entristecido al concurso, se dignó dar una noticia de actualidad, contra su costumbre. Su costumbre era despreciar *altamente* todos los sucesos próximos, pasados o futuros, que no exigían, para ser referidos o inducidos, gran retentiva, como él llamaba a la memoria. Con aire displicente dijo el buen hombre:

—Pues ópera la van ustedes a tener ahora, y buena; porque me ha dicho el alcalde que han pedido el teatro desde León el famoso Mochi y la Gorgheggi.

—¡La Gorgheggi!—gritaron a una los presentes.

Y hasta el relator hizo un movimiento de sorpresa en su silla, metido en la sombra, y la viuda de Cascos le miró y suspiró discretamente.

Ocho días después estaban en el pueblo el tenor Mochi, famoso en todos los teatros de provincia del reino, y su protegida y discípula la Gorgheggi. Cantaron *La Extranjera* la primera noche, y aunque el diario más filarmónico de la capital «no se atrevió a emitir juicio por una sola audición», el público, menos circunspecto (verdad es también que con menos responsabilidad ante la historia del arte), se entusiasmó desde luego y juró en masa que «desde la *Tiplona* acá no se había oído prodigio por el estilo. La Gorgheggi era un ruiseñor; y además, ¡qué guapa, qué amable, qué atenta con el público, qué agradecida a los aplausos!». Sí que era guapa; era una inglesa traducida por su amigo Mochi al italiano, dulce y de movimientos suaves, de ojos claros y serenos, blanca y fuerte; tenía una frente de puras líneas, que lucía modestamente, con un peinado original, en que el cabello, de castaño claro y en ondas, servía de marco sencillo a aquella blancura pálida, en que, hasta de día, como pensaba Bonifacio, parecía haber reflejos de la luna. Bonifacio vio dos actos de *La Extranjera* la noche del estreno, y con un supremo esfuerzo de la voluntad se arrancó de las garras de la tentación y volvió al lado de su esposa, de su Emma, que, amarillenta y desencajada y toda la cabeza en greñas, daba gritos en su alcoba porque su esposo la abandonaba, acudiendo tarde, muy tarde, media hora después de la señalada, a darle unas friegas sin las cuales pensaba ella que se moría en pocos minutos. Llegó Reyes, dio las friegas con gran ahínco, en silencio, oyendo resignado los gritos, mezclados de improperios, de su mujer, y pensando en la frente y en la voz de la Gorgheggi y en el final de *La Extranjera*, que estarían entonces cantando.

Y se acostó Bonifacio, discurriendo: «¡Sí, es muy hermosa, pero lo mejor que tiene es la frente; no sé lo que dice a mi corazón aquella curva suave, aquella onda dulce!... Y la voz es una voz... maternal; canta con la coquetería que podría emplear una madre para dormir a su hijo en sus brazos: parece que nos arrulla a todos, que nos adormece... es... aunque parezca un disparate, una voz honrada, una voz de ama de su casa que canta muy bien: aquella *pastosidad*, como dice el relator, debe de ser la que a mí me parece timbre de bondad; así debieran cantar las mujeres hacendosas mientras cosen la ropa o cuidan a un convaleciente... ¡qué sé yo!, aquella voz me recuerda la de mi madre... que no cantaba nunca. ¡Qué disparates! Sí, disparates para dichos, pero no para pensados.... En fin, ¿qué tengo yo que ver con ella? Nada. Probablemente Emma no me dejará volver al teatro...». Y se durmió pensando en la frente y en la voz de la Gorgheggi.

Al día siguiente, a las doce de la mañana había ensayo, y allí estaba Bonifacio, más muerto que vivo, barruntando la escena que le preparaba, de fijo, su mujer, a la vuelta. Se había escapado de casa. Y tenía que confesarse que el placer de estar allí era mayor, por lo mismo que era un acto de rebeldía su presencia en tal sitio.

Los ensayos siempre habían sido el encanto de Reyes. No se explicaba él bien por qué los prefería a las funciones más solemnes y magníficas. A su manera, venía a pensar esto: «El teatro verdadero, el teatro por dentro, era el del ensayo; a Reyes no le gustaba la ficción en nada, ni en el arte; decía él que los tenores y tiples no debían cantar delante de las candilejas, entre árboles de lienzo y vestidos de percal ante un público distraído y en una sala estrecha donde el aire era veneno; los tenores y tiples debían andar, como los ruiseñores o las sirenas, esparcidos por los bosques repuestos y escondidos, o por las islas misteriosas, y soltar al aire sus trinos y gorjeos en la clara noche de luna, al compás de las melancólicas olas que batían en la playa, y de las ramas de la selva que mecía la brisa...». Bueno; pero ya que esto no podía ser, Bonifacio prefería oír a los cantantes en el ensayo. Porque allí veía al *artista* tal como era, no como tenía que fingir que era. Por un instinto de buen gusto, de que él no podía darse cuenta, lo que aborrecía en las representaciones públicas era la mala escuela de declamación, la falsedad de actitudes, trajes, gestos, etc., etc., de los cómicos que iban por aquel pobre teatro de provincia. En el ensayo no veía un Nabucodonosor que parecía el rey de bastos, ni un *Atila* semejante a un cabrero, sino un caballero particular que cantaba bien y estaba preocupado de veras con sus cosas, verbigracia, la mala paga, el mal tiempo que le tomaba la voz, o el correo que le traía malas noticias. Bonifacio amaba el arte por el artista, admiraba a aquella gente que recorría el mundo sin estar jamás seguros del pan de mañana, preocupados con los propios y los ajenos gorgoritos. —¡Cómo hay valiente —pensaba él—, que se decida a fiar su existencia del fagot, o del cornetín o del violoncello, verbigracia, o de una voz de bajo segundo, con veinte reales diarios, que es lo más bajo que se puede cantar! Yo, por ejemplo, sería un flauta pasable, pero ¡por cuanto hay no me atrevería a escaparme de casa y a ir por esos mundos hasta Rusia, tapando huecos en una orquesta! Acaso a mi dignidad y a mi independencia les estuviera mejor emprender esa carrera; pero ¡antes me tiro al agua! El azar... lo imprevisto... el pan dudoso, ¡qué miedo! Y por lo mismo que él se creía incapaz de ser *artista*, en el sentido de echar a correr sin más que la flauta, por lo mismo admiraba más y más a aquellos hombres, que eran indudablemente de otra madera.

Ya la cualidad de extranjero, y aun la menos extraordinaria de forastero, era para Bonifacio muy recomendable; no ser de su pueblo, de aquel pueblo mezquino donde habían nacido él y su mujer, constituía una ventaja; ser de muy lejos era una maravilla.... El mundo... el resto del mundo ¡debía de ser tan hermoso! Lo que él conocía era tan feo, tan poca cosa, que las bellezas que había soñado y de que hablaban los versos y los libros de aventuras, deberían de estar, de fijo, en todos esos lugares desconocidos.... En Méjico había visto poco bueno; pero al fin Méjico había sido colonia española, y se le había pegado la pequeñez de por acá. El verdadero *extranjero* era otro. Y de este venían los artistas, los cantantes.... Ser italiano, ser artista... ser músico, esto era miel sobre hojuelas y néctar sobre la miel. Y cuando el extranjero, el artista, el músico... era hembra, entonces el respeto y admiración de Bonifacio llegaban a ser religión, idolatría.... Por todo lo cual, y por lo antes apuntado, prefería con mucho ver a los cómicos tal como eran, a verlos pintados de reyes o de sacerdotisas respectivamente. En el ensayo, en el ensayo era donde se conocía al artista....

Entró en el palco proscenio, a que estaban abonados desde tiempo inmemorial sus amigos de la tienda de Cascos; era el más bajo de los *claros*, que así se llamaba entonces a los que después se denominó plateas, y tenía, por ser de proscenio y estar medio escondido por una pared maestra, el apodo vulgar de faltriquera (años adelante bolsa). No había nadie en el palco. Reyes abrió la puerta, procurando evitar el menor ruido. Para él era el teatro el templo del arte, y la música una religión. Se sentó con movimientos de gato silencioso y cachazudo; apoyó los codos en el antepecho y procuró distinguir los bultos que como sombras en la penumbra cruzaban por el oscuro escenario. No había entonces baterías de gas y no podía llevarse la luz por delgados tubos, como años adelante se vio allí mismo, a una altura discrecional; las humildes candilejas alumbraban lo poco que podían, desde el tablado, como estrellas... de aceite, caídas. A la derecha del actor (así pensaba Reyes), alrededor de una mesa alumbrada apenas por un quinqué de luz triste, había un grupo de sombras que poco a poco fue distinguiendo. Eran el director de escena, el apuntador, un traspunte y un hombre gordo y pequeño, de panza extraordinaria, vestido con suma corrección, muy blanco, muy *distinguido en sus modales*; era el *signor* Mochi, empresario y tenor primero... y último de la Compañía. Otros grupos taciturnos vagaban por el foro, eran los coristas: el cuerpo de *señoras* estaba sentado en corro a la izquierda. Donde quiera que se juntaban aquellas damas pálidas y mal vestidas tendían, por la fuerza de la costumbre, a formar arcos de círculo, semicírculos y círculos según las circunstancias.

Reyes había leído la *Odisea* en castellano y recordaba la interesante visita de Ulises a los infiernos; aquella vida opaca, subterránea del Erebo, donde opinaba él que tanto debían de aburrirse las almas de los que fueron, se le representaba ahora al ver a los tristes cómicos, silenciosos y vagabundos, cruzar el escenario oscuro, como espectros. Ya sabía él que otras veces reinaba allí la alegría, que aquello iría animándose; pero había siempre en los ensayos cuartos de hora tristes. Cuando al *artista* no le anima esa especie de alcohol espiritual del entusiasmo estético, se le ve caer en un marasmo parecido al que abruma a los desventurados esclavos del hachís y del opio.... Reyes había hecho a su modo un profundo estudio psicológico de los pobres tenores ex notables que venían a su pueblo averiados, como barcos viejos que buscan una orilla donde morir tranquilos, acostados sobre la arena; también sabía mucho de tiples de tercer orden que pretendían pasar por estrellas: aunque era muy joven todavía cuando había tenido ocasión de hacer observaciones, la reflexión serena le había ayudado no poco. Observaba compadeciendo, y compadecía admirando, de modo que el análisis llegaba verdaderamente al alma de las cosas. Lo que él no veía era el lado malo de los artistas. Todo lo poetizaba en ellos. Los contrastes fuertes y picantes de sus ensueños de gloria y de su vida de bastidores con la mezquina prosa de una existencia difícil, llena de los roces ásperos con la necesidad y la miseria, le parecían a Reyes motivos de poética piedad y daban una aureola de martirio a sus ídolos.

Aquel día procuró, como siempre, atraer hacia sí la atención de *las partes* (el tenor, la tiple, el barítono, el bajo y la contralto), y esto solía conseguirlo sonriendo discretamente cuando algún cantante le miraba por casualidad después de *atacar con valentía* una nota, o de hacer cualquier primor de garganta, o también después de decir un chiste.

Mochi, el tenor bajo y gordo, era como una ardilla y hablaba más que un sacamuelas, pero en italiano cerrado, y con suma elegancia en los modales. Hablaba con el maestro director que se reía siempre, y Reyes, que no entendía a Mochi, pero que creía adivinarle, sonreía también. Como no había nadie más que él en calidad de mero espectador del ensayo, el tenor no tardó en notar su presencia y sus sonrisas, y al poco rato ya le consagraba a él, a Reyes, todos sus *concetti*. Tanto se lo agradeció Bonifacio, que al tiempo de levantarse para salir del palco deliberó consigo mismo si debía saludar al tenor con una ligera inclinación de cabeza. Miró Mochi a Reyes... y Reyes, poniéndose muy colorado, sacudió su hermosa cabellera con movimientos de maniquí, y se fue a su casa... impregnado del ideal.

-V-

Por la noche Emma le echó del seno del hogar por algunas horas, y Bonifacio volvió al ensayo. Ahora no estaba sólo en calidad de público; en todas las *faltriqueras* había abonados, y en la de los tertulios de Cascos se destacaba la respetable personalidad del Gobernador militar, que honraba a aquellos señores aceptando un asiento en lo oscuro. Reyes se sentó en primera fila, y en cuanto Mochi miró hacia el palco, le saludó con el sombrero. No contestó el tenor por lo pronto, lo cual desconcertó al buen aficionado, principalmente por lo que pensarían sus amigos; mas ¡oh gloria inmortal, oh momento inolvidable!, al lado de Mochi, frente a la cáscara del apuntador, había una mujer, una señora, con capota de terciopelo, debajo de la cual asomaban olas de cabello castaño claro y fino; y aquella mujer, aquella señora que había notado el saludo de Reyes, tocó familiarmente con una mano enguantada en un hombro del tenor, y le debió de decir:

—En aquel palco te han saludado.

Ello fue que Mochi se volvió con rapidísimo gesto, vio a Reyes y se deshizo en cortesías....

En el palco todos envidiaron aquello, hasta el *brigadier* Gobernardor militar de la provincia; y más envidiaron la sonrisa con que la dama de la capota se atrevió a acompañar el saludo de Mochi, muy satisfecha, al parecer, de haberle advertido su distracción.

Reyes encontró en sus ojos la mirada de la Gorgheggi —que no era otra la dama— y muchas veces, muchas, pensando después en aquel momento solemne de su vida, tuvo que confesarse que impresión más dulce ni tan fuerte no la había experimentado en toda su juventud, tan romántica *por dentro*.

«Una mirada así —se dijo en aquel instante—, sólo puede tenerla una extranjera que sea además artista. ¡Qué modestia en el atrevimiento, qué castidad en la osadía! ¡Qué inocente descaro, qué cándida coquetería!...».

De las sonrisas y los saludos poco se tardó en pasar a las buenas palabras: Bonifacio y otros señores de su palco reían discretamente los chistes con que Mochi se burlaba con disimulo de la orquesta, que era indígena y desafinaba como ella sola; un lechuguino, que tenía fama de hacer grandes y muy valiosas conquistas entre bastidores, se atrevió a servir de intérprete, a su modo, entre el tenor y *un* trompa a quien el artista dirigió una cortés reprimenda en italiano. No era que el lechuguino supiera mucho de la lengua del Dante, pero sí lo suficiente para comprender que al hablar de *missure*, Mochi se refería a los compases; mas los conocimientos lingüísticos del trompa no llegaban allí. Poco después Bonifacio se arriesgó, poniéndose muy colorado, a traducir otra observación humilde—esta de la Gorgheggi—al idioma del trompa pertinaz, un hombre de tan mal genio como oído; la tiple había hablado en español, había dicho «compás» como, de hablar, podría decirlo un canario; pero el hombre del bronce no había querido entender tampoco; la traducción de Bonifacio consistió en repetir a gritos las palabras de la cantante, inclinándose desde el palco sobre la cabeza calva del músico.

—¡Mil gracias... oh... mil gracias!, había dicho la artista, despidiendo, entre miradas y sonrisas, chispas de gloria para el corazón de Reyes, que estuvo viendo candelillas un cuarto de hora. Le zumbaban los oídos, y pensaba que si en aquel momento aquella mujer le proponía escaparse juntos al fin del mundo, echaba a correr sin equipaje ni nada, sin llevar siquiera las zapatillas; y eso que no concebía cómo hombre nacido podía echarse por la mañana de la cama y calzarse las botas de buenas a primeras. Siempre que leía aventuras de viajes lejanos, grandes penalidades de náufragos, misioneros, conquistadores, etc., etc., lo que más compadecía era la ausencia probable de las babuchas.

Sin faltar a un solo ensayo, y yendo también al teatro todas las noches de función en que podía robar algunas horas a sus quehaceres domésticos, llegó Bonifacio a intimar con las partes, como él decía, de tal manera, que los amigos de la tertulia de Cascos llegaron a suponerle en relaciones amorosas con la Gorgheggi.

—Yo les digo a ustedes que la obsequia—aseguraba el relator.

—Yo sostengo que no la obsequia—decía el lechuguino, envidioso.

La verdad era que la simpatía, y a los pocos días la más cordial amistad, habían llegado a tal punto entre Mochi y Bonifacio, que el tenor, después de tomar juntos café una tarde, no había vacilado en pedir al *suo nuovo magià carissimo amico, duecento lire,* o sean cuarenta duros en el lenguaje que entendía Reyes. Pidió el italiano con tal sencillez y desenfado aquellos ochocientos reales, acto continuo de haber contado una aventura napolitana que le había costado cerca de dos mil duros, que Bonifacio tuvo que decirse: «Para este hombre cuarenta duros son como para mí un cigarrillo de papel; me ha pedido esos cuartos como quien pide lumbre para el cigarro; lo que le sobra a él, de fijo, es dinero; pero no lo tiene aquí, en este momento; lo malo es que tampoco lo tengo yo. Pero hay que buscarlo corriendo, no hay más remedio. Si se lo doy, no me lo agradecerá, aunque bien sabe Dios que no sé de dónde sacarlo; pero a él ¿qué? ¿Qué son ochocientos reales para este hombre? En cambio, si no se los busco inmediatamente me despreciará, me tendrá por un miserable... ¡Antes la muerte!».

Colorado como un pimiento declaró el español que, por una casualidad que lamentaba, no traía consigo aquella insignificante cantidad; pero que en un periquete corría a su casa... que estaba muy cerca, y volvía con los cuartos.

Y echó a correr sin oír las palabras de Mochi que, por no molestarle, renunciaba al préstamo.

En efecto, la casa de Emma no estaba lejos; pero llegar a ella, entrar, era más fácil que volver al teatro, al cuarto del tenor, con los cuarenta duros. ¿De dónde iba a sacarlos el infeliz esclavo de su mujer? ¡Ay! ¡Con qué amargura contempló entonces, por la primera vez, su triste dependencia, su pobreza absoluta! No era dueño ni de los pantalones que tenía puestos, y eso que parecía que habían *nacido* ajustados a sus piernas; ¡tan bien le sentaban! No tenía dos reales que pudiera decir que eran suyos. ¿Qué hacer? ¿Renunciar para siempre al ideal? Mochi le aguardaba con aquellos ojos punzantes, risueños y maliciosos: sin el dinero no se podía volver: detrás de Mochi estaba la Gorgheggi, su discípula, su pupila. Bien; puesto que no tenía aquellos cuarenta duros ni de donde sacarlos, como no robase los candelabros de plata que tenía delante de los ojos, sobre la mesa del despacho (el despacho de D. Diego, que seguía siendo *despacho* sin adjudicación singular: el de don Juan Nepomuceno, el de Emma, el de todos); como no tenía cuarenta duros ni de donde le vinieran, renunciaría a su felicidad; no volvería a presentarse ante los queridos amigos italianos, ante los artistas sublimes, se sacrificaría en silencio; cualquier cosa menos volver allá con las manos vacías....

En aquel momento D. Juan Nepomuceno se presentó en el despacho con un saquito de dinero entre las manos; saludó a Reyes con solemnidad, y se puso a contar pesos fuertes sobre la mesa; se trataba de la renta de la Comuña, una casería que entregaba limpios todos los años cuatro mil reales. Mientras don Juan, sin hacer caso del importuno, iba haciendo pilas de pesos en correcta formación hasta el punto de recordar al pobre *dilettante* de todas las artes las ruinas de un templo griego, Reyes pensaba:

—Esas columnas argentinas debía formarlas yo: ¡yo debía ser el administrador de los bienes de mi mujer!

Una ola de dignidad retrospectiva le subió al rostro y le dio valor suficiente para decir:

—D. Juan, necesito mil reales.

Años después, recordando aquel golpe de audacia, para el cual sólo el amor podía haberle dado fuerzas, lo que más admiraba en su temeraria empresa era el piquillo de su pretensión, los doscientos reales en que su demanda había excedido a su necesidad. «¿Por qué pedí mil reales en vez de ochocientos?». No se lo explicó nunca.

D. Juan Nepomuceno miró, sin contestar, a su afín. ¡Mil reales! Aquel mentecato se había vuelto loco.

—Sí, señor, mil reales; y no hace falta que mi mujer sepa nada; yo se los devolveré a usted mañana mismo; se trata de sacar de un apuro a un amigo de la infancia... paga segura....

—Amigo de la infancia... paga segura.... No lo entiendo.

Esto fue todo lo que dijo el tío administrador. ¿Cómo un amigo de la infancia de aquel pelagatos podía ser paga segura? Esto quería dar a entender, y Bonifacio, comprendiéndolo, rectificó:

—De la infancia... precisamente... no... es uno de los amigos de la viuda de Cascos....

Y se puso otra vez muy colorado.

D. Juan clavó una mirada puntiaguda en los ojos claros... y turbados de su afín; adivinó algo, echó sus cuentas en un segundo, y, tomando dos montones de plata, se los puso entre los dedos al pasmado Reyes, sin decir más que:

—Tome usted; son mil justos.

—Bueno, gracias. Mañana mismo....

—Eso... allá usted.

—Y que Emma no sepa....

—Por ahora no hace falta que sepa nada.

—¿Cómo por ahora?

—Y si usted reintegra a la caja (así hablaba el tío) esa cantidad en breve, no sabrá nada nunca.

—Bien, bien; mañana mismo.

Ni mañana, ni pasado, ni al otro. Mochi recibió sus doscientas liras, como él las llamaba, con más expresivas muestras de agradecimiento que esperaba su *nuovo amico*; pero de devolución no dijo nada. ¡Cuáles serían las emociones que se amontonaron en el pecho del pobre flautista en aquellos días, que durante algunos, ni siquiera pensó en la deuda ni en la promesa de reintegrar a la caja aquellos cuartos, ni en el peligro de que se enterase Emma de todo, ni siquiera en la existencia de Nepomuceno!

Con la generosidad de Reyes coincidió (pura coincidencia) la mayor amabilidad de Serafina Gorgheggi. Por un privilegio, de que gozaban muy pocos, a Bonifacio le consentía el empresario permanecer entre bastidores durante la función. Solía colocarse el buen flautista muy oportunamente, pero como al descuido, en las entradas y salidas por donde él sabía, gracias a los ensayos y al traspunte, que tenía que pasar la tiple. Serafina siempre se inmutaba al entrar en escena; él la animaba con una sonrisa que ella parecía agradecerle con los ojos, cariñosos, *maternales*, como pensaba el marido de Emma. Cuando salía de la escena entre aplausos, por pocos que fueran, veía a Reyes que batía palmas entusiasmado; entonces sonreía ella, inclinaba la cabeza saludando y pasaba discretamente cerca del infeliz enamorado. ¡Qué perfume el que dejaba tras de sí aquella mujer! Era un perfume espiritual, según él; no se olía con las groseras narices, sino con el alma.

Aquella noche, la correspondiente al día del préstamo, Serafina tuvo una ovación en el segundo acto, y salió de la escena por la puerta lateral de una decoración cerrada de modo que los bastidores dejaban en una especie de vestíbulo, cerrado también por todos lados, a Bonifacio, que aguardaba allí como solía; para salir de aquella garita de lienzo, había que levantar un cortinón pesado, que se usaba para el foro en otras decoraciones. La Gorgheggi y su adorador se vieron un momento solos en aquel escondite; ella, después de saludar y sonreír al galán como solía, radiante ahora de justa satisfacción por los aplausos que aún resonaban allá afuera, se turbó un punto, buscando con torpe mano el éxito de aquella especie de trampa; y no lo encontró, como si anduviera ciega.

No era Bonifacio hombre capaz de aprovechar ocasiones; pero como si lo fuese y la hubiese aprovechado y se hubiera arrepentido de la demasía, se echó a temblar también; y se puso a buscar la puerta y tampoco supo levantar el tapiz pesado al primer intento. En estas maniobras, tropezaron los dedos de uno y otro; pero como él no sabía qué decir y ella lo comprendió así, la tiple, por hablar algo, dijo:

—*Il Mochi m'ha detto*... Ah! siete un *galantuomo*...

Y aludió vagamente, con delicadeza, al préstamo.

Serafina, inglesa, hablaba italiano en los momentos solemnes, cuando quería dar expresión de seriedad a sus palabras; ordinariamente chapurraba español con disparates deliciosos. En inglés no hablaba más que con Mochi.

—Señorita... eso... no vale nada.... Entre amigos.... Ha estado usted sublime... como siempre.... Es usted un ángel, Serafina.

Sus palabras le enternecieron, le sonaron a una declaración; además, se acordó de su mujer y del mal trato que le daba; ello fue que dos lágrimas como puños, muy transparentes y tardas en resbalar, le saltaron de los hermosos ojos claros; se quedó muy pálido y daba diente con diente.

—*Oh amico caro!*—dijo ella con dulcísima voz temblona—; *come siete buono*...

Y le cogió la mano que andaba tropezando en la cortina, y se la apretó con franca cordialidad.

—Serafina... yo no sé... lo que me hago... usted creerá...

Ella no le contestó, encontró la salida, levantó el cortinón, y con una mirada intensa, llena de caridad y protección, le dijo que la siguiera. Pero Bonis no se atrevió a traducir la mirada, y no siguió a la tiple. En cuanto quedó solo en aquel escondite, sintió que las piernas se le hacían ajenas, cayó sentado sobre las tablas, casi perdió el sentido, y, como entre sueños, oyó un silbido y voces y blasfemias que sonaban en lo alto; cayó un telón a una cuarta de su cabeza, desaparecieron algunos bastidores arrastrados, y Reyes se vio entre un corro de tramoyistas y señoritas que gritaban: ¡Un herido... un herido!... ¡Un telón ha derribado a un caballero!

—¡Ah, el Sr. Reyes!...

—¡Reyes herido!...

—¡Una desgracia!...

Antes que él pudiera desmentir la noticia, había llegado al cuarto de Mochi y al de la Gorgheggi.

Ambos acudieron a todo correr, asustados. Serafina se puso en primera fila; y como Reyes, con el susto que le habían dado los que le rodearon, y las emociones anteriores, y la vergüenza de confesar la verdad, no acababa de hablar, por contuso se le tuvo, se le supuso víctima de un vahído, pues tan pálido estaba, y las monísimas manos cuyo contacto de poco antes aún sentía en la piel, las de la Gorgheggi, le aplicaron esencias a las narices y le humedecieron las sienes. Un minuto después se vio sentado en el confidente de raso azul que había en el tocador de la tiple. Reyes se dejó compadecer, cuidar, mimar podría decirse, y no tuvo valor para negar el accidente. ¿Cómo decir que se había caído al suelo de gusto, de amor, no derribado por aquella decoración de monte espeso?

Serafina parecía adivinar la verdad en los ojos de su apasionado. Los curiosos los dejaron solos a poco; Mochi no más entraba y salía, felicitándose de que no hubiera habido una desgracia; y por fin se marchó porque le llamaba el traspunte. La doncella de la Gorgheggi, que era partiquina, tuvo que presentarse también en escena; la tiple no cantaba hasta el final del acto.

Para hacerle la operación peligrosa de la *declaración*, a lo que la ardiente inglesa estaba resuelta, tuvo que cloroformizarle con miradas eléctricas y emanaciones de su cuerpo, muy próximo al del paciente. Reyes, en efecto, allá entre sueños, se dejó abrir el pecho, y habló sin saber lo que decía, aturdido y hecho un mar de lágrimas. La Gorgheggi, si hubiera sido más observadora, hubiera podido aprender en aquella confesión de su adorador lo que eran los Valcárcel y adónde conducían los matrimonios desiguales. Bonifacio en aquel estado no era responsable de sus dichos ni de sus hechos; y así, no se le pudo llamar traidor al pan que comía, aunque habló de Emma, la llamó por su nombre y tuvo que quejarse de la vida que semejante mujer le daba; y aun aturdido y todo, medio loco, no maltrató a su cónyuge; refirió los hechos tal como eran, pero los comentarios fueron favorables a Emma; Serafina pudo oír que aquella señora tenía gran talento, imaginación, un carácter enérgico de hombre superior; hubiera sido un gran caudillo, un dictador; pero la suerte quiso que no tuviese a quien dictar nada, a no ser a él, al pobre escribiente de D. Diego Valcárcel.

Ocho días pasaron sin que Mochi volviera a pedir dinero a Reyes. Durante una semana se juzgó este el hombre más feliz del mundo, a pesar de que jamás había experimentado hasta entonces tantos y tan graves apuros, acompañados de insufribles remordimientos a ciertas horas. Fue en uno de aquellos tormentosos días cuando pensó por vez primera en su vida que una pasión fuerte todo lo avasalla, como había leído y oído mil veces sin entenderlo. Se creía a veces un miserable, el más miserable de todos los maridos ordinariamente dóciles; y, a ratos, se tenía por un héroe, por un hombre digno de figurar en una novela en calidad de protagonista.

De los cuarenta duros no había vuelto a acordarse Mochi, ni Reyes se atrevió a pedírselos; mas todas las noches, pasados pocos días, los de ceguedad completa para todo lo que no fuese el amor de la inglesa, al volver a casa temblando por varios motivos, iba pensando en los mil reales de la renta de la Comuña.

«¿Pero cómo reclamar aquel dinero por cuyo préstamo su *ídolo* le había llamado galantuomo?». Por cierto que, cuando podía discurrir con alguna tranquilidad, Bonifacio extrañaba un poco dos cosas: primera, pensaba que Serafina estuviese enterada del favorcillo hecho a Mochi, a Julio, se decía él; segunda, que ella hubiera dado a un servicio tan insignificante tanto valor. «¿Habrá sido un pretexto para provocar mi declaración? Eso debe de haber sido». Las cavilaciones de Reyes en este punto no pasaron de ahí.

A los ocho días de la *declaración*, cuando Julio se atrevió a pedirle dinero otra vez a Bonifacio, los amores de este con la Gorgheggi no habían pasado de los deliciosos preliminares que, por culpa del carácter del varón que en ellos tenía interés, amenazaban prolongarse indefinidamente.

En cuanto al segundo préstamo, Bonifacio tuvo que confesarse a sí mismo que lo había tomado por un escopetazo, y que este era el apelativo que le había aplicado en sus adentros.

Julio pidió cinco mil reales para pagar a un bajo profundo que estaba mal con el público, porque aplaudían más al bajo cantante que a él, y dejaba la Compañía por tesón... y, dicho fuera en secreto, por exigencias de los abonados. No llegaba a cinco mil reales, ni con mucho, lo que había que darle al bajo que se iba, pero... había que adelantarle parte del sueldo a la *notabilidad* que venía a sustituirle... en fin, ello eran cinco mil reales: la Empresa no los tenía en aquel momento.... pero la renovación del abono daría un resultado seguro y... eran habas contadas. Y *él*, Mochi, sonreía con la tranquilidad comunicativa con que sonríe el titiritero sano y forzudo que hace trabajar en lo alto de una percha a un pobre niño dislocado, que en el programa se llama su hijo. «Esa sonrisa—pensaba Reyes—, equivale a una hipoteca... pero no es confianza lo que me falta a mí, sino dinero».

No se le ocurrió pensar que negar aquel nuevo préstamo al tenor no era desairar a la tiple: un secreto escozor, de que no quería hacer caso, le decía siempre que entre los intereses de la Gorgheggi y los de su maestro había una solidaridad misteriosa. «Negarle ese dinero a él era negárselo a ella», se decía sin poder remediarlo. «Y yo a ella... en estas circunstancias, no puedo negarle nada, ni siquiera lo que no tengo».

Pensó en D. Juan Nepomuceno, y hasta entró en casa una noche con el propósito de pedirle cinco mil reales. «Sí, no cabía duda, hubiera sido el colmo del heroísmo. Yo le he prometido a usted devolverle mil reales a las veinticuatro horas de recibidos, ¿eh? ¿No es eso? Pues bien; aquí me presento, a los ocho días, no a entregar esos cincuenta duros, sino a pedir cinco veces otro tanto». ¡Absurdo! El colmo del heroísmo, sí; pero absurdo.

Y se acostó y apagó la luz, entregándose a sus remordimientos, que ya iban siendo una costumbre casi necesaria para conciliar el sueño. Antes de dormirse resolvió esto: que, sucediera lo que sucediera, él, Bonifacio Reyes, no pediría ni un cuarto más al tío de su mujer. Pero como había prometido llevar al teatro al día siguiente los cinco mil reales, y lo había ofrecido con una petulancia que nunca se perdonaría, sin titubear, como si lo que a él le sobrara fueran miles de reales; como había que buscarlos, no decía encontrarlos, buscarlos sin falta, se levantó temprano y se dirigió... a la plaza de la Constitución, lugar de cita de todos los mozos de cuerda del pueblo.

—¿Qué hago yo aquí?—se dijo—. No parece sino que uno de estos gallegos me va a prestar cinco mil reales por mi cara bonita—. Los barrenderos levantaban nubes de polvo que un sol anaranjado tenía del mismo color de la niebla que se arrastraba sobre los tejados.

—Pues lo que es uno de estos señores de escoba tampoco creo yo que me dé lo que necesito. ¿Qué hago yo aquí?

Y entonces vio que por una calle estrecha, la de Santiago, subía D. Benito el Mayor, escribano, hombre delgado y muy pequeño, que venía soplándose las manos y traía un rollo de papel debajo del brazo izquierdo. Le llamaban D. Benito el Mayor para distinguirle de don Benito el Menor, otro escribano, éste muy buen mozo, que se apellidaba como el Mayor, García y García. Al pequeño le llamaban el Mayor porque era el más antiguo o porque era el más rico. Prestaba dinero a las personas distinguidas, no era muy tirano en materia de réditos y plazos, y su discreción y sigilo eran proverbiales en la provincia.

En cuanto Bonifacio reconoció al *Mayor* sintió la súbita alegría que le proporcionaba siempre la conciencia de una resolución irrevocable, en él cosa rara. «Este es mi hombre —se dijo—; la Providencia me ha hecho madrugar hoy; por algo yo he venido a la plaza».

Media hora después, Reyes recibía trescientos duros en oro, de manos de D. Benito, en el despacho de este, sin más testigos que los libros del protocolo, que siempre habían inspirado a Bonifacio una especie de terror supersticioso.

D. Benito el Mayor tenía la costumbre de coger por las orejas a sus parroquianos y clientes a poca confianza que tuviera con ellos.

—Vamos a ver —dijo, tentándole el pulpejo de la oreja izquierda a Bonifacio—; ahora que ya tiene usted esos cuartos, sin más garantía que un simple recibo... ahora que no puede usted sospechar que hable por negarle este insignificante favorcillo, ¿me permite usted que, sin ánimo de ofenderle, me atreva a hacerme cruces, un millón de cruces, viendo al jefe de la casa Valcárcel venir a pedirme prestados seis mil reales?...

—Yo no soy jefe de la casa Valcárcel.

—Usted es el marido de la única heredera de Valcárcel... y no hace cuatro días que yo he otorgado la escritura de venta del famoso molino de Valdiniello; y usted lo sabe, pues usted ha firmado, como era necesario, todos los documentos que ha traído aquí D. Juan, su tío de usted....

—Ni D. Juan es mi tío....

—Bien, de su señora de usted; de usted por afinidad....

Ni yo he firmado nada, iba a añadir Bonifacio; pero se contuvo recordando que sí había firmado tal; pero había firmado sin leer, sin enterarse, como sucedía siempre, y esta humillación no se la podía confesar al escribano.

Sin acabar la frase, y sin dar otras explicaciones, salió de allí avergonzado, aturdido, como si acabara de robarle aquel dinero a don Benito; y se fue derecho al teatro.

El notario, al verle salir así, y *pensando mejor*, se arrepintió de haber entregado aquellos cuartos a semejante mamarracho. Algo sabía D. Benito, y aún algos, del *pito que tocaba* Reyes en su casa; pero lo que acababa de oír y lo que sospechaba le hacía ver con claridad del mediodía: y de resultas de esta clarividencia empezó a temer por su dinero. Pero le tranquilizó enseguida el propósito de exigir serias garantías al tío D. Juan, que, por las señas, era el que mandaba en casa.

A Bonifacio aquel día con las glorias se le fueron las memorias; entregó cinco mil reales a Mochi, guardó los mil restantes con el presentimiento de no sabía qué gastos extraordinarios que tendrían que sobrevenir, y se dejó asfixiar moralmente, como él decía luego, por el incienso con que el tenor le pagó, por lo pronto, su generosidad caballeresca.

Por la noche se cantaba el *D. Juan*, cosido a tijeretazos, y todavía a las doce, después de recibir una ovación, le duraba el agradecimiento y el entusiasmo al tenor, que se encerró en su cuarto con su carísimo Reyes, y en mangas de camisa y con un calzón de punto, de seda color lila, muy ceñido, y en calcetines, apretaba contra su corazón a su *salvador*, y le llenaba la cara y el pelo de polvos de arroz, sin que ni uno ni otro se fijaran en estos pormenores.

A las doce y media, a la luz de la luna, en mitad de la plaza del Teatro, hablaban con el tono de las confidencias misteriosas, íntimas e interesantes, Serafina, Julio y Bonifacio. Julio juraba que Reyes tenía el alma de artista, que si *le vicende* hubieran sido otras, sin duda se hubiera aventurado a vivir del arte y sería a estas horas un músico ilustre, un compositor, un gran instrumentista, Dios sabía....

—*Non è vero, mia figlia*?, con quel cuore ch'a questo' uomo... chi sacosa sarebbe diventato!...

La Gorgheggi decía con entusiasmo contenido:

—*Ma si babbo, ma si!*...

Y pisaba con fuerza un pie de Bonifacio que tenía debajo del suyo.

—«*Babbo, figlia!*» pensaba el flautista; sí, en efecto, el trato de esta mujer y de este hombre es el filial, es el amor de hija y padre.... El arte, por modo espiritual, los ha hecho padre e hija.... Y ya estimaba a Mochi como una especie de suegro artístico... y ¡adulterino!

¡Aquello era felicidad! Él, un pobre provinciano, ex escribiente, un trapo de fregar en casa de su mujer; el último ciudadano del pueblo más atrasado del mundo, estaba allí, a las altas horas de la noche, hablando, en el seno de la mayor intimidad, de las grandes emociones de la vida artística, con dos estrellas de la escena, con dos personas que acababan de recibir sendas ovaciones en las tablas... y ella, la *diva*, le amaba; sí, se lo había dado a entender de mil modos; y él, el tenor, le admiraba y le juraba eterno agradecimiento.

A Mochi se le antojó de repente volverse a contaduría, donde había dejado algún dinero, y como no se fiaba de la cerradura... «Id andando», dijo, y echó a correr. La posada de la Gorgheggi y de Mochi, que era la misma, estaba lejos; había que seguir a lo largo todo el paseo de los Álamos para llegar a la tal fonda. Serafina y Bonifacio echaron a andar. A los tres pasos, en la sombra de una torre, ella se cogió del brazo de su amigo sin decir palabra. Él se dejó agarrar, como cuando Emma se escapó con él de casa. La Gorgheggi hablaba de Italia, de la felicidad que sería vivir con un hombre amado y espiritual, capaz de comprender el alma de una artista, allá, en un rincón de verdura de Lombardía, que ella conocía y amaba....

Hubo un momento de silencio. Estaban en mitad del paseo de los Álamos, desierto a tales horas. La luna corría, detrás de las nubes tenues que el viento empujaba.

—Serafina —dijo Bonifacio con voz temblona, pero de un timbre metálico, de energía, en él completamente nuevo—; Serafina, usted debe de tenerme por tonto.

—¿Por qué, Bonifacio?

—Por mil razones.... Pues bien... todo esto... es respeto... es amor. Yo estoy casado, usted lo sabe... y cada vez que me acerco a usted para pedirle que... que me corresponda... temo ofenderla, temo que usted no me entienda. Yo no sé hablar; no he sabido nunca; pero estoy loco por usted; sí, loco de verdad... y no quisiera ofenderla. Lo que yo he hecho por usted... no creí nunca poder atreverme a hacerlo.... Usted no sabe lo que es, no ha de saberlo nunca, porque me da vergüenza decirlo.... Yo soy muy desgraciado; nadie me ha querido nunca, y yo no le encuentro sustancia, verdadera sustancia, a nada de este mundo más que al cariño.... Si me gusta la música tanto es por eso, porque es suave, porque me acaricia el alma; y ya le he dicho a usted que su voz de usted no es como las demás voces; yo no he oído nunca —y va de nuncas— una voz así; las habrá mejores, pero no se meterán por el alma mía como esa; otros dicen que es pastosa... yo no entiendo de pastas de voces; pero eso de lo pastoso debe de ser lo que yo llamo voz de madre, voz que me arrulla, que me consuela, que me da esperanza, que me anima, que me habla de mis recuerdos de la cuna... ¡qué sé yo!, ¡qué sé yo, Serafina!... Yo siempre he sido muy aficionado a los recuerdos, a los más lejanos, a los de niño; en mis penas, que son muchas, me distraigo recordando mis primeros años, y me pongo muy triste; pero mejor, eso quiero yo; esta tristeza es dulce; yo me acuerdo de cuando me vacunaron; dirá usted que qué tiene eso que ver.... Es verdad; pero ya le he dicho que yo no sé hablar.... En fin, Serafina, yo la adoro a usted, porque, casado y todo... no debía estarlo. No, juro a Dios que no; nunca me he rebelado contra la suerte hasta ahora; pero tiene usted la culpa, porque ha tenido lástima de mí y me ha mirado así... y me ha sonreído así... y me *ha cantado* así... ¡Ay, si usted viera lo que yo tengo aquí dentro! Yo había oído hablar de pasiones; ¡esto es, esto es una pasión... cosa terrible!, ¿qué será de mí en marchándose usted? Pero, no importa; la pasión me asusta, me aterra; pero, con todo, no hubiera querido morirme sin sentir esto, suceda después lo que quiera. ¡Ay, Serafina de mi alma, quiérame usted por Dios, porque estoy muy solo y muy despreciado en el mundo y me muero por usted...!

Y no pudo continuar porque las lágrimas y los sollozos le ahogaban. Estaban casi sin sentido, en pie, en mitad del paseo; deliraba; la luna y la tiple se le antojaban en aquel momento una misma cosa; por lo menos, dos cosas íntimamente unidas.... Volvió a creer, como la noche del primer préstamo, que le faltaban las piernas; *en suma*, se sentía muy mal, necesitaba amparo, mucho cariño, un regazo, seguridades facultativas de que no estaba muriéndose. «Iba a ahogarse de enternecimiento; esa era la fija», pensaba él.

La Gorgheggi miró en rededor, se aseguró de que no había testigos, le brillaron los ojos con el fuego de una lujuria espiritual, alambicada, y, cogiendo entre sus manos finas y muy blancas la cabeza hermosa de aquel Apolo bonachón y romántico, algo envejecido por los dolores de una vida prosaica, de tormentos humillantes, le hizo apoyar la frente sobre el propio seno, contra el cual apretó con vehemencia al pobre enamorado; después, le buscó los labios con los suyos temblorosos....

—*Un baccio, un baccio*—murmuraba ella *gritando* con voz baja, apasionada. Y entre los sueños de una voluptuosidad ciega y loca, la veía Bonifacio casi desvanecido; después no oyó ni sintió nada, porque cayó redondo, entre convulsiones.

Cuando volvió en sí se encontró tendido en un banco de madera, a su lado había tres sombras, tres fantasmas, y del vientre de uno de ellos brotaba la luz de un sol que le cegaba con sus llamaradas rojizas. El sol era la linterna del sereno; las dos sombras restantes la Gorgheggi y Mochi que rociaban el rostro de su amigo con agua del pilón de la fuente vecina....

-VI-

A la mañana siguiente, a las ocho, despertaron a Bonifacio diciéndole que deseaba verle un señor sacerdote.

—¡Un sacerdote a mí! Que entre.

Saltó de la cama y pasó al gabinete contiguo a su alcoba; no puede decirse a su gabinete, pues era de uso común a todos los de casa. Atándose los cordones de la bata saludó a un viejecillo que entraba haciendo reverencias con un sombrero de copa alta muy grande y muy grasiento. Era un pobre cura de aldea, de la montaña, de aspecto humilde y aun miserable.

Miraba a un lado y a otro; y, después de los saludos de ordenanza, pues en tal materia no mostraban gran originalidad ninguno de los interlocutores, el clérigo accedió a la invitación de sentarse, apoyándose en el borde de una butaca.

—Pues —dijo—, siendo usted efectivamente el legítimo esposo de doña Emma Valcárcel, heredera única y universal de D. Diego, que en paz descanse, no cabe duda que es usted la persona que debe oír... lo que, en el secreto de la confesión... se me ha encargado decirle.... Sí, señor, a ella o a su marido, se me ha dicho... y yo... la verdad... prefiero siempre entenderme con... mis semejantes... masculinos, digámoslo así. A falta de usted no hubiera vacilado, créame, señor mío, en abocarme, si a mano viene, con la misma doña Emma Valcárcel, heredera universal y única de....

—Pero vamos, señor cura, sepamos de qué se trata —dijo con alguna impaciencia Bonifacio, que lleno de remordimientos aquella mañana, sentía exacerbada su costumbre supersticiosa de temer siempre malas noticias en las inesperadas y que se anunciaban con misterio.

—Yo exijo... es decir... deseo... no por mí, sino por el secreto de la confesión... lo delicado del mensaje....

El cura no sabía cómo concluir; pero miraba a la puerta, que había quedado de par en par.

Como su mujer dormía a tales horas, Bonifacio no tuvo inconveniente en levantarse y cerrar la puerta de la estancia, pues no siendo Emma, nadie se atrevería a pedirle cuenta de aquellos tapujos.

—Lo que usted quería era esto, ¿verdad?—dijo con aire de triunfo, y como hombre que manda en su casa y que puede a su antojo tener las puertas de *su* gabinete abiertas o cerradas.

—Perfectamente, sí, señor, eso; secreto, mucho secreto. De usted para mí nada más.... Después usted dará cuenta de lo sucedido a su señora esposa... o no se la dará; eso allá usted... porque yo no me meto en interioridades.... Al fin usted será, naturalmente, el administrador de los bienes de su señora... y aunque yo no sé si estos son parafernales o no... porque no entiendo... y... sobre todo no me importa, y, al fin, el marido suele administrarlo todo... eso es; tal entiendo que es la costumbre... y como la ley no se opone....

—Pero, señor cura, repare usted que yo no comprendo una palabra de lo que usted me dice.... Comience usted por el principio....

Sonrió el clérigo y dijo:

—Paciencia, señor mío, paciencia. El principio viene después. Todo esto lo digo para tranquilidad de mi conciencia. He consultado al chico de Bernueces, que es boticario y abogado... sin precisar el caso, por supuesto... y, la verdad, me decido a entregarle a usted los cuartos sin escrúpulos de conciencia.... Sí, usted, el marido, es la persona legal y moralmente determinada, eso es, para recibir esta cantidad....

—¡Una cantidad!

—Sí, señor, siete mil reales.

Y el cura metió una mano en el bolsillo interior de su larga y mugrienta levita de alpaca, y sacó de aquella cueva que olía a tabaco, entre migas de pan y colillas de cigarros, un cucurucho que debía de contener onzas de oro.

Bonifacio se puso en pie, y sin darse cuenta de lo que hacía, alargó la mano hacia el cucurucho.

El cura se sonrió y entregó el paquete sin extrañar aquel movimiento involuntario del marido de la doña Emma, que recibía onzas de oro sin saber por qué se le daban.

Mas Bonifacio volvió en sí y exclamó:

—Pero ¿a santo de qué me trae usted... esto?...

—Son siete mil reales....

—¿Pero de qué? Yo no soy... quien....

Iba a decir que el que allí corría con las cuentas de todo era D. Juan Nepomuceno; pero se contuvo, porque solía darle vergüenza que los extraños conocieran esta abdicación de sus derechos.

—¿Esto será alguna deuda antigua? —dijo por fin.

—No señor... y sí señor. Me explicaré...

—Sí, hombre, acabemos.

—Estos siete mil reales... proceden... de una restitución... sí, señor; una restitución hecha en el secreto de la confesión... *in articulo mortis*... La persona que devuelve esos siete mil reales a los herederos, a la única y universal heredera de D. Diego Valcárcel, esa persona ¿me comprende usted?, no quiso irse al otro mundo con el cargo de conciencia de esa cantidad... que debía... y que no debía... es decir... yo... no puedo tampoco hablar más claro... porque... la confesión, ya ve usted, es una cosa muy delicada....

—Sí que es —exclamó Bonifacio, que se había puesto muy pálido y estaba pensando en lo que el cura de la montaña ni remotamente podía sospechar.

—Sin embargo, yo... no debo... así, en absoluto... omitir las circunstancias que explican, en cierto modo, la cosa. Esto, me dije yo a mí mismo, es indispensable para que los herederos, o la heredera, o quien haga sus veces, admitan sin reparo esta cantidad, con la conciencia tranquila de quien toma lo que es suyo. Pues, sí, señores, de ustedes es... ya lo creo.... Verá usted; es el caso que... aquí hay que omitir determinadas indicaciones que no favorecen la memoria de....

—Del difunto.

—¿De qué difunto?

—Del que restituye....

—No señor; del difunto... de otro difunto. No me tire usted de la lengua, eso no está bien.

—No, si yo no tiro... ¡Dios me libre! Ello será que la casa Valcárcel prestó este dinero sin garantías... y ahora....

El cura estaba diciendo que no con la cabeza desde que Bonifacio había dicho *casa*.

—No, señor; no fue préstamo, fue donación *inter vivos*.

—¿Y entonces?

—Entonces... no me tire usted de la lengua. He dicho ya que la cosa no era favorable a la memoria del difunto.... X, llamémosle X, que en paz descanse. Bueno, pues no me he explicado bien: es favorable y no es favorable, porque en rigor... él es inocente, en este caso concreto a lo menos; y además, aunque no lo fuera... el que rompe paga... y él quería pagar... sólo que no había roto... ¿Me explico?

—No, señor; pero no importa. No se moleste usted.

Al cura empezaba a parecerle un majadero el marido de la doña Emma Valcárcel.

—¿Usted conoció... trató al difunto.... Don Diego?

—Sí, señor; como que era mi suegro... quiero decir, mi principal.

—¿Si estará loco, o será tonto este señorito?—pensó el clérigo.

De repente se le ocurrió una idea feliz.

—Oiga usted—exclamó—. Ahora se me ocurre explicárselo a usted todo mediante un símil... y de este modo... ¿eh?, se lo digo... y no se lo digo, ¿me entiende usted?

—Vamos a ver—dijo Bonifacio, que apenas oía, porque estaba manteniendo una lucha terrible con su conciencia.

—Figurémonos que usted es cazador... y va y pasa por una heredad mía; supongamos que soy yo el otro; bueno, pues usted ve dentro de mi heredad un ciervo, un jabalí... lo que usted quiera, una liebre....

—Una liebre—dijo Reyes maquinalmente.

—Va, y ¡pum!...

El fogonazo, remedado con mucha propiedad por el cura, hizo dar un salto a Bonis, que estaba muy nervioso.

—Dispara usted su escopeta y me...; no, no conviene que sea liebre; es mejor caza mayor para mi caso; y cae lo que usted cree robezo o ciervo...; pero no hay tal ciervo ni robezo, sino que ha matado usted una vaca mía que pastaba tranquilamente en el prado. ¿Qué hace usted? En mi ejemplo, en mi caso, pagarme la vaca por medio de una donación inter vivos... importante siete mil reales. Yo me guardo los siete mil reales y el chico, digo, la vaca. Pero ahora viene lo mejor, y es que usted no ha sido el matador. El tiro no dio en el blanco, el tiro de usted se fue allá, por las nubes.... Sólo que antes que usted, mucho antes, otro cazador, escondido, había disparado también... y ese fue el que mató la res, y se quedó con ella y con los siete mil reales de usted. Pasa tiempo, muere usted, es un decir, y muere también el otro; pero antes de morir se arrepiente de la trampa, y quiere devolver a los herederos de usted el dinero que, en rigor, no es suyo, aunque usted se lo ha dado.... inter vivos. (El cura daba gran importancia a este latín, sin el cual no creía bien explicada la idea de la donación.) ¿Eh, qué tal, me ha comprendido usted?

Ni palabra. Bonifacio no comprendió que se trataba de uno de aquellos agujeros de honor que D. Diego había tapado con dinero. En este caso concreto, como decía el cura, la lesión de honra no existía, o, por lo menos, no era D. Diego el causante, y se le había hecho pagar lo que no debía. La persona que había lucrado, gracias a la asustadiza conciencia del jurisconsulto, siempre temeroso del escándalo, restituía a la hora de la muerte, por miedo del infierno probablemente.

El cura creyó suficientes sus explicaciones; y, muy satisfecho del símil, cuya exposición le había hecho sudar, se limpiaba el cogote con su pañuelo verde con rayas blancas, sin cuidarse ya de que aquel caballero, que parecía tonto, hubiese comprendido o no.... El secreto de la confesión y la buena memoria de D. Diego no le permitían a él ser más largo ni más explícito.

Habló más, pero sin nueva sustancia; insistió mucho en que aquello debía quedar allí, y arrancó a Bonifacio la palabra de honor de que sólo él y su señora, si él lo creía decente, debían enterarse de lo sucedido.

—Nadie más. Ya ve usted, es delicado... y los maliciosos, sobre todo allá en el pueblo, si saben que yo vine... y entregué... enseguida caen en la cuenta. Mucho sigilo pues. Además, la misma señorita... quiero decir, la señora de usted, debe saber lo menos posible; podría cavilar... y las mujeres, sobre todo las casadas, las cazan al vuelo, y podría comprenderlo todo. «Mejor que tú, por lo que veo»; añadió para sí.

Y salió el señor cura de la montaña satisfecho de sí mismo, confiado en la palabra de honor de aquel señor soso y casi tonto, que, a pesar de todo, tenía cara de honrado y de persona formal.

—Se puede ser fiel a la palabra y tener pocos alcances, se decía el clérigo bajando la escalera.

A Bonifacio se le había ocurrido, ante todo, ver en aquello que él llamaba casualidad la mano de la Providencia. Pero acto continuo añadió para sí: «La mano de la providencia... del diablo». Porque lo primero que pensó hacer de aquel dinero que le venía llovido del... infierno, fue llevárselo a D. Benito el Mayor, para tapar aquel antro horrible de la deuda, aquel agujero negro, por donde se escapaban las furias del Averno (estilo Bonifacio), gritándole: «Infame, adúltero, ¿qué has hecho de la fortuna de tu mujer?». En vano la razón decía: «Ni tú has sido adúltero hasta la fecha, a no ser por palabra de presente, ni la fortuna de tu mujer está comprometida por ese préstamo de seis mil reales, aun suponiendo que los pagase ella». No importaba; los remordimientos, o, más bien el miedo que tenía a Emma y a D. Juan Nepomuceno, no le habían dejado dormir aquella noche. Lo que él llamaba ser adúltero quedaba en segundo lugar; alambicando mucho, a fuerza de sofismas, tal vez encontraría medio de disculpar a sus propios ojos aquel amor ilegítimo... pero lo del dinero no admitía excusas; él había pedido seis mil reales a un prestamista, abusando del crédito de su mujer. Esto era inicuo... y lo que era peor, muy expuesto a una tragedia doméstica. La imaginación, *la loca de la casa*, le ponía delante el cuadro aterrador: «Emma saltaba de la cama con su gorro de dormir, pálida, huesuda, echando fuego por los ojos y avanzaba en silencio hacia él, estrujando en la mano temblorosa un recibo que D. Juan Nepomuceno acababa de entregarle, impasible, como siempre, envuelto en la dignidad de sus patillas. ¡Lo sabía todo! Lo de los cincuenta duros, lo de los seis mil reales y lo del paseo por la noche... ¡Entre el sereno y Nepomuceno la habían puesto al cabo de la calle! ¡Qué horror! ¡Adónde puede llegar la fantasía!», pensaba Bonifacio temblando de pies a cabeza. Por fortuna aquello no era más que un cuadro imaginado.... Pero la realidad podría llegar a parecérsele. Y aquel señor cura se le presentaba con siete mil reales, que él, Bonifacio, podría gastar en lo que quisiera, sin que persona nacida lo estorbase ni lo supiese. Es más, el secreto era allí lo principal. Y ¿cómo guardar el secreto haciendo ingresar aquellos miles en lo que llamaba D. Juan Nepomuceno la *caja*? Ni el cura ni el que restituía, honrado penitente, sabían que él, Bonis, allí no tocaba pito, ni administraba, a pesar de lo que disponían ciertas leyes recopiladas, según le habían asegurado; él, pese a todas las leyes del mundo, no disponía de un cuarto, y sólo servía para firmar como en un barbecho cuantos papeles le presentaba el de las patillas. Pues bien; siendo así, ¿cómo incorporar aquel dinero al caudal de su mujer sin que nadie se enterase? Imposible. Por este lado la conciencia le decía: «Haz de tu capa un sayo». Pero emplear aquellos cuartos en su provecho, ¿no era robar a su mujer? Sí y no. No, porque con ellos iba a tapar una brecha abierta al crédito de la casa Valcárcel. Ya se sabía que él no tenía un cuarto, ni de dónde le viniera, y que D. Benito el Mayor había prestado fiándose del capital de Emma; más era; el mismo Bonifacio reconocía que en su fuero interno siempre había pensado en pagar con dinero de su mujer, aunque le asustaba pensar en el cómo y cuándo. Por este lado no era robar lo que quería hacer. Por otra parte, sí era robar; porque.... porque aquello era... un robo, un fraude o como se dijera, pero ello era robar.

Satisfecho de sí mismo hasta cierto punto, en medio de aquella desolación moral, contemplaba la rectitud de su alma, que rechazaba sofismas vanos y gritaba: «¡*robar, robar*!». Lo cual no impidió que Bonis se lavase y vistiera lo más de prisa que pudo y saliese de casa sin ser visto ni oído, con ánimo de estar de vuelta antes que Emma despertase.

«Estas cosas hay que hacerlas así, iba pensando por la calle. Si vacilo, si me estoy días y días dándome jaqueca con la idea de que esto es un crimen... a lo mejor viene el trueno gordo, D. Benito se cansa de esperar, Nepomuceno se entera del caso y... primero morir; cien veces la muerte y el infierno. A pagar, a pagar. ¿No quería secreto el señor cura? Pues ya verá qué secreto. Y soy un ladrón, no cabe duda, un ladrón.... Sí, pero ladrón por amor». Esta *frase interior* también le satisfizo y tranquilizó un poco. «¡Ladrón por amor!». Estaba muy bien pensado. Llegó al portal de la casa del escribano. «¿Subiría? Sí; en último caso, si lo que iba a hacer era un verdadero delito, su honradez heredada, la fuerza de la sangre, limpia de todo crimen, el instinto del bien obrar, *en suma*, le impedirían llevar a cabo lo que intentaba. Se le trabaría la lengua o se le doblarían las piernas, como en recientes aventuras de otra índole; si nada de esto le sucedía, no debía de haber tal crimen ni tales alforjas».

D. Benito estaba en pie en medio de su despacho oscuro, de techo bajo; estaba rodeado de escribientes que trabajaban en vetustos escritorios forrados de muletón verde. Los libros del protocolo, macizos y graves, de lomo pardo, estaban allí, con la solemnidad misteriosa que tal pavor supersticioso infundía en el alma romántica y nada jurisperita de Bonis.

El notario se acercó a su amigo el Sr. Reyes y le frotó las orejas con ambas manos como para entrar en calor. Fingimiento inverosímil, pues estaba la atmósfera que ardía, según el otro.

—¿Qué hay, perillán? ¿A qué viene usted aquí? ¿A robarme tiempo, eh? Pues me lo pagará usted en dinero, porque el tiempo es oro. Y se reía D. Benito, encantado con su propia gracia.

—Sr. García, quisiera hablar con usted dos palabras....

Bonifacio hizo un gesto que pedía una entrevista a solas.

D. Benito, cogiendo al deudor por las solapas del gabán, le llevó tras de sí a un gabinete contiguo, cuyas paredes estaban ocultas también por estantes, continuación del protocolo. Allí estaban los libros de siglos pasados. «¡Dios mío, pensaba sin querer Bonis, bien antiguos son estos líos del papel sellado y las triquiñuelas de los escribanos!». Sin saber por qué, se acordó de haber oído describir las bodegas de Jerez y las soleras de fecha remota, que ostentaban en la panza su antigüedad sagrada. «¡Qué diferencia, pensó, entre aquello y esto!».

D. Benito le volvió a la realidad.

—Vamos a ver, señor mío, desembuche usted....

«Solos estamos los dos,
solos delante del cielo...».

¡Je, je!...

El notario, después de declamar aquellos dos versos de una comedia de aficionados, muchas veces representada en el pueblo porque era de *hombres solos*, dio una palmadita en el vientre a Reyes; y de pronto se quedó muy serio, muy serio, sin decir palabra, como dando a entender: «Soy todo oídos; basta de chistes; aquí tiene usted al representante de la fe pública, o al prestamista sin entrañas, lo que usted quiera».

—Sr. García, vengo a pagar a usted aquel piquillo....

—¿Qué piquillo?

—Los seis mil reales que usted tuvo la amabilidad....

—¿Qué amabilidad?, quiero decir, ¿qué seis mil reales?... Usted no me debe nada.

—¡Qué bromista es usted!—dijo Bonis, que más estaba para recibir los Santos Sacramentos que para chistes.

Y se dejó caer en una silla y empezó a contar onzas sobre una mesa.

Aquel dinero le quemaba los dedos, pensaba él, o debía quemárselos. La verdad era que la operación material de contar el dinero la hizo con bastante tranquilidad, muy atento sólo a no equivocarse, como solía; porque el reducir aquello a miles de reales, le parecía cálculo superior a sus fuerzas ordinarias.

D. Benito le dejaba hacer, estupefacto, o tal vez por el gusto de *amateur*. Era indudable que el espectáculo del oro le quitaba siempre la gana de bromear. Fuese por lo que fuese, la presencia del dinero siempre era cosa muy seria.

—Aquí están los seis mil; cámbieme usted esta....

—Pero...—a D. Benito se le atragantó algo muy serio también—; pero.... ¿qué está usted haciendo ahí, criatura?... ¿No le digo... a usted que.... ya no me debe nada?

—Sr. García... celebraría estar de buen humor para poder seguírselo a usted....

—¡Señor diablo!, le digo a usted que ayer mismo *me he reintegrado* de esa cantidad insignificante.

—¿Ayer?... usted... ¿quién?...

Lo que tenía atravesado en la garganta el escribano había saltado sin duda al gaznate de Reyes, porque el infeliz se atragantó también.

—A ver, D. Benito, explíquese usted... ¡por los clavos de Cristo!...

—Muy sencillo, amigo mío. Ayer de tarde, en el Casino, D. Juan Nepomuceno, su tío de usted....

—No es mi tío....

—Bueno... su....

—Bien, adelante; el tío... ¿qué?

—Pero hijo, ¿qué le pasa a usted? Está usted palidísimo, le va a dar algo, ¿será el calor? Abriré aquí...

—No abra usted... hable, hable; el tío... ¿qué?

—Pues nada; que hablando de negocios, vinimos a parar en las probabilidades del resultado de esa industria que van a montar ustedes con el dinero de las últimas enajenaciones.

—¿Una industria? Que vamos a montar... ¿nosotros?...

—Sí, hombre, la fábrica de productos químicos.

—¡Ah!, sí, bien; ¿y qué?

Bonifacio había oído en casa, a los parientes de su mujer, algo de productos químicos, pero no sabía nada concreto.

—¡Al grano! —dijo más muerto que vivo.

—Yo... con la mayor inocencia del mundo, le pregunté a su señor.... pariente si el dinero que usted acababa de tomar, honrándome con su confianza, era para los gastos primeros... para algún ensayo; para muestras de... qué sé yo...; en fin, que se me había metido en la cabeza que era para la fábrica. D. Juan... me miró con aquellos ojazos que usted sabe que tiene. Tardó en contestarme;

noté eso, que tardaba en hablar. En fin, encogiendo los hombros, me dijo: «Sí, efectivamente, para gastos preliminares, de preparación... pero tengo orden, ahora que me acuerdo, de pagar a usted inmediatamente ese dinero». Yo, la verdad, extrañaba que haciendo tan pocas horas que usted había recogido los cuartos... pero a mí, ¿quién me metía en averiguaciones?, ¿no es eso? En fin, que nos citamos para esta su casa a las diez de la noche, y a las diez y cuarto estaba aquí D. Juan Nepomuceno con seis mil reales en plata. Esta es la historia.

¡Aquella era la historia!, pensó Reyes desde el abismo de su postración. Estaba aturdido, se sentía aniquilado. El tío lo sabía todo... y ¡había pagado! ¿Y Emma? Al acordarse de su mujer experimentó aquella ausencia de las piernas, sensación insoportable que nunca faltaba en los grandes apuros.

Callaban los dos. El notario comprendió que allí había gato encerrado; «algún misterio de familia», pensaba él. Pero como había cobrado su dinero, de lo que estaba muy contento, como se había *reintegrado*, sabía contener su curiosidad, que dejaba paso a la más exquisita prudencia. Allá ellos, se decía, y seguía callando.

Rompió el silencio Bonis, diciendo con voz sepulcral:

—Si usted hiciera el favor de mandar que me sirvieran un vaso de agua.

—Con mil amores.

Una maritornes sucia y muy gorda presentó el agua con un panal de azúcar cruzado sobre el vaso.

—Gracias; sin azúcar. Nunca tomo azúcar en el agua. Gracias.

Esto lo decía Bonis con los ojos estúpidos clavados en el rostro risueño y soez de la moza; lo decía con una voz y un tono como los que emplean los cómicos al despedirse del pícaro mundo al final de un tercer acto, cuando están con el alma en la boca y un puñal en las entrañas.

El agua le calmó y dio cierta fuerza. Pudo levantarse y despedirse. No pensó en dar explicaciones ni disculpas. Su silencio era muy ridículo, es claro. ¿Qué estaría pensando aquel señor? Lo menos, que él estaba loco. Bien, ¿y qué? Valiente cosa le importaba en aquel momento a Bonis que se riera de él el mundo entero. ¡Nepomuceno había pagado los seis mil reales! Esto, esto era lo terrible. ¿Volvería a casa? ¿Se escaparía?

Viéndole tan conmovido, D. Benito, el Mayor, no quiso hablar una palabra más sobre el asunto misterioso; sin tirarle de las orejas ni andarse con cuchufletas, le despidió muy serio, con rostro compungido como acompañándole en una desgracia tan respetable cuanto desconocida para él; y después de conducirle hasta el primer tramo de la escalera, se volvió a su despacho. Sólo entonces se le ocurrió esta diabólica idea:

—Aquí hay gato, es claro; a mí no me importa; pero si... es una hipótesis, si hubiera podido haber un medio... así... verosímil.... legal... de... de cobrar yo mis seis mil reales, al tío primero, y después otros seis mil al sobrino.... Disparate, absurdo; corriente; pero hubiera tenido gracia.

Y dando un patético suspiro, se frotó las manos; y renunciando al ideal de cobrar dos veces, no pensó más en aquello y volvió a sus negocios.

En cuanto a Reyes, al llegar al portal, donde trabajaba y comía un zapatero de viejo, tuvo varias ideas y un desmayo. Las ideas fueron las siguientes: «Ese farsante de ahí arriba me ha engañado, he debido tener valor para acogotarle, o, por lo menos, para decirle cuántas son cinco. Miente como un bellaco; el tío Nepomuceno ha pagado porque este traidor no se fiaba de mí; me conoció en la cara que yo no podía sacar de ninguna parte seis mil reales y se fue al otro... y cantó... Verdad es que yo no le había encargado el secreto. Pero se suponía que lo necesitaba; debía de conocérseme en la cara; y a él acudí por su fama de discreto, de hombre de mucho sigilo.... Voy a volver arriba a matarle, exprofeso...».

Y cuando pensaba en esto, fue cuando sintió absoluta necesidad de dejarse caer. Cayó sentado en el portal y se le fue la cabeza. El zapatero acudió en su auxilio. Cuando volvió en sí Reyes, sintió, como la noche anterior, que le regaban la cara con agua fresca. Y medio delirando, dijo:

—Gracias... sola, sin azúcar.

-VII-

Dio expresivas muestras de gratitud al zapatero, que se ofreció a acompañarle a su casa y salió, sacando fuerzas de flaqueza, a paso largo, sin saber adónde iba. «Yo debía tirarme al río», se dijo. Pero enseguida reflexionó que ni por aquella ciudad pasaba río alguno, ni él tenía vocación de suicida. Pasó junto al café de la Oliva, donde solía tomar Jerez con bizcochos algunos domingos, al volver de misa mayor, y el deseo de un albergue amigo le penetró el alma. Entró, subió al primer piso, que era donde se servía a los parroquianos. Se sentó en un rincón oscuro. No había consumidores. El mozo de aquella sala, que estaba afinando una guitarra, dejó el instrumento, limpió la mesa de Reyes y le preguntó si quería el Jerez y los bizcochos.

—¡Qué bizcochos!, no, amigo mío. *Botillería*, eso tomaría yo de buena gana. Tengo el gaznate hecho brasas....

El mozo sonrió compadeciendo la ignorancia del señorito. ¡*Botillería* a aquellas horas!

—Ya ve usted... *botillería* a estas horas....

—Es verdad... es un... anacronismo. Además, el helado por la mañana hace daño. Tráeme un vaso de agua... y échale un poco de zarzaparrilla.

Debe advertirse que Bonifacio y el mozo, al hablar de *botillería*, estaban pensando en el helado de fresa que allí, en el café de la Oliva, se hacía mejor que en el cielo, en opinión de todo el pueblo.

Servido Reyes, el mozo volvió a su guitarra, y después de templarla a su gusto, la emprendió con la marcha fúnebre de Luis XVI.

Al principio Bonis saboreaba la zarzaparrilla inocente sin oír siquiera la música. Pero la vocación es la vocación. Al poco rato «su espíritu se fue identificando con la guitarra». La guitarra, para Bonis, era a los instrumentos de música lo que el gato a los animales domésticos.... El gato era el amigo más discreto, más dulce, más perezosamente mimoso.... la guitarra le acariciaba el alma con la suavidad de la piel de gato, que se deja rascar el lomo.

Las trompetas y tambores que imitaban las cuerdas, ya tirantes, ya flojas, le hicieron a Reyes *ponerse en el caso* del rey mártir; y se acordó de la frase del confesor: «Nieto de San Luis, sube al cielo». Lo había leído en Thiers en la traducción de Miñano. Muy a su placer se sintió enternecido. Sabía él que sólo el sentimentalismo podía darle la energía suficiente, o poco menos, para afrontar su «terrible» situación cara a cara con *todos los suyos*, o, mejor dicho, *todos los de su mujer.*

Sí, era preciso armarse de valor, ir al suplicio con el espíritu firme del desgraciado rey mártir. Para él era el suplicio la presencia de Emma y de Nepomuceno.

El guitarrista dejó a Luis XVI en el panteón, y saltó a la jota aragonesa.

Se lo agradeció Bonis, porque aquello edificaba; era el himno del valor patrio. Pues bien, lo tendría, no patrio, sino cívico... o familiar... o como fuese; tendría valor. ¿Por qué no? Es más, pensó que su pasión, su gran pasión, era tan respetable y digna de defensa como la independencia de los pueblos. Moriría al pie del cañón, a los pies de su tiple, sobre los escombros de su pasión, de su Zaragoza....

—No disparatemos, seamos positivos—se dijo.

Y se llevó las manos a los bolsillos con gesto de impaciente incertidumbre... ¿Si habría dejado aquellas onzas en casa del infame?... No... estaban allí, en el bolsillo interior del gabán... ¡lo que era el instinto! No recordaba cómo ni cuándo las había recogido y envuelto otra vez en su cucurucho.

Después que palpó su tesoro, empezó a sentirlo por el peso, peso que le oprimía dulcemente el pecho. Daba el dinero, aunque pareciera mentira a un ser tan romántico, daba cierto calorcillo suave. «¡Siete mil reales!» se decía; y experimentaba consuelo en sus tribulaciones; y sobre todo le animaba la conciencia de un *valor cívico* que nacía de la presión de aquellas onzas... ¡Oh! Es indudable lo que dice el catedrático de economía y geografía mercantil en la tienda de Cascos: «La riqueza es una garantía de la independencia de las naciones». Si estos siete mil reales fueran míos, yo afrontaría con menos miedo mi terrible situación. Huiría al extranjero; sí, señor, me escaparía... ¡Y si ella me acompañaba! ¡Oh!... ¡Qué felicidad!...

Juntos... en aquel rincón de Toscana o de Lombardía que ella conoce. Pero ¡ay!, siete mil reales eran muy pequeña cantidad para compartirla con una dulce compañera. En realidad, ¡qué pobre había sido él toda la vida! Había vivido de limosna... y quería ser amante de una gran artista llena de necesidades de lujo y de fantasía... ¡Miserable!... Se puso colorado recordando ciertas reticencias maliciosas y alusiones tan embozadas como venenosas de sus amigos envidiosos. El día anterior, el lechuguino, que en vano había querido conquistar a la Gorgheggi, había dicho en la tienda de Cascos:

—Estos señores creen que usted se entiende con la tiple, Sr. Reyes; pero yo defiendo la virtud de usted... y le ayudo en su campaña para desarmar la calumnia. Y mi argumento es este: «El Sr. Reyes sabe que una mujer de estas es muy cara, y él no ha de querer arruinarse y arruinar a su mujer por una cómica. Y sin regalos, y de los caros, es ridículo obsequiar a una artista de tales pretensiones. Es usted demasiado discreto».

La verdad era que si hasta la fecha no había necesitado más dinero que el prestado a Mochi, en adelante, si aquellas *relaciones se formalizaban*... Sí, era indispensable disponer de cuatro cuartos. Por muy desinteresada que se quisiera suponer a Serafina, y él la suponía todo lo desinteresada que puede ser la mujer ideal (el *bello ideal*), era indudable que si seguían tratándose y crecía la intimidad, llegarían ocasiones en que alguno de los dos tendría que pagar algo, hacer algunos gastos... y el ideal no llegaba al punto de exigir que pagase la mujer. No, tendría que pagar él. Pero ¿con qué? «Con el dinero que tenía en el bolsillo». Esto le dijo la *voz de la tentación*, pero la voz de la honradez, antipática por cierto, contestó: «¡Ese dinero no es tuyo!». La guitarra, que seguía hablando al alma de Bonis, se inclinaba al partido de la tentación. La música le daba energía y la energía le sugería ideas de rebelión, deseo ardiente de emanciparse... ¿De qué? ¿De quién? De todo, de todos; de su mujer, de Nepomuceno, de la *moral corriente*, sí, de cuanto pudiera ser obstáculo a su pasión. Él tenía una pasión, esto era evidente. Luego no era rana, por lo menos *tan rana* como años seguidos había pensado.

Salió del café en un arranque de actividad que le sugirió también la energía reciente, y tomó el camino de su casa dispuesto a afrontar la situación y a no soltar los cuartos por lo pronto. Es claro que él acabaría por hacer ingresar aquellos siete mil reales *en caja*; pero, ¿cuándo? No corría prisa.

Como en la calle ya no oía la guitarra del mozo del café, se le empezó a aflojar el ánimo, y sin darse clara cuenta de sus pasos, en vez de entrar en su casa se encontró en el vestíbulo del teatro. Era hora de ensayo. Allí estaría Serafina de fijo. Tampoco le desagradó aquel cambio instintivo de rumbo. Era otra prueba de que estaba muy enamorado. Siempre había leído que los buenos amantes, en casos análogos, hacían lo que él, seguir el misterioso imán del amor. ¡Oh!, y lo que él necesitaba era estar bien seguro de que experimentaba una pasión *fatal*, invencible. Averiguado esto, todas las consecuencias, fatales también, las reputaba legítimas.

Ocho días después Bonis no se conocía a sí mismo, y se alegraba: es más, ni pensaba en conocerse.

Serafina era suya, y él, por supuesto, era de Serafina, hasta donde podía serlo aquel mísero esclavo de su mujer. Caricias como las de la italiana-inglesa, Reyes ni las había soñado. «¡Nunca creí que el *placer físico* pudiera llegar tan allá!», se decía saboreando a solas, rumiando, las delicias inauditas de aquellos amores de *artista*. Sí, ella se lo había asegurado, el amor de los artistas era así, extremoso, loco en la voluptuosidad; pasaba por una dulcísima pendiente del arrobamiento ideal, cuasi místico, a la sensualidad desenfrenada....

En fin, él veía visiones; pero ¡qué hermosas, qué sabrosas! Tenía que confesar que «la parte *animal*, la bestia, el bruto, estaba en él mucho más desarrollado de lo que había creído». No pensaría Bonis que el inofensivo flautista que olía a aceite de almendras, tenía dentro de sí aquel turcazo voluptuoso que se dejaba querer al estilo artístico-oriental tan ricamente. Y, sin embargo, el alma, el espíritu puro, velaba, ¡sí, velaba!, y Serafina era la primera en mantener aquel fuego sagrado de la poesía. «¡Besos con música! El que no sabe lo que es esto no sabe lo que es bueno. Niego que haya moralista con derecho a reprenderme por mi pasión, si el tal nunca ha gustado esta delicia, ¡besos con música!...». Pero el mayor encanto, el éxtasis de la dicha, estaba en otra parte; en la íntima alegría del orgullo satisfecho.

—Serafina me ama, me ama; estoy seguro; llora de placer en mis brazos, no hay fingimiento, no; en la escena no sabe hacerlo tan bien; me quiere de veras, le gusto, le gusto como *físico* y como moral, digámoslo así.

¿Y dónde cabría mayor gloria que gustarle a ella, a la mujer *soñada*, a la que él amaba como amante y madre y musa en una pieza?

Lo cierto era que la Gorgheggi, corrompida en muy temprana juventud por Mochi, su maestro y protector, se vengaba de su tirano y de la pícara suerte, y no sabía de quién más, arrojándose a la mayor torpeza, al desenfreno loco en los amores temporeros que su infame corruptor y amante insinuaba, favorecía y explotaba.

Mochi había seducido a su discípula para dominarla; mucho tiempo creyó tener en ella una gloria futura y una renta de muchos miles de liras, que pronto se empezarían a cobrar. La corrompió para unirla a su suerte; después, cuando el desencanto llegó, las frías lecciones de la realidad le hicieron ver que se había equivocado, que a su hermosa discípula la faltaba algo y la faltaría siempre para llegar a verdadera estrella.... le faltaba la voz y la flexibilidad suficiente de garganta. Tenía mucho gusto, sentía infinito, en el timbre había una extraña pastosidad voluptuosa, que era lo que llamaba Bonis voz de madre; sí, hablaba aquel timbre de salud, de honradez, de discreción femenina, de dulzura doméstica; pero... era poca voz para los grandes teatros. Y, además, se movía poco la garganta: como una virgen demasiado gruesa se parece a una matrona, la voz de la Gorgheggi tenía, siendo ella aún muy joven, un *enbonpoint*, decía Mochi, que la quitaba la agilidad, la esbeltez.... En fin, ello era que, a pesar de estar él seguro de que allí había un corazón y un talento de gran artista y un timbre originalísimo, seductor... no teníamos verdadera estrella de primera magnitud. Esta convicción que adquirió antes Mochi, llegó al cabo a la conciencia de Serafina; mas fue el secreto mutuo, si vale decirlo así, de que jamás se hablaba. Fue la tristeza común quien los unió más que su trato amoroso y sus intereses; pero fue también el origen y causa permanente de ocultos rencores, de humillaciones viles. Mochi, por amor propio, por vanidad de hombre de negocios, no quiso dar su brazo a torcer, confesarse que se había equivocado uniéndose a Serafina para explotarla. ¿No era una gran artista? Pues era mediana, y era además una mujer muy hermosa, y, más que hermosa, seductora. Pensando, como en una prueba de habilidad, en que no se había casado con ella, en que podía separarse de su *negocio* en cuanto fuese gravoso, se atrevió a comerciar con su hermosura y él mismo le puso delante la tentación. Serafina, la primera vez que cayó en ella, cayó, como tantas otras, seducida por la vanidad, por la lujuria exaltada de la mujer de teatro, por el interés: su primer amante, a quien quiso un poco, de quien estuvo muy orgullosa, fue un General francés, Duque, millonario. La venganza que Mochi se reservó para hacer pagar a su discípula la infidelidad espontánea, que él mismo había provocado, pero que le dolía, fue dejarla ver que él lo sabía todo y que el Duque era su mejor amigo y protector. Los regalos que Serafina ocultaba no eran la mitad del provecho que de tales relaciones había sacado la compañía. Siempre sereno, siempre risueño, feroz y cruel en el fondo, Mochi hizo comprender a su amiga que aquella tolerancia del maestro continuaría, y que era indispensable para tener nivelados los presupuestos de la sociedad. Lo que no hacía falta era explicarse directamente; lo que allí hubiera sido repugnante, según el tenor, era un pacto explícito; no hacía falta. Además, él continuaba siendo amante de su discípula, y por rachas le entraba un verdadero amor a que ella debía corresponder, o fingirlo a lo menos. Pero lo principal era lo principal, y cuando se presentaba un partido, Mochi se reducía al papel de marido que no sabe nada; esto ante Serafina; ante el nuevo galán no era ni más ni menos que para el público, el maestro, *il babbo* adoptivo.

El segundo devaneo de Serafina, en Milán, ya no fue espontáneo. Aceptó como aceptaba una contrata en un teatro, porque lo exigía el *otro*, Mochi. También ella creía de *buen gusto* guardar las formas; hacía como que engañaba a su amante y director artístico. Y algo le engañaba, porque, vengándose a su vez de aquel miserable comercio a que se la condenaba, daba a entender a Mochi que sólo por interés y obediencia aceptaba los galanteos provechosos, y que en el fondo sólo a su maestro quería.

Mochi creía algo de esto. «Sí, ella me quiere ya; y me quiere a mí sólo: si no fuera así, se escaparía; con los demás finge por interés y por obedecerme».

Lo cierto era que la Gorgheggi no amaba a su tirano y le había sido infiel de todo corazón desde la primera vez; pero al verse vendida, le dolió el orgullo; creía que Mochi estaba loco por ella, y cuando advirtió que era cómplice de sus extravíos, lo cual demostraba que no había tal pasión por parte del tenor, se sintió más sola en el mundo, más desgraciada, y experimentó el despecho de la mujer coqueta que, sin querer ella, desea que la adoren. Aquel comercio infame la dolía más que la repugnaba; en su vida de teatro, en la que entró ya seducida, enamorada del vicio, no había tenido ocasión de adquirir nociones de dignidad ni de amor puro; aquella mezcla del amor y el interés le parecía sólo producto de su oficio; que la hermosura tenía que ser el complemento del arte para ganar la vida, lo admitía, sobre todo desde que ella misma estuvo convencida de que jamás llegaría a ser *prima donna assolutissima* en los grandes teatros.

Pero lo que lastimaba lo que llamaba ella su corazón, era la complicidad de Mochi. «Yo hubiera hecho lo mismo sola y él hubiera conservado mi respeto y mi amistad y mis caricias cuando las quisiera, y el provecho de estas infidelidades mías también se habría repartido. ¿Qué falta hacía que él se mezclase en esto? No me dice nada, pero me empuja, me echa en brazos de los que debiera considerar como rivales...».

Y esto era lo que ella quería que él pagase. ¿Cómo? Suponía la Gorgheggi que aunque él no estuviera ya enamorado, se creía querido todavía; y engañarle, arrojarse con ardor al vicio, al amor lucrativo; remachar los besos que vendía, era su venganza.

Eso hacía, sin darse cuenta de que tomaba parte en aquellos furores de lubricidad con aires de pasión, la lascivia, la corrupción de su temperamento fuerte, extremoso y de un vigor insano en los extravíos voluptuosos. Se entregaba a sus amantes con una desfachatez ardiente que, después, pronto, se transformaba en iniciativa de bacanal, es más, en un furor infernal que inventaba delirios de fiebre, sueños del hachís realizados entre las brumas caliginosas de las horribles horas de arrebato enfermizo, casi epiléptico.

Cuando su cuerpo macizo y bien torneado, suave y palpitante, cayó en los brazos de Bonifacio Reyes, ya estaba ella un poco cansada de aquella campaña terrible de *su venganza*, pero todavía sus arrebatos eróticos eran manjar muy superior al estómago empobrecido por tibias aguas cocidas del mísero escribiente de D. Diego.

Él estaba pasmado, además de vivir en perpetua embriaguez, casi en alucinación constante. Creía sentir aquellas caricias sin nombre (él a lo menos no sabía cómo llamarlas), a todas horas, en todas partes; se le figuraba estar bañándose todo el día en los besos de Serafina; la veía, la oía, la olía, la palpaba en todas partes, hasta en el cuarto de Emma, entre las medicinas y mal olientes intimidades de la esposa enferma y poco limpia. Le extrañaba a veces que su mujer no conociese que la otra estaba allí, entre los dos, más cerca de él que ella misma.

«¡Qué mujer! — pensaba el infeliz a cualquier hora, en cualquier parte —. ¡Quién había de imaginar que había mujeres así! ¡Oh!... todo esto es el arte... sólo una artista puede querer en esta forma tan.... deliciosamente exagerada».

Lo que más picante le parecía, lo que venía a remachar el clavo de la felicidad, era el contraste de Serafina, quieta, cansada y meditabunda, con Serafina en el éxtasis amoroso: esta mujer, toda fuego, que asustaba con sus gritos y sus gestos de furiosa de amor; que hablaba, mientras acariciaba, con una voz ronca, gutural, que parecía salir de la faringe sin pasar por la boca, y que decía cosas tan extrañas, palabras que, aunque pareciera mentira, aún eran excitantes en medio de los hechos más extremosos de la pasión; esta mujer, diablo de amor, cuando el cansancio material irremediable sobrevenía y llegaban los momentos de calma silenciosa, de reposo inerte, tomaba aire, contornos, posturas, gestos, hasta ambiente de dulce madre joven que se duerme al lado de la cuna de un hijo. Las últimas caricias de aquellas horas de transportes báquicos, las caricias que ella hacía soñolienta, parecían arrullos inocentes del cariño santo, suave, que une al que engendra con el engendrado. Entonces *la diabla* se convertía en la mujer de la voz de *madre*, y las lágrimas de voluptuosidad de Bonis dejaban la corriente a otras de enternecimiento anafrodítico; se le llenaba el espíritu de recuerdos de la niñez, de nostalgias del regazo materno.

Cuando, al separarse, ella recomponía su tocado, con ademán tranquilo, familiar, echaba a la cabeza, en posturas de estatua, sus brazos de Juno, sonreía con reposada placidez, dejando los rizos de la sonrisa rodar en su boca y sus mejillas, como la onda amplia de curva suave y graciosa del mar que se encalma; pensaba, mirando el rostro pálido del aturdido amante, más muerto que vivo a fuerza de emociones, pensaba en Mochi y se decía:

—¡Si le dijeran a ese miserable lo dichoso que acaba de ser este pobre diablo! Todo, todo por venganza. ¡Él cree que este infeliz tiene que contentarse con desabridas caricias; no sospecha que le estoy matando de placer y que va a morir entre delicias!

Bonis también creía que aquella vida no era para llegar a viejo; pero, a pesar de cierto vago temor a ponerse tísico, estaba muy satisfecho de sus hazañas. Se comparaba con los héroes de las novelas que leía al acostarse, y en el cuarto de su mujer, mientras velaba; y veía con gran orgullo que ya podía hombrearse con los autores que inventaban aquellas maravillas. Siempre había envidiado a los seres *privilegiados* que, amén de tener una ardiente imaginación, como él la tenía, saben expresar *sus ideas*, trasladar al papel todos aquellos sueños en palabras propias, pintorescas y en intrigas bien hilvanadas e interesantes. Pues ahora, ya que no sabía escribir novelas, sabía hacerlas, y su existencia era tan novelesca como la primera. Y buenos sudores le costaba, porque había ratos en que su apurada situación económica, sus remordimientos y sus miedos sobre todo, le ponían al borde de lo que él creía ser la locura. No importaba; la mayor parte del tiempo estaba satisfecho de sí mismo. Aquella ausencia de facultades expresivas, que según él era lo único que le faltaba para ser un artista, estaba compensada ahora por la *realidad de los hechos*; se sentía héroe de novela; no había sabido nunca dar expresión a lo que era capaz de sentir; mas ahora él mismo, todos sus actos y aventuras, eran la viva encarnación de las más recónditas y atrevidas imaginaciones. Y si no, se decía, no había más que repasar su existencia, fijarse en los contrastes que ofrecía, en los riesgos a que le arrastraba su pasión y en la calidad y cantidad de esta. Emma, cada día más aprensiva y más irascible, exigente y caprichosa, había llegado a complicar el tratamiento de sus enfermedades reales e imaginarias hasta el punto de que, el mismo Bonifacio, a pesar de su gran retentiva y experiencia, había necesitado recurrir a un libro de memorias en que apuntaba las medicinas, cantidades de las tomas y horas de administrarlas, con otros muchos pormenores de su incumbencia. Como la enferma no estaba muy segura de padecer todos los males de que se quejaba, temerosa muchas veces de que las pócimas recetadas no fuesen necesarias dentro del estómago y acaso sí perjudiciales, prefería por regla general el *uso externo*, con lo cual se aumentaban las fatigas del cónyuge curandero, porque todo se volvía untar y frotar el cuerpo delgaducho y quebradizo, quejumbroso y desvencijado, de su media naranja o medio limón, como él la llamaba para sus adentros; porque los desahogos de Bonis eran de uso interno, al contrario de lo que sucedía con las medicinas de su mujer. Pulgada a pulgada creía conocer el antiguo escribiente la superficie de aquel asendereado cuerpo de su mujer, donde él daba friegas con fuerza y con delicadeza a un tiempo, según lo exigía la paciente, esparcía ungüento con justicia distributiva, amoroso tacto, pulcritud y suavidad; así como en la región del pecho, y en la espalda y sobre el hígado había pasado un pincel impregnado de yodo. Antojábasele aquel mísero conjunto de huesos y pellejo y de importunas turgencias, edificio ruinoso que el dueño defiende contra la piqueta municipal a fuerza de revoques de cal y manos de pintura y recomposición de tejas. «¡Ay!, en vano la retejo, y la unto, y la froto, y la pinto; esta mujer mía hace agua por todas partes, y el viento de la ira entra en ella por mil agujeros; esta destartalada máquina, inútil para mí, en cuanto legítimo esposo, sirve sólo, y servirá tal vez muchos años, para albergue del espíritu sutil de la discordia y de la contradicción: poca materia necesita el ángel malo para encaramarse en ella como un buitre en una horca, un búho en un torreón escueto y abandonado, y desde su miserable guarida hacerme cruda guerra».

Lo cierto era que Bonis exageraba, lo mismo que en el lenguaje, en los achaques de su mujer. Emma, que había estado en peligro de muerte meses antes, poco a poco se reponía, y la nueva energía que iba adquiriendo empleábala en inventar más exigencias, más achaques y en procurarse unturas que no la comprometían a estar enferma de verdad, y en cambio habían llegado a ser para ella una segunda naturaleza; no se sentía bien sin grasa alrededor del cuerpo, sin algodón en rama aplicado a cualquier miembro; y en cuanto al resquemillo del yodo y a las cosquillas del pincel, habían llegado a ser uno de sus mejores entretenimientos. Todo ello servía para multiplicar los trabajos de Reyes, su responsabilidad y alarde de paciencia. Aquella resignación de su marido llegó a ser tan extremada, que a Emma acabó por parecerle cosa sobrenatural y diole mala espina. No sabía por qué le olía mal aquella sumisión absoluta; tiempo atrás, antes de sufrir las últimas humillaciones, protestaba tímidamente por medio de observaciones respetuosas; pero ahora, ni eso: callaba y untaba. A un insulto, a una provocación, respondía con una obra de caridad de las que inmortalizaban a un santo; allí hacía falta, no sólo el sacrificio del corazón, sino el del estómago, pues todo se sacrificaba. Bonis no tenía ni amor propio ni náuseas; el olfato parecía haber desaparecido con el sentimiento de la propia dignidad. ¿Qué era aquello? Lo que antes era para la esposa autocrática la única gracia de su marido, ahora comenzaba a convertirse en motivo de sospechas, de cavilaciones. ¿Por qué calla tanto? ¿Por qué obedece tan ciegamente? ¿Es que me desprecia? ¿Es que encuentra compensación en otra parte a estos malos ratos? Un día Emma, a gatas sobre su lecho, se recreaba sintiendo pasar la mano suave y solícita de su marido sobre la espalda untada y frotada, como si se tratase de restaurar aquel torso miserable sacándole barniz. «¡Más, más!», gritaba ella, frunciendo las cejas y apretando los labios, gozando, aunque fingía dolores, una extraña voluptuosidad que ella sola podía comprender.

Bonis, sudando gotas como puños, frotaba, frotaba incansable, con una sonrisa poco menos que seráfica clavada en el apacible rostro: sus ojos, azules y claros, muy abiertos, sonreían también a dulces imágenes y a deleitosos recuerdos. En vano Emma refunfuñaba, se quejaba, le increpaba y con palabras crueles le ofendía; no la oía siquiera; cumplía su deber y andando.

Volvió ella la cabeza hacia arriba, y al ver la expresión de beatitud de aquella cara, quedose pasmada ante semejante alarde de paciencia y humildad absoluta.

—A este algo le pasa, algo muy raro.... Parece más tonto que de costumbre, y al mismo tiempo en esa cara hay una expresión que yo no he visto nunca.

—¿Sabes que andas distraído, joven?

Aquel joven era la tremenda ironía de la mujer que, viéndose mustia y enfermiza, recordaba al tierno esposo que él envejecía, gracias, no sólo a los años, sino también a los disgustos de aquella servidumbre conyugal.

El joven no contestaba cosa de sustancia y entonces ella le miraba de hito en hito, y daba vueltas alrededor de él, para ver si por algún lado estaba abierto y se le veía el secreto que debía de tener entre pecho y espalda. Después le olfateaba. Le daba el corazón que por el olfato habían de empezar los descubrimientos... ¿A qué olía aquel hombre? Olía a ella, a los ungüentos con que la frotaba, al espliego y alcanfor de su jurisdicción ordinaria. «Habrá que olerle cuando venga de fuera, de la calle». Y le despachó, como casi siempre, con cajas destempladas.

Emma dormía mucho, y aun despierta tenía necesidad de estar completamente sola muchas horas, porque además de las intimidades a que podía y debía asistir Bonifacio, había otras más recónditas que no podía presenciar ni el marido; eran unas las del tocador, secreto de secretos, y otras misteriosas manías de cuya existencia no quería ella que supiese nadie. Añádase a esto que había conservado la mala costumbre de soñar despierta horas y horas en su lecho, antes de levantarse, y en tales deliquios de la pereza, así como en las frecuentes rachas de murria, Emma no toleraba la presencia de ningún semejante. Por todo lo cual, Bonis, a pesar de la estricta sujeción de sus tareas de marido enfermero, tenía por suyo mucho tiempo; el caso era ser exacto a las horas de servicio; de las demás no pedía cuentas el tirano. Todas las que, tiempo atrás, vivía Reyes olvidado por el mundo entero, sin tener que dar noticia de su empleo a nadie, a fuerza de ser él persona insignificante, ahora las dedicaba, siempre que había modo, a su amor. Veía a Serafina en el teatro, en la posada y en los largos paseos que daban juntos por parajes muy retirados o lejos de la ciudad.

Aquel día, después de lavarse bien con esponjas grandes y finas, género de limpieza que había aprendido observando a la Gorgheggi en su tocador, salió saltando las escaleras de dos en dos.

Y se decía: «¿Qué me importa ser aquí esclavo y oler a botica que apesto, si en otra parte soy dueño del más hermoso imperio, árbitro de la voluntad más digna de ser rendida, y me aguarda lecho de rosas y de aromas, que no sé si serán orientales, pero que enloquecen?».

Seguro estaba Bonis de que era aquel vivir suyo un rodar al abismo; que no podía parar en bien todo aquello era claro; pero ya... preso por uno... y además, en los libros románticos, a que era más aficionado cada día, había aprendido que a «bragas enjutas no se pescan truchas»; que un hombre de grandes pasiones, como él estaba siendo sin duda, y metido en aventuras extraordinarias, tenía que parar en el infierno, o, por lo menos, en las garras de su mujer y en un corte de cuentas de D. Juan Nepomuceno. Al pensar en D. Juan tembló de frío, porque se acordó de que los siete mil reales de la restitución providencial habían ido evaporándose, hasta quedar reducidos, en el día de la fecha, a dos mil. Lo demás había parado en manos de Serafina, ya en forma de regalos, ya en dinero, pues cierta clase de gastos indispensables no había tenido valor para hacerlos por sí mismo, temiendo que el secreto de sus amores pudiera ser conocido y divulgado por los comerciantes. ¿Con qué cara iba él a pedir en una tienda de su pueblo polvos de arroz de los más finos, ligas de seda, medias bordadas y pantalones de mujer con el jaretón por aquí o por allá?

En cuanto a Mochi, no se había vuelto a acordar para nada de dinero, ni para pedirlo, ni para pagar lo que debía. «En la cuestión de cantidades» no quería pensar Reyes; se figuraba que toda la deuda del Estado era cosa suya, la debía él. ¡Primero mil reales, después seis mil, ahora los siete mil de la restitución... el mundo, el mundo entero en forma de guarismos! No, no contaba él así; no se representaba las cantidades fijas, ni menos la suma de todas; él recordaba que primero había prestado lo que no tenía; después muchísimo más, y, por último, que había cometido el gran sacrilegio de profanar una cantidad sagrada, producto del secreto del confesonario, empleándola en un corsé regente, en unos búcaros con chinos pintados, en sortijas, flores y pantalones de señora... ¡Horror! «Sí, horror, pero ¿y qué se le iba a hacer? Preso por uno.... Aquella misma atrocidad de haber gastado tanto dinero que no era suyo demostraba la intensidad, la fuerza irresistible de su pasión. Pues adelante». Cierto era que quedaba el rabo por desollar. D. Juan Nepomuceno le tenía cogido por las narices, y podía hacer de él lo que le viniese en voluntad.

Poco a poco la figura de Nepomuceno, del odiado y odioso Nepomuceno, había ido creciendo a los ojos de la imaginación espantada de Bonis; sobre todo, las patillas cenicientas, en que el desgraciado veía el símbolo de todas las matemáticas aplicadas a la hacienda, el símbolo de los aborrecibles intereses materiales, del negocio, de la previsión y del ahorro... y la trampa si a mano viene; aquellas patillas habían subido, tocado las nubes, y en el inmenso abismo hundían los lacios hilos grises de sus puntas. ¡Rayo en ellas! Bonis, que amaba las letras, aborrecía los guarismos, y en punto a aritmética, decía él que todo lo entendía menos la división; aquello de calcular a cuántos cabían tantos entre tantos, siempre había sido superior a sus fuerzas; al llegar a lo de tantos entre tantos no caben (o no cogen, como él solía decir), sudaba y se volvía estúpido y sentía náuseas; pues bien, Nepomuceno, sólo con su presencia, hasta en idea, le producía el mismo efecto que una división en que sobraba algo; no le cogía el tal Nepomuceno.

Y eso que el muy taimado callaba como un bellaco. Ni una palabra le había dicho después de haber descubierto y pagado el préstamo famoso de D. Benito. Es claro que tampoco Bonis había abordado la cuestión; en este particular estaba el escribiente como el condenado a muerte que, con los ojos tapados, aguarda el golpe del verdugo, y con gran sorpresa, pero sin perder el miedo, siente que el tiempo pasa y el golpe no llega. De otra manera también se figuraba su situación Reyes, fecundo siempre en alegorías y toda clase de representaciones fantásticas; se figuraba que a sus pies había una gran mina, que él estaba seguro de que el fuego había prendido en la mecha... ¿Por qué no venía el estallido? ¿Se había mojado la pólvora? ¿Se había mojado la mecha? No; él estaba convencido de que Nepomuceno estaba seco y bien seco; sería que la mecha era más larga que él había pensado; el fuego iba dando rodeos, pero el estallido vendría, ¡no podía faltar! Aun así, daba gracias a Dios por aquel plazo, que le permitía entregarse a su gran pasión sin complicaciones económicas, que todo lo hubieran aguado.

Llegó Bonis al ensayo oliendo a agua de colonia, risueño y arrogante hasta el punto que él podía serlo. Gran algazara había en el escenario. Aquel día era de los de sol allí dentro, a pesar de que poca luz podía entrar hasta la escena y la sala por las puertas de los palcos y los ventiladores del techo; el sol que vio allí Reyes era un sol moral (quería decirse que todos estaban contentos); Mochi había pagado y las rencillas habían concluido, o, por lo menos, quedaban escondidas; el barítono embromaba a la contralto, el director de orquesta al bajo, Mochi a una señora del coro, y la Gorgheggi iba y venía repartiendo sonrisas y saludos con voz de pájaro; para todos tenía inocentes coqueterías, agasajos de voz y de gesto: para los de la escena, para los señores de las bolsas o faltriqueras, y hasta para tal o cual músico que había desafinado o perdido el tiempo. Serafina, radiante, se lo perdonaba con una interjección o una inclinación de cabeza, y cargaba con la responsabilidad. Tal vez el director decía: «¡Cristo!» y miraba con fingido enojo al trompa, y entonces ella encogía los hombros y mordía la punta de la lengua con picardía de colegiala, para decir enseguida, llena de abnegación:

—Maestro, maestro... senti, non e'colpevole, questo signore, sono io.

¡Qué música de voz! ¡Qué corazón!, pensaba Bonis, que entraba en el palco de sus amigos.

-VIII-

En el café de la Oliva se dispuso cierta noche una cena para doce personas, en el comedor de arriba; un cuarto oscuro que a los calaveras del pueblo y al amo del establecimiento les parecía muy reservado, y muy misterioso, y muy a propósito para orgías, como decían ellos.

El camarero de la guitarra y otros dos colegas se esmeraban en el servicio de la mesa, porque eran los de la ópera los que venían a cenar; y... ¡colmo de la expectación!, se aguardaba también a las cómicas; vendrían la tiple, la contralto, una hermana de esta y la doncella de Serafina, que en los carteles figuraba con la categoría dudosa de otra tiple.

El único profano a quien se invitó fue Bonifacio; él, lleno de orgullo artístico, pero recordando que la hora señalada para la tal cena era de las que su esposa le tenía embargadas para las últimas friegas, ofreció ir a los postres y al café, reservándose el cuidado de echar a correr a su tiempo debido. No sabía que a lo que él iba era a pagar. Esto lo supo después, cuando, ebrio de amor y un poco de benedictino non sancto, había caído en el panteísmo alalo a que le llevaban todos los entusiasmos de su organismo, más empobrecido de lo que prometían las buenas apariencias de su persona.

Llegó cuando los músicos y cantantes saboreaban el ponche a la romana que Mochi había incluido en la lista de la cena. Fue recibido con una aclamación, en que tomaron parte las señoras. Sin saber cómo, y cuando la emoción producida por tal recibimiento aún le tenía medio aturdido, se vio Reyes al lado de su ídolo, Serafina, que había comido mucho y bebido proporcionadamente. Estaba muy colorada y de los ojos le saltaban chispas. En cuanto tuvo junto a sí a Bonis, le plantó un pie encima, un pie sin zapato, calzado con media de seda.

—¡Nene—dijo acercándole la cara al oído—, apestas a colonia!

Y le azotó un tobillo, por encima del pantalón, con el pie descalzo. Bonis se ruborizó no por lo del pie, sino por lo de la colonia; aquel olor era el rastro de su esclavitud doméstica.

«Si yo no oliese a colonia, ¡a qué olería!» pensó. Pero olvidó enseguida su vergüenza al oír a Serafina que, quedándose muy seria, con la voz algo ronca con que le hablaba siempre en la intimidad de su pasión, le dijo, otra vez, al oído casi:

—Acércate más, aquí nadie ve nada... ya todos están borrachos.

Y sin esperar respuesta, y antes que Bonis se moviese, ella, bruscamente, sin levantarse, hizo que su silla chocara con la del amante, y ambos cuerpos quedaron en apretado contacto. El olor a colonia desapareció, como deslumbrado por el más picante y complejo, que era una atmósfera casi espiritual de Serafina; aquel olor a perfumes fuertes, pero finos, mezclado con el aroma natural de la cantante, era lo que determinaba siempre en Bonis las más violentas crisis amorosas. Perdió el miedo, aturdido por aquella proximidad ardiente y olorosa de su amada, y como si esto fuera escasa borrachera, se dejó seducir por las tretas de Mochi, que le invitaban sin cesar a beber de todo. Bebió Reyes ponche, champaña, benedictino después, y ya, sin conciencia despierta para reprobar las demasías que se permitían el barítono y la contralto y alguna otra pareja, consintió en brindar, por último, cuando de todas partes salían exclamaciones que le invitaban a desahogar su corazón en el seno de aquella amistad artística, «no por nueva, pensaba él, menos firme y honda».

Borracho del todo nunca lo había estado Bonifacio; un poco más que alegre, sí, aunque no muchas veces; y en tales trances era cuando se le soltaba la lengua un poco, y decía aproximadamente algo parecido a lo mucho que le bullía en el pecho.

Consultó con los candorosos ojos a su amada si haría bien o mal en brindar; la Gorgheggi aprobó el brindis con un apretón de manos subrepticio, y el flautista frustrado se levantó entre aplausos.

—Señoras y señores—dijo con una copa de agua en la mano—, es tanto mi agradecimiento, es tal la emoción que me embarga, que... lo digo yo y no me arrepiento, yo, Bonifacio Reyes, pago todo el gasto... eso es, toda la comida y toda la bebida... *botillería* inclusive.... Benito (a un camarero), ya lo oyes, todo esto es cuenta mía. (Bravos y exclamaciones. Mochi sonreía satisfecho, como pudiera estarlo un profeta que ve cumplida su profecía.) Yo lo pago todo, y no hay que preguntarme de dónde salen las misas. Preso por uno, preso por ciento, y uno... eso es.... Nadie me toque a la vida privada. ¡Ahí le duele!... La vida privada de la vida ajena es un sagrado, arca santa, arca sanctorum....

—Sancta Sanctorum!—interrumpió un apuntador que había sido seminarista. (Voces de: ¡silencio!, ¡fuera!)

—Bueno; sanctorum omnium. Señores, yo no puedo... yo no sé decir, ni debo, ni puedo ni quiero, todo lo que para mí significa vuestro cariño.... Yo amo el arte... pero no lo sé expresar; me falta la forma, pero mi corazón es artístico; el arte y el amor son dos aspectos de una misma cosa, el anverso y el reverso de la medalla de la belleza, digámoslo así. (Bravos; asombro en los cómicos.) Yo he leído algo... yo comprendo que la vida perra que he llevado siempre en este pueblo maldito es mezquina, miserable... la aborrezco. Aquí todos me desprecian, me tienen en la misma estimación que a un perro inútil, viejo y desdentado... y todo porque soy de carácter suave y desprecio los bienes puramente materiales, el oro vil, y sobre todo la industria y el comercio.... No sé negociar, no sé intrigar, no sé producirme en sociedad... luego soy un bicho, ¡absurdo!, yo comprendo, yo siento... yo sé que aquí dentro hay algo.... Pues bien, vosotros, artistas, a quien también tienen en poco estos mercachifles sedentarios, estas lapas, estas ostras de provincia, me comprendéis, me toleráis, me agasajáis, me aplaudís, admitís mi compañía y....

Bonis estaba pálido, se le atragantaban las palabras, hacía pucheros, y su emoción, de apariencia ridícula, no les pareció tal por algunos momentos a los presentes, que sin gritar ni moverse siquiera, escuchaban al pobre hombre con interés, serios, pasmados de oír a un infeliz, a un botarate, algo que les llegaba muy adentro, que les halagaba y enternecía. Al orador no le faltaban palabras, pero las lágrimas le salían al camino y querían pasar primero; además, las malditas piernas se le desplomaban, según costumbre, y así, se le veía ir doblándose, y casi tocaba con la barba en el mantel, cuando siguió diciendo:

—¡Ah, amigos míos! Mochi amigo, Gaetano carísimo (el barítono), vosotros no podéis saber cuánto me halaga que al pobre Reyes abandonado, despreciado, humillado, le comprendan y quieran los artistas. Si yo me atreviera huiría con vosotros, sería el último, pero artista, independiente, libre, sin miedo al porvenir, sin pensar en él, pensando en la música... ¿Creéis que no os comprendo? ¡Cuántas veces leo en vuestro rostro las preocupaciones que os afligen, los cuidados del mañana incierto! Pero poco a poco el arte os devuelve a vuestra tranquilidad, a vuestra descuidada existencia; un aplauso os sirve de opio, el puro amor del canto os embelesa y saca de la miserable vida real.... Y el último de vosotros, Cornelio, que no tiene más que un traje de verano para invierno, olvida o desprecia esta miseria, y se entusiasma al gritar, lleno de inspiración artística, en su papel modesto de corista distinguido, aquello de la Lucrezia: Vivva il Madera! (Bravos y aplausos interrumpen al orador. El corista aludido, que está presente y, en efecto, luce un traje digno de los trópicos y muy usado, abraza a Reyes, que le besa entre lágrimas.)

Quiso continuar, pero no pudo; cayó sobre su silla como un saco, y Serafina, orgullosa de aquella oratoria inesperada y de la discreción con que su amante se abstuvo de aludirla, le felicita con un apretón de manos y otro de pies más enérgico.

Mochi se aproxima al héroe, le abraza y le dice al oído, rozándose los rostros:

—Bonifacio, lo que te debo, lo que vales, nunca lo olvidará este pobre artista desconocido y postergado.

Las lágrimas de Mochi, mezcladas con los polvos de arroz que no ha limpiado bien aquella noche, caen sobre las mejillas del improvisado anfitrión.

Al cual apenas le quedan fuerzas para pensar.... Mas de repente da un brinco, lívido, y con el brazo en tensión, señala con el índice a la esfera del reloj que tiene enfrente.

—¡La hora!—grita aterrado, y procura separarse de la mesa y echar a correr....

—¿Qué hora?—preguntan todos.

—La hora de.... Bonis miró a Serafina con ojos que imploraban compasión y ser adivinados.

Serafina comprendió; sabía algo, aunque no lo más humillante, de aquella esclavitud doméstica.

—Dejadle, dejadle salir, tiene que hacer a estas horas, sin falta... no sé qué, pero es cosa grave; dejadle salir.

Bonis besó con la melancólica y pegajosa mirada a su ídolo, ya que no podía de otro modo, y enternecido por el agradecimiento, tomó la escalera....

Los cómicos le dejaron ir, pero miraron a Mochi como preguntándole algo que él debía adivinar.

Mochi, risueño, tranquilo, retorciéndose el afilado bigote, adivinó en efecto, y dijo:

—¡Oh, señores, no hay cuidado! Palabra de rey; aquí le conocen y saben que no hay dinero más seguro que el del Sr. Reyes. Si no ha pagado ahora mismo, habrá sido por olvido... o por no ofendernos.

—Claro—dijo el barítono—; eso sería limitar el gasto....

—Sí, se conoce que es un caballero.

Todos convinieron en que Bonis pagaría todo el gasto que se hiciera aquella noche.

En cuanto a Bonifacio, comprendía, muy a su placer, que por el camino se le iba aliviando la borrachera. Estaba seguro de que aquella buena acción que había comenzado el fresco de la noche, la llevaría a remate el miedo que le daba su mujer.

—Sí, estoy tranquilo, debo estar tranquilo; cuando entre en su cuarto, el instinto de la conservación, llamémoslo así, me hará recuperar el uso de todas mis facultades, y Emma no conocerá nada. Además, puede que se haya dormido, y en tal caso hasta mañana no habrá riña por mi tardanza; y lo que es mañana, ya estaré yo tan limpio de vino como el Corán.

Llegó a casa, abrió con su llavín, encendió una luz, subió de puntillas y entró en las habitaciones de su mujer. Una triste lamparilla, escondida entre cristales mates de un blanco rosa, alumbraba desde un rincón del gabinete; en la alcoba en que dormía Emma, las tinieblas estaban en mayoría; la poca luz que allí alcanzaba servía sólo para dar formas disparatadas y formidables a los más inocentes objetos.

Bonis se acercó al lecho a tientas, estirando el cuello, abriendo mucho los ojos y pisando de un modo particular que él había descubierto para conseguir que las botas no chillasen, como solían. Esta era una de las fatalidades a que se creía sujeto por ley de adverso destino; siempre las suelas de su calzado eran estrepitosas.

Al acercarse a su mujer se le ocurrió recordar al moro de Venecia, de cuya historia sabía por la ópera de Rossini; sí, él era Otello y su mujer Desdémona... sólo que al revés, es decir, él venía a ser un Desdémono y su esposa podía muy bien ser una Otela, que genio para ello no le faltaba.

Lo principal, por lo pronto, era averiguar si dormía.

Él se lo pidió al Hacedor Supremo con todas las veras de su corazón. Había pasado un cuarto de hora de la señalada para las últimas friegas de la noche.

—Por lo menos calla—pensó, cuando ya estaba quieto, porque sus pies habían tropezado con los de la cama.

Por desgracia, el silencio no era prueba del sueño; es más, aunque tuviese los ojos cerrados no había prueba; porque muchas veces, por mortificarle, por castigarle, callaba, así, con los ojos cerrados, y no respondía aunque la llamase; no respondía a no ser ¡terrible era pensarlo!, pero ¿cómo negárselo a sí mismo?, a no ser con una bofetada y un

—¡Toma! ¡Vete a asustar a tu abuela!... ¡Infame, traidor, mal marido, mal hombre! etcétera, etc.

Todo esto era histórico; ya sabía Bonis que si algún día se le ocurría escribir sus Memorias, que no las escribiría, ¿para qué?, habría que omitir lo de las bofetadas, porque en el arte no podían entrar ciertas tristezas de la realidad excesivamente miserables, y lo que es sus Memorias, o no serían, o serían artísticas; pero omitiéralas o no, las bofetadas eran históricas. No habían sido muchas, pero habían sido. Y más tenía que confesarse, que en rigor, en rigor, no le ofendían mucho; más quería un cachete, si a mano viene, que una chillería; el ruido lo último de todo. Además, Emma cuando le insultaba, se repetía; sí, se repetía cien y cien veces, y aquello le llegaba a marear. Verdad era que cuando le pegaba se repetía también; bueno, pero no tanto.

Emma tenía los ojos cerrados. Su esposo no se fiaba y le acercó un oído a la boca. Su respiración tenía el ritmo regular del sueño. Podía ser fingido. No se sabía si dormía o no. En cuanto a llamarla, hacía tiempo que había renunciado a semejante prueba. Prefería estar allí, con la cabeza inclinada sobre el rostro de la supuesta enferma, porque, en todo caso, constaría que él, Bonis, había cumplido con su deber procurando indagar si el sueño de su esposa era real o fingido. Si pasaban tres o cuatro minutos, declaraba a Emma en rebeldía y se retiraba satisfecho por haber cumplido con su deber. Podía al día siguiente echarle en cara su abandono, el olvido en que la tenía, etcétera, etc.; pero él estaba seguro de que se quejaba sin razón, porque se decía: «Si estaba despierta, demasiado sabe que no falté de mi puesto; si dormía, ¿para qué necesitó de mí?».

Pasaron los cuatro minutos de espera y Bonis quiso, por lo excepcional de las circunstancias, prolongar la experiencia.

A los cinco minutos Emma abrió los ojos desmesuradamente, y con una tranquilidad fría y perezosa, dijo, en una voz apagada que horrorizaba siempre a Bonis:

—Hueles a polvos de arroz.

En las novelas románticas de aquel tiempo usaban los autores muy a menudo, en las circunstancias críticas, esta frase expresiva: «¡Un rayo que hubiera caído a sus pies no le hubiera causado mayor espanto!».

Sin querer, Bonis se dijo a sí mismo muy para sus adentros el sustancioso símil «un rayo que hubiera caído a mis pies, etc.», y por una asociación de ideas, añadió por cuenta propia: «¡Mal rayo me parta! ¡Maldita sea mi suerte!».

—Hueles a polvos de arroz—repitió Emma.

Tampoco ahora contestó Bonis en voz alta. Pensó lo siguiente: «En todo soy desgraciado, hasta la Providencia es injusta conmigo; me castiga cuando no lo merezco: cien veces habré olido a polvos de arroz, y nada... y hoy... hoy que no hay de qué... hoy que no lo he...». De repente, se acordó de Mochi, de su abrazo y de que, en efecto, las lágrimas de borracho con que le había mojado, le olían a polvos de arroz. «¡Malditísimo marica!—pensó—; fue él, el sobón del tenor Mochi.... y ahora, ¡qué conflicto!, ¡qué tormenta! Porque

¿quién le dice a esta.... 'Mira, sí, huelo a polvos de arroz, pero es porque... me abrazó y me besó... ¡el tenor de la Compañía italiana!'?».

—Hueles a polvos de arroz—dijo por tercera vez la esposa desvelada.

Y con gran sorpresa del marido, un brazo que salió de entre la ropa del lecho no se alargó en ademán agresivo, sino que suavemente rodeó la cabeza de Bonis y la oprimió sin ira. Emma entonces olfateó muy de cerca sobre el cuello de Reyes, y este llegó a creer que ya no le olía con la nariz, sino con los dientes. Temió una traición de aquella gata; temió, así Dios le salvase, un tremendo mordisco sobre la yugular, una sangría suelta... pero al retroceder con un ligero esfuerzo, sintió sobre la nuca el peso de dos brazos que le apretaban con tal especie de ahínco, que no podía confundirse con la violencia ni el dolo malo; y acabó de entender, con gran sorpresa, de qué se trataba, cuando oyó un gemido ronco y mimoso, de voluptuosidad soñolienta, imperativa en medio del abandono, gemido que él conocía perfectamente y cuyo significado no podía confundirse con nada. Significaba todo aquello el renacimiento de una iniciativa conyugal largo tiempo abandonada. En la intimidad de las intimidades no tenía Bonis mando superior al que le había sido conferido en los demás quehaceres domésticos; de su espontaneidad no se esperaba ni se admitía cosa alguna. Un rayo que hubiera caído a sus pies... y de repente se hubiese convertido en lluvia de flores, no hubiera causado mayor sorpresa al amante de Serafina, que la actitud de su mujer soñolienta y caprichosa; pero sin andarse en averiguaciones de causas próximas o remotas, echó sus cuentas Bonifacio, y se dijo en el fuero interno, sin pararse a examinar la exactitud de la frase, «lo echaremos todo a barato»; y a la invitación de su hembra hecha por señas infalibles, que levantaban en el alma nubes melancólicas de recuerdos que se deslizaban delante de una luna de miel muy hundida en el firmamento oscuro, contestó con otras señas que fueron estimadas en lo que valían.

«Esto no es infidelidad—pensaba Bonis—, esto es un 'sálvese el que pueda'». Su conciencia de amante, la falsa conciencia del romántico apasionado por principios, le acusaba, le decía que los recientes vapores de la orgía le prestaban un fuego que no era fingido; fuese resto de borrachera, agradecimiento, nostalgia de la luna de miel o lo que fuese, ello era que aquel panteísta de la hora de los brindis no sentía repugnancia ni mucho menos al cumplir aquella noche sus más rudimentarios deberes de esposo; a la sorpresa que le causó la extraña actitud de Emma, sucedieron pronto muchas sorpresas de un orden inenarrable, llámese así, sorpresas que le enseñaron allá entre sueños, que el que más cree saber no sabe nada, que las apariencias engañan, que la aprensión hace ver lo que no hay, y viceversa; en fin, ello era que, o los dedos se le antojaban huéspedes, o veía visiones, o su mujer no estaba tan en los últimos como ella decía, ni las gallinas y chuletas que juraba no digerir, ni los vinos exquisitos que aseguraba ella que la envenenaban, dejaban de surtir sus efectos en aquella «naturaleza»; que las unturas y el algodón en rama habían producido una... palingenesia.... algo así como una vegetación de la oscuridad, pálida, pero no mezquina. La torcida y dañada conciencia del fiel amante y del marido infiel, se quejaba, no admitía sofismas, allá en los adentros más nublados del turbado Bonis, que entre el sueño y la vigilia se entregaba, mitad por miedo, por desorientarla, como él se decía, mitad por una especie de voluptuosidad nueva y que juzgaba monstruosa, se entregaba a los arrebatos del amor físico, no con gran originalidad por cierto, pero sí con una espontaneidad que era lo que más le remordía en la citada conciencia de amante. Originalidad no la había, no; frases, gritos ahogados, actitudes, novedades íntimas del placer, que Emma recibía con tibias protestas y acababa por saborear con delicia epiléptica, y por aprender con la infalibilidad del instinto pecaminoso; todo esto era una copia de la otra pasión, todo revelaba el estilo de la Gorgheggi. Sin pasar de aquella misma noche, Bonis oyó a su mujer en el delirio del amor, que él siempre llamaba para sus adentros físico (por distinguirle de otro), oyó a Emma interjecciones y vocativos del diccionario amoroso de su querida; y vio en ella especies de caricias serafinescas; todo ello era un contagio; le había pegado a su mujer, a su esposa ante Dios y los hombres, el amor de la italiana, como una lepra; y de esto, la conciencia que protestaba era la del marido, la del padre de familia.... virtual que había en él, en Bonifacio Reyes. «Esto es manchar el tálamo con una especie de enfermedad secreta... moral... se decía, y esto es además faltar a mis deberes... de fiel amante romántico y artístico». Pero todos estos remordimientos mezclados y confusos se revolvían allá en el fondo del pobre cerebro, entre vapores de la borrachera que había creído desvanecida y que sólo se había descompuesto: por un lado era plomo que se le agolpaba a la cabeza, por otro lado lujuria exaltada, enfermiza, que amenazaba derretirle. Entre los brazos de Emma, Bonis oía de cuando en cuando gritos que le estallaban dentro del cráneo. «¡Bonifacio! ¡Reyes! ¡Bonifacio!» le decían aquellos tremendos estallidos, y reconocía la voz del barítono, y la del bajo, y la del que cantaba en Lucrezia: Vivva il Madera!

Vino el día y se durmió la triste pareja. A las diez despertó Emma, se acordó de todo, sonrió como una gata lo haría si pudiera, y dio a su marido un puntapié en la espinilla, diciendo:

—Bonis, levántate, que va a venir Eufemia.

Eufemia era la doncella que debía traerla el chocolate a Emma a las diez y cuarto en punto. No quería que la chica se enterase de que el matrimonio había dormido de aquella manera.

Cuando Bonis abrió los ojos a la realidad, como se dijo a sí mismo a los pocos segundos de despierto, lo primero que hizo fue bostezar, pero lo segundo... fue sentir una sed abrasadora de idealidad, de infinito, de regeneración por el amor, y además sed material no menos intensa, y grandísimos deseos de seguir durmiendo. Por lo demás, no quería pensar en su situación; le horrorizaba, por varios conceptos. Sideo, se le ocurrió decir acordándose de una de las siete palabras del Mártir de Gólgota, como él llamaba a Nuestro Señor Jesucristo; pero como Emma repitiese el puntapié con el pie desnudo en el hueso de la pierna derecha, Bonis tradujo su exclamación, diciendo: «Tengo mucha sed.... ¡algo líquido, por Dios!... ¡aunque sea jarabe!...».

—¡Oye, tú!; ¿sabes lo que te digo? Que te levantes antes que venga la chica... si tú no tienes vergüenza, la tengo yo....

Y con aquella actividad y energía que caracterizaban a Emma y que habían hecho pensar mil veces a Bonis que su mujer hubiera sido un magnífico hombre de acción, un político, un capitán, digo que usando de estas cualidades, la esposa arrojó al esposo del tálamo a patada limpia. No tuvo más remedio Reyes que vestirse provisionalmente deprisa y corriendo, y salir del cuarto de su media naranja sin más explicaciones: medio desnudo, descalzo, pues llevaba las botas en las manos (¿cómo calzar botas y no zapatillas al levantarse de la cama?), fue tropezando con todo por los pasillos, atravesó el comedor, bebió en un vaso de agua olvidado allí la noche anterior, llegó a su cuarto, se desnudó deprisa y mal, rompiendo botones; y en cuanto se vio en su lecho, en aquel que él tenía por propiamente suyo, pensó en entregarse a la reflexión y a los remordimientos de varias clases y harto contradictorios que le asediaban; pero la parte física pudo más; y la dulce frescura de la cama tersa, la suavidad del colchón bien mullido, le arrojaron, como sirenas vencedoras, en lo más hondo del mar del sueño, haciendo rodar sobre su cabeza olas de reposo y olvido.

-IX-

Durmió como un muerto, pero no mucho. Como un resucitado volvió a la vida haciendo guiños a la luz cruda de un rayo del sol del mediodía, que por un resquicio de la ventana mal cerrada, se colaba hasta la punta de sus narices, hiriéndole además entre ceja y ceja.

Aquel rayo de luz le recordaba los rayos místicos de las estampas de los libros piadosos; él había visto en pintura que a los santos reducidos a prisión, y aun en medio del campo, les solían caer sobre la cabeza rayos de sol por el estilo del que le estaba molestando. Si él fuese idólatra (que no lo era), vería en aquello la mano de la Providencia. No era idólatra, pero creía en el Hacedor Supremo y en su justicia, que tenía por principal alguacil la conciencia. Indudablemente su situación, la de Bonis, se había complicado desde la noche anterior. «Hueles a polvos de arroz», había dicho la engañada esposa, tres veces lo había dicho, y en vez de irritarse... de envenenarle o ahorcarle... ¡cosa más rara!...

Y al llegar aquí se le pusieron delante de la imaginación las carnes de su mujer tales como de soslayo y a escape las había vislumbrado por la mañana, al salir del lecho conyugal. No era lo mismo lo que había creído ver en el delirio o exaltación de la borrachera y la realidad que se le había presentado por la mañana; pero aun esta realidad excedía con mucho al estado que verosímilmente se hubiera podido atribuir a lo que él denominaba encantos velados y probablemente marchitos de su mujer. Sí, él mismo, a pesar de que, con motivo de las unturas y otros menesteres análogos, veía cotidianamente gran parte del desnudo de su Emma, no podía observar jamás, porque ella lo prohibía con sus melindres, aquellas regiones que, en la topografía anatómica y poética de Bonis, correspondían a las varias zonas de los encantos velados. En estas zonas era donde él había visto sorpresas, inesperados florecimientos, una especie de otoñada de atractivos musculares con que no hubiera soñado el más optimista. ¿Cómo era aquello? Bonis no se lo explicaba; porque aunque filósofo como él solo, amigo de reflexionar despacio y por sus pasos contados, sobre todos los sucesos de la vida, importáranle o no, era de esos pensadores que tanto abundan, que no hacen más que dar vueltas a ideas conocidas, alambicándolas; pero no descubría, no penetraba en regiones nuevas, y, *en suma,* en punto a sagacidad para encontrar el por qué de fenómenos naturales o sociológicos, era tan romo como tantos y tantos filósofos célebres que, en resumidas cuentas, no han venido a sonsacarle a la realidad burlona ninguno de sus utilísimos secretos. Mucho discurrió Bonifacio, pero no logró dar en el quid de que su mujer, dándose por medio difunta, tuviera aquellas reconditeces nada despreciables, aunque pálidas y de una suavidad que, al acercar la piel a la condición del raso, la separaba de ciertas cualidades de la materia viva. Parecía así como si entre el algodón en rama, los ungüentos y el tibio ambiente de las sábanas perfumadas, hubiesen producido una artificial robustez... carne falsa.... En fin, Bonis se perdía en conjeturas y en disparates, y acababa por rechazar todas estas hipótesis, contra las cuales protestaban todas las letras de segunda enseñanza que él había leído de algunos años a aquella parte, con el propósito (que le inspiró un periódico, hablando del progreso y de la sabiduría de la clase media) de hacerse digno hijo de su siglo y regenerarse por la ciencia. No, no podía ser; todas las leyes físico-matemáticas se oponían a que el algodón en rama fuera asimilable y se convirtiera en fibrina y demás ingredientes de la pícara carne humana.

No hay para qué seguir a Bonis en sus demás conjeturas, sino irse a lo cierto directamente. Cierto era, muy cierto, que Emma había amenazado ruina, que sus carnes se habían derretido entre desarreglos originados de sus malandanzas de madre frustrada, influencias nerviosas, aprensiones, seudohigiénicas medidas y cavilaciones, rabietas y falta de luz y de aire libre; pero también era verdad que no faltaba fibra al cuerpo eléctrico de aquella Euménide, que sus nervios se agarraban furiosos a la vida, enroscándose en ella, y que al cabo el estómago, llegando a asimilar las buenas carnes, y los buenos tragos produciendo sano influjo, habían dado eficacia al reciente apetito, y la salud volvía a borbotones inundando aquel organismo intacto a pesar de tantas lacerías.

Pensaba Emma, al verse renacer en aquellos pálidos verdores, que era ella una delicada planta de invernadero, y que el bestia de su marido y todos los demás bestias de la casa, querrían sacarla de su estufa y transplantarla al aire libre, en cuanto tuvieran noticia de tal renacimiento. Su manía principal, pues otras tenía, era esta ahora:

que tenía aquella nueva vida de que tan voluptuosamente gozaba, a condición de seguir en su estufa, haciéndose tratar como enferma, aunque, en resumidas cuentas, ya no lo estuviera. Además, con las nuevas fuerzas habían venido nuevos deseos de una voluptuosidad recóndita y retorcida, enfermiza, extraviada, que procuraba satisfacerse en seres inanimados, en contactos, olores y sabores que, lejos de todo bicho viviente, podían ofrecerle, como adecuado objeto, las sábanas de batista, la cama caliente, la pluma, el aire encerrado en fuelles de seda, el suelo mullido, las rendijas de las puertas herméticamente cerradas, el heno, las manzanas y cidrones metidos entre la ropa, el alcanfor y los cien olores de que sabía ya Celestina.

Como un descubrimiento saboreaba Emma la delicia de gozar con los tres sentidos a que en otro tiempo daba menos importancia, como fuentes de placer. En su encierro voluntario ni la vista ni el oído podían disfrutar grandes deleites; pero en cambio gozaba las sensaciones nuevas del refinamiento del gusto y del olfato, y aun del contacto de todo su cuerpo de gata mimosa con las suavidades de su ropa blanca, dentro de la cual se revolvía como un tornillo de carne.

En los días en que sus aprensiones, mezcladas con su positiva enfermedad nerviosa, la habían puesto en verdadero peligro, camino de la muerte, por la debilidad no combatida, había llegado a sentir una soledad terrible, la de todo egoísta que presiente el fin de su vida; todas las cosas y todos los hombres la dejaban morirse sola, irse con Dios; y con doble vista de enferma adivinaba el fondo de la indiferencia general, la proximidad del peligro.

«¡Se muere uno solo, completamente solo, los demás se quedan muy satisfechos en el mundo; ni por cumplido se ofrecen a morirse también!». Bonifacio, Sebastián, que tanto la había querido, según él decía, el tío Nepomuceno, todos se quedaban por acá, nadie hacía nada para ayudarla a no morir, nadie decía: «Pues ea, yo te acompaño».

Emma era una atea perfecta. Jamás había pensado en Dios, ni para negarlo; no creía ni dejaba de creer en la religión; cumplía con la Iglesia malamente, y eso por máquina. En su tiempo no se solía discutir asuntos religiosos en su tierra; los que no eran devotos gozaban de una tolerancia completa; como tampoco eran descreídos, ni faltaban a las costumbres piadosas y guardaban las principales apariencias, por nadie eran molestados.

«Yo no soy beata», decía Emma: y no pensaba más en estas cosas. La Iglesia, los curas, bien; todo estaba bien; ella no era aficionada a las novenas; pero todo ello estaba en el orden, como el haber reyes, y contribución, y Guardia civil. Sobre todo, no se pensaba en nada de eso, no se hablaba de ello, ¿para qué? «Yo no soy beata». Y era atea perfecta, porque vivía en perpetuo pensamiento de lo relativo. Jamás había meditado acerca de negocios de ultratumba; el infierno se lo figuraba como un horno probable; pero a ella ¿qué? Al infierno iban los grandes pícaros que mataban a su padre o a su madre o a un sacerdote, o que pisaban la hostia o no se querían confesar.... Además, no se sabía nada de seguro. Pero el morirse era horroroso, no por el infierno, por el dolor de morir y por la pena de acabarse.

Sí, de acabarse; sin pensar en la contradicción de su conciencia íntima con el dogma del cielo y el infierno, Emma veía con toda seriedad, con íntima convicción, con la conciencia de su propio espanto, el aniquilamiento doloroso en la tumba; y, poco amiga de discernir, no se paraba a separar lo racional de lo imaginado; y así, algo también sentía la muerte por las paletadas de cal, y por la tierra húmeda, y la caja cerrada, y el cementerio solo, y la eternidad oscura.

Sin ver esta otra contradicción, padecía con la idea del aniquilamiento y la imagen de la sepultura. Pensaba en la muerte con ideas de vida, y de vida ordinaria, usual, la de todos los días de su vulgar existencia, y el horror del contraste crecía con esto.

Ni una vez sola se le ocurrió encomendarse a ningún santo, ni ofreció nada a la Virgen ni a Jesús por si sanaba; la primera energía que tuvo al convalecer, la empleó en sonreír, con terrible sonrisa de resucitada, a un propósito firme y endiablado: su tremendo egoísmo de convaleciente, mundano, prosaico y rastrero, se agarró a la resolución inconmovible de vengarse de los miserables parientes que la iban a dejar morirse sola.

Emma, como la mayor parte de las criaturas del siglo, no tenía vigor intelectual ni voluntario más que para los intereses inmediatos y mezquinos de la prosa ordinaria de la vida; llamaba poesía a todo lo demás, y sólo tenía por serio en resumidas cuentas lo bajo, el egoísmo diario, y sólo para esto sabía querer y pensar con alguna fuerza. Tal espíritu, era más compatible con aquel romanticismo falso y aquellas extravagancias fantásticas de su juventud, de lo que ella misma hubiera podido figurarse, a ser capaz de comparar el fondo de su alma mezquina con el fondo de los ensueños de sus días de primavera.

El renacimiento de su carne lo guardaba como un secreto; era una hipócrita de la salud; seguía fingiendo achaques corporales como si fuese virtud el tenerlos. Eufemia, su doncella, era confidente parcial de sus engaños: como una trampa que hiciera a todos los suyos, Emma saboreaba a solas con su criada los pormenores de aquel fingimiento. La hija de Valcárcel se robaba a sí misma por mano de Eufemia que, de tapadillo, traía de tiendas y plazas los mejores bocados y las chucherías más caras de la moda en materia de ropa interior, perfumes y manjares. En todos los comercios y puestos de comestibles principales, llegó a tener Emma cuentas enormes. «Ni el tío Nepomuceno, ni Bonis, ni Sebastián, sospechaban que existiera aquel agujero que ella iba haciendo con las uñas en el fortunón que ellos tal vez habían creído heredar de un día a otro».

Así lo pensaba ella, y gozaba como de una voluptuosidad de las sorpresas futuras que reservaba a sus deudos. Saborear la mejor perdiz y la mejor lamprea de la plaza y usar con codos y rodillas la mejor batista, y enredar los dedos entre los mejores encajes, y derramar por sábanas, camisas, corsés, medias y pantalones, las esencias más caras, con profusión, causando el asombro de Eufemia, era género de delicia que se aumentaba con la idea de la mala pasada que les estaba jugando a todos aquellos parientes, en particular a Bonis y a su tío.

—D. Nepo—se decía ella a solas, sonriendo con malicia—, róbeme usted, róbeme, que yo tampoco me descuido.

Aunque entregada por completo a la vida material, no tenía el menor instinto de conservación de la fortuna, no había pensado jamás en el origen de su dinero; creía vagamente que el capital de que gozaba era una fuente inagotable que estaba en algún paraje misterioso, que no había para qué indagar ociosamente: allí, entre los papeles del tío, estaba la mina; él se quedaría con gran parte del filón; pero ¿qué importaba?, no valía la pena de echar cuentas, desconfiar, administrar por sí misma; ¡absurdo!, por lo visto había para todo; él robaba, ella también; le engañaba, y el mejor día vendrían a casa unas cuentas que le dejarían patidifuso al buen D. Nepo, pues es claro que tenía que pagarlas.

Las cuentas ya habían venido y algunas se habían pagado. D. Juan Nepomuceno seguía con Emma la misma conducta que con Bonis desde que cada cual por su lado se habían entregado a la prodigalidad, como él se decía. La de Emma sí era prodigalidad verdadera, aunque no lo parecía. Para ella era como la sensación de un lujo enorme extravagante la pereza que sentía de echar cuentas y atar corto a Nepomuceno: comprendía que él hacía su Agosto con el caudal de su sobrina, que iba pasando a poder del administrador gran parte del capital administrado, pues bien claro estaba que todos los días D. Juan hablaba de sus propias rentas, que por milagros de la suerte o por bondad de la Providencia, prosperaban, y todos los días también hablaba de desventuras sin cuento que caían sobre los predios de la Valcárcel y la parte de su capital colocada en manos industriosas de España y del extranjero.

Las minas de hierro y de carbón que empezaban a explotarse en aquella provincia por entonces, daban mil chascos a cada momento, y no pocos de ellos redundaron en perjuicio de las acciones de Emma que Nepomuceno había comprado, siempre diligente en el cuidado de la hacienda de su antigua pupila.

Pero ¡oh casualidad portentosa y fijeza de los hados!, las minas en que tenía el mismo D. Juan sus miserables ahorrillos, no quebraban, dejaban un rédito sano y constante. En montón comprendía Emma que todo aquello significaba que la robaba el tío.... Y aquí estaba lo que ella entendía por lujo refinado.... No la importaba; y le dejaba hacer, le dejaba robar, prefiriendo no calentarse los cascos, calculando lo caro que le salía este placer de no meterse a pedir cuentas ni a reñir por cuestión de ochavos, ella que improvisaba una verrina a grito pelado sobre motivos de un caldo demasiado caliente.

Mas notaba Emma, con una extraña delicia y cierta vanidad por lo que ella creía su espíritu singular, único, notaba una complacencia, como la de sentir cosquillas inaguantables capaces de ponerla enferma, en tolerar y hasta hurgar las flaquezas del prójimo, siquiera en algo la perjudicasen. El descubrimiento de la maldad ajena la embelesaba, la enorgullecía y la animaba a abandonarse a sus perversiones caprichosas. Además, tenía los sentidos y el gusto muy afinados para saborear y discernir la belleza que hay en la energía y en la habilidad del mal; un pícaro gracioso, redomado, hábil y suelto para sus picardías, le parecía un héroe: Luis Candelas, según se lo presentaban librotes de imaginación muy populares, era un héroe con quien hasta soñaba. Leía con avidez las causas célebres y reservaba toda su compasión para los criminales en capilla. Para los delitos de amor su lenidad era infinita; y si bien en los días en que la debilidad la tuvo tan postrada que sintió como la conciencia física de un agotamiento de deseos y facultades sexuales, miraba con desprecio y repugnancia, y hasta ira, todo lo que se refiriese a respetar, consagrar y propagar el amor, cuando se vio renacer dentro de su pálido pellejo, suave y fofo, volvió a su ánimo aquella piedad sin límites por las flaquezas amorosas y la admiración para todos los grandes atrevimientos y extravagancias de este orden, especialmente si eran hembras las que llevaban a cabo tales osadías.

De su tío Nepomuceno sabía, por murmuraciones del primo Sebastián y de Eufemia, que tenía una pasión de viejo por una alemana, hija de un ingeniero industrial, M. Körner, químico notable que había venido a ciertos trabajos metalúrgicos.

—Sin duda el tío quiere hacerse rico a todo trance, y pronto, para seducir con su fortuna, ya que no puede con sus patillas cenicientas, a la hija de ese alemán.

Y Emma gustaba con delicia, casi material, casi del paladar, como la de una lectura picante, figurándose al buen señor, con sus cincuenta y pico, enamorado como un cadete y picado de veras y en lo vivo por el demonio del amor.

Largos ratos se dedicaba ella a pensar en las contingencias de aquellos graciosos amores, y llegaba, imaginando, al día de la boda, y pensaba en la verosimilitud de una cencerrada, pues el tío era viudo, cencerrada en que ella colaboraría a cencerros tapados, sin perjuicio de haberle regalado antes a la novia un magnífico aderezo.

Y después serían muy amigas, y a paseo irían juntas, y llegarían a burlarse juntas del ridículo señor de las patillas, su deudor y esposo respectivamente... y hasta llegaba a pensar en los cuernos que su señora tía acabaría por ponerle al infiel administrador, ¿con quién?, con el primo Sebastián, por ejemplo.... Y hasta enredaba la madeja en su fantasía de modo que resultaba que ella, Emma, tenía alguna culpa en la desgracia de su tío... y ¿qué?, mejor. ¿No la había él engañado a ella? ¿No la había robado? Pues entonces, las pagaba todas juntas.

Porque además Emma se reservaba el derecho de vengarse de los antiguos despojos que había tolerado antes, sacándole a relucir sus trampas a D. Nepo, justamente en aquellos días de sus desgracias conyugales... ¡Qué risa! ¡Qué oportunidad para ponerle en un apuro! En esta como en todas las demás flaquezas ajenas que a ella podían mortificarla, y que por lo pronto toleraba, por amor al arte de las picardías, la mujer de Bonis se reservaba vagamente el derecho de vengarse del modo más refinadamente cruel, allá más adelante, no sabía cómo ni cuándo, pero algún día; y sentía una alegría y excitación semejantes a las que produce la esperanza de ser feliz, con la conciencia de estos aplazados desquites, de estos castigos y tormentos vengadores, representados y proyectados entre las brumas de la voluntad y del pensamiento.

Para explicar su conducta con el tío y con Bonis, hay que añadir a este examen de sus pervertidos sentimientos, su comezón de lo raro, original e inesperado. La irritaba que nadie pudiera prever sus enfados y rabietas, odios y venganzas; prefería incomodarse y enfurecerse por motivos de los que nadie esperase tales resultados, y desorientar al más experto observador quedándose fría, tranquila, impasible, ante injurias y daños que los demás podrían creer que la iban a sacar de sus casillas.

Con Eufemia, su confidente, ejercitaba este prurito a menudo, ya en sus mutuas relaciones, ya en lo que se refería a un tercero.

Nada de lo que el tío ni de lo que Bonis pudieran hacer en contra de ella podía darle causa para más rencores que aquello de haberla dejado estar a las puertas de la muerte... sin acompañarla al otro mundo; esto, esto era lo que no perdonaría... y, sin embargo, ya se veía cómo disimulaba. ¡Oh! ¡Pero qué chasco les iba a dar! ¡Qué gracia, cuando el tío se encontrase con que ella también gastaba a todo gastar, y que el caudal que él tenía de reserva, para robar más adelante (para cuando su mujer, la alemana, por ejemplo, le diese chiquitines de Sebastián, era un decir) había pasado, según la ley, a manos de los acreedores, al tendero de la esquina, al comerciante de los Porches, etcétera, etc.!

Sí, la vida todavía guardaba para ella un porvenir sustancioso; ahora caía en la cuenta de que no había sido antes bastante egoísta. Mortificar a los demás y divertirse ella, de mil maneras desconocidas, todo lo posible, estas eran las dos fuentes de placer que quería agotar a grandes tragos; dos fuentes que venían a ser una misma.

Con la salud nueva sentía Emma esperanzas locas de no sabía qué deleites; y a tanto llegó esta fuerza expansiva, que aquellos mismos placeres secretos de su retiro voluntario, llegaron a parecerla insuficientes, no saciaban su sed de emociones extrañas; y, entonces, rompiendo la crisálida de su encerrona, determinó salir al mundo, no sin cautela, no sin disimulos, en busca de aventuras de que no había de dar cuenta a los parientes, procuradas entre misterios que las había de hacer más sabrosas.

Una noche dormitaba Eufemia en el gabinete de su ama, dando cabezadas contra la pared, cuando tuvo que despertar sobresaltada por un golpe que sintió en un hombro; era la mano de Emma, que la llamaba; estaba la señorita en camisa, pálida como nunca, su respiración era anhelante, las narices se la ponían hinchadas, abriéndose como fuelles.

—¿Qué hora es? —preguntó con voz ronca.

—Serán las diez, señorita.

—Y llueve.

Eufemia atendió al ruido de la calle.

—Sí, llueve.

—Vamos a salir.

—¡A salir!

—Sí, tú calla. Anda, tráeme un vestido tuyo, de percal, y un mantón tuyo y un pañuelo... vamos las dos de artesanas. Vamos al teatro, a la cazuela. Hoy hacen la... no me acuerdo cómo se llama; es una ópera nueva, muy buena, lo leí en el cartel al volver de misa, en la esquina del Ayuntamiento. Corre, vete por eso; oye, tráeme aquel alfiler del pelo, el de cabeza de dublé, que te costó dos reales.

Ninguno de esos tipos está en casa.... Vamos a correrla todos....
Conque... ¡andando!

-X-

Una mañana, muy temprano, Eufemia entró en la alcoba de Reyes, y le despertó diciendo:

—La señorita llama, quiere que el señorito vaya a buscar a D. Basilio.

—¿Al médico?—gritó Bonis, sentándose de un brinco en la cama y restregándose los ojos hinchados por el sueño—. ¡Al médico, tan temprano! ¿Qué hay, qué ocurre?

No se le pasó por las mientes que se pudiera necesitar al médico para curar algún mal; la experiencia le había hecho escéptico en este punto; ya suponía él que su mujer no estaba enferma; pero Dios sabía qué capricho era aquel, para qué se quería al médico a tales horas y cuál sería el daño, casi seguro, que a él, a Reyes, le había de caer encima a consecuencia de la nueva e improvisada y matutina diablura de su mujer.

—¿Qué tiene? ¿Qué pide?—preguntaba con voz de angustia, como implorando luces y auxilio y fortaleza en el preguntar; mientras, a tientas, buscaba debajo del colchón los calcetines.

Eufemia se encogió de hombros, y, acordándose del pudor, salió de la alcoba para que se vistiera el señorito.

El cual, a los dos minutos, se acercaba al lecho de su mujer, arrastrando las babuchas de fingida piel de tigre, y abrochándose hasta la barba un gabán de medio tiempo, gris, muy usado, que le servía de batín en las estaciones templadas. Temblaba Bonis, más que por el fresco de la madrugada, por la incertidumbre y el miedo. No había en el mundo cosa que más temblón le pusiera que la zozobra de la incertidumbre ante un mal próximo, de repente anunciado y ni remotamente temido poco antes, sobre todo si estas impresiones le cogían mal abrigado, a deshora, cortándole el sueño, la digestión o el placer de oír música, o de divagar imaginando: «Como este diablo de fantasía de liebre todos los peligros me abulta, pensaba, prefiero un mal como ocho conocido exactamente, a un mal como cuatro barruntado, pero que yo me figuro como cuarenta».

Tiempo hacía que sus relaciones con Emma y con el tío eran para él constante ocasión de sobresaltos. De ambos esperaba y temía terribles descubrimientos, quejas, acusaciones concretas, crueles recriminaciones, singularmente de su mujer. ¿Qué sabía? ¿Qué no sabía? ¿Qué *tregua del diablo*, que no de Dios, era aquella que le estaba dando, y por qué se la daba y hasta dónde llegaría?

¿Por qué, si le había cogido en flagrante olor de polvos de arroz (aunque, en aquel trance, inocente), no había sacado todavía la consecuencia de su maldita observación? ¡La que le estaría preparando! Le horrorizaba el momento de una *explicación*, como él se complacía en llamar a la escena que preveía; pero la prefería, o tal se le figuraba, al estado de susto perpetuo, de excitación *leporina* en que vivía de día y de noche. En cuanto Emma le hablaba, o le miraba, o le mandaba a llamar, creía llegado el momento.

—¿Qué pasa, hija mía?—preguntó a su cónyuge con la suavidad del mundo, y dando diente con diente, inclinado sobre la cabecera del lecho matrimonial.

—Quiero que vayas tú mismo a buscar a D. Basilio, ahora, enseguida, antes que salga a la visita; quiero verle inmediatamente.

—Pero, ¿te sientes mal? ¡Tú, que estabas ahora tan buena!...

—Por lo mismo, yo me entiendo. Anda, anda; tú, corre y tráeme a D. Basilio.

Bonis no discutió. Peor era meneallo; podían salir los polvos de arroz por cualquier lado. Se volvió a su cuarto; se lavó y vistió de prisa y se echó a la calle, ya un poco más valiente, gracias al chorro de agua fría con que se había regado el cogote. Tenía notado que el agua fría vertida por la nuca le daba mucho valor y le reconciliaba con la vida; le repugnaba esta dependencia del espíritu con respecto de la materia, pero tenía que reconocerla.

Por fortuna, la casa del médico no estaba lejos y no pudieron ser muchas las hipótesis dolorosas del miedo, tocante a la relación que pudiera tener la visita de D. Basilio con el *drama conyugal* de su casa, cuyo enredo llegaba a su mayor complicación, o poco entendía Bonis de teatro casero y de las mañas de su mujer. ¿Qué papel representaba allí aquel personaje *inopinado* y que tan tarde aparecía, D. Basilio? No podía sospecharlo.

El *inopinado* personaje era un hombre como de cuarenta años, que procuraba disimular más de diez; más bajo que alto, delgado, a su modo esbelto, de largo levitón-gabán, muy ceñido y de color manteca, sombrero de copa de anchas alas; su rostro era blanco, anémico; los ojos azules oscuros, vivarachos, y, al quedarse quietos, penetrantes; usaba gafas de oro, largas patillas, tal vez untadas de negro; tenía labio fino y mano pulida, pie pequeño y bien calzado; era homeópata, y muy sentimental; a pesar de la homeopatía, que profesaba acaso por moda y para el vulgo de las damas, era especialista en partos y en enfermedades de la matriz y de la mala educación de las señoritas y señoras que las hacía aprensivas, antojadizas, caprichosas. Reconocía ante las damas la eficacia terapéutica de la fe y de los cuarterones de aceite ardiendo en los altares; pero en cambio exigía que se diese crédito a los misterios de sus glóbulos. Creía, o decía creer mucho, en la influencia de lo *moral sobre lo orgánico*, y tenía una sonrisa singular, melancólica, de resignación e inteligencia, para comunicar con las señoras guapas esta su creencia.

D. Basilio Aguado dividía a los parroquianos o clientes en dos razas; los que le llamaban D. Basilio y los que le llamaban Aguado. Estos últimos le comprendían; los otros eran, o tontos o malvados. Emma tenía la habilidad de no equivocarse nunca; le llamaba siempre por el apellido. Bonis, siempre D. Basilio; a pesar de sus esfuerzos, le vencía la costumbre, que era en todo el pueblo llamar al médico don Basilio, en su ausencia. Lo de D. Basilio era símbolo de su mal sino, de las culpas de su padre, de la prosa miserable que le ataba a su oficio de médico provinciano, oscurecido: el Aguado representaba sus sueños de ambición, sus instintos de delicadeza, sus triunfos entre las damas, la homeopatía y otra porción de cosas ideales y bonitas que no son del momento.

Era el homeópata madrugador y comenzaba muy temprano sus visitas. Bonis le encontró vestido y acicalado, como para ir a pagar la visita a un embajador, que así era como él siempre se vestía para acercarse a la cabecera de sus enfermos.

Mientras se abrochaba los guantes, oía a Bonis su tartajosa explicación, dando grande importancia, a fuerza de cabezadas de inteligencia y asentimiento, a todo lo que decía. La verdad era que Reyes no tenía nada que explicar en rigor, pero no importaba; de todas suertes, aquello le parecía interesante al médico, que, serio en medio de sus sonrisas corteses, siguió al esposo atribulado por la calle. Disputaron con ademanes y pasos atrás acerca de quién dejaba a quién la acera; venció al fin Bonis, que insistió más, y cuya humildad era muchísimo más cierta que la del médico. Por el camino éste siguió enterándose, por que lo creyó de su deber, y Bonis siguió diciendo nada entre dos platos. Por lo demás, Aguado se sabía de memoria a doña Emma Valcárcel. Era su médico predilecto, a temporadas, porque ella, fijo y único, no lo quería. Cambiaba de médico como pudiera cambiar de favorito si fuese una Cristina de Suecia o una Catalina de Rusia, y siempre tenía en movimiento un ministerio de doctores. Aguado era de los que más tiempo ocupaban el poder, por ser especialista en enfermedades de la matriz, y en histérico, flato y aprensiones, total flato.

Bonis admiraba en general la ciencia, a pesar de la repugnancia instintiva que le inspiraban las exactas y las físicas, que *sólo hablan a la materia*; creía en la medicina, no por nada, sino porque en los apuros de la salud, si no se recurría a los médicos, ¿a quién se iba a recurrir? Había que tener fe en algo; su débil espíritu no le consentía en ninguna tribulación quedarse sin ninguna esperanza, sin una tabla a que agarrarse. Recordaba que en las enfermedades de sus padres y de sus hermanos, todos ya muertos, siempre había tomado al médico por Providencia; en vano era que en los tiempos de salud en casa participase del general escepticismo de que los mismos doctores solían hacer alarde; caía un *ser querido* en cama, y ya estaba Bonifacio creyendo en la medicina. Algo había leído de lo que somos por dentro, y pensaba leer mucho más si llegaba a tener familia, para criar bien a su hijo, y aunque no la tuviese, que ya no la tendría con aquella matriz estropeada de su mujer, para hacerse filósofo cuando tronase con Serafina y se fuera sintiendo viejo (era su plan para la vejez solitaria, hacerse filósofo). Pero a pesar de todas estas lecturas pasadas y futuras, se figuraba el organismo humano con una especie de conciencia en cada dedo y en cada víscera y en cada humor; y lo de *agradecer el estómago*, por ejemplo, las medicinas, lo tomaba al pie de la letra. Además, la relación de los medicamentos a las enfermedades era toda una magia para Bonis, y la idea del veneno y del elixir completa mitología milagrosa e infinitesimal; quiere decirse, que por gota de más o de menos del líquido más anodino, podía, según él, reventar el paciente o ponerse sano en un periquete. Esto lo había aprendido de su mujer, que por gota de más o de menos, vertida por él con pulso trémulo, en una cucharilla de café, le había puesto como un trapo en infinitas ocasiones.

En suma, respetaba en el Sr. Aguado la ciencia oculta, al favorito de su *mujer, al homeópata y al partero que él había soñado cuando había acariciado la esperanza* de tener un chiquillo.

Llegaron juntos a la alcoba de Emma. Don Basilio, con sus labios estrechos, sonreía, apretándolos.

Así como, si a Sagasta o a Cánovas, caídos los llamase la Reina al amanecer, poco más para formar Ministerio, a ellos no se les ocurriría preguntarle por qué tanto madrugar, sino formar ministerio cuanto antes: así, D. Basilio, de quien hacía meses que su doña Emma estaba olvidada, se abstuvo de inquirir por qué tal apuro en llamarle, y entró de lleno en el fondo de la cuestión desde el primer momento. Antes de todo, quería datos, antecedentes.

A ver qué había pasado desde tal tiempo a aquella parte (la fecha justa de su última visita). D. Venancio el alópata, además alcalde y también especialista en partos, había andado allí. ¿Para qué? Para nada; pero había andado. Había recomendado la dieta. ¡Malo! D. Venancio era un grandísimo tragaldabas, que tenía indigestiones como podría tenerlas un cañón cargado hasta la boca, y las curaba con dietas dignas de la Tebaida. Sin más razones, recetaba también dietas absolutas a todos sus clientes como el mejor *específico* del mundo. Aguado, que tenía el estómago perdido sin necesidad de comer, era enemigo de la dieta tratándose de personas delicadas como doña Emma. Pues bien, de todo el mal de que aquella señora no se había quejado todavía, tenía la culpa la falta de alimento, la dieta del *otro*. Emma calló a esto; no se atrevió a decir lo bien y mucho que venía comiendo aquella temporada.

Por fin Aguado la dejó explicarse, y ella se quejó de lo siguiente:

«No le dolía nada, lo que se llama doler, pero tenía grandes insomnios, y a ratos grandes tristezas, y de repente ansias infinitas, no sabía de qué, y la angustia de un ahogo; la habitación en que estaba, la casa entera le parecían estrechas, como tumbas, como cuevas de grillos, y anhelaba salir volando por los balcones y escapar muy lejos, beber mucho aire y empaparse en mucha luz. Su melancolía a veces parecía fundarse en la pena de vivir siempre en el mismo pueblo, de ver siempre el mismo horizonte; y decía sentir nostalgia, que ella no llamaba así, por supuesto, de países que jamás había visto ni siquiera imaginado con forma determinada. Este prurito extravagante llegaba a veces al absurdo de desear vivamente estar en muchas partes a un tiempo, en muchos pueblos, junto al mar y muy tierra adentro, en lo claro y en lo oscuro, en un país como en aquel suyo, donde había muchos prados verdes, pero también en una región seca, de cielo diáfano, sin nubes, sin lluvias. Pero, sobre todo, lo que necesitaba era no ahogarse, no estar oprimida por techos y paredes, etc., etc».

Para Bonis nada de esto ofrecía novedad, a no ser en la forma, pues su mujer se había pasado la vida pidiéndole la luna. Sólo cuando oyó aquello de anhelar salir volando por el balcón, pensó, sin querer, en las brujas que van los sábados a Sevilla por los aires, montadas en escobas; y tuvo cierto miedo supersticioso de esta inclinación, que ofrecía relativa y sospechosa novedad. Se puso colorado, avergonzándose de su mal pensar. Ni en idea se atrevía a ofender a Emma, por temor de que le adivinase el pensamiento.

D. Basilio interrumpió a la dama, extendiendo la mano y pidiéndole el pulso por señas. Sonrió con gesto de inteligencia, como diciendo que todo lo que aquella señora había expuesto lo había previsto su sabiduría y era cosa que andaba escrita en libros que tenía él en casa. Después, como solía en lances tales, hizo caso omiso de la variedad de fenómenos relatados por la enferma, para fijarse en la *causa una*, y dijo:

—El histerismo es un Proteo.

—¿Quién?—preguntó Emma.

—Uno—advirtió Bonis, luciendo sus conocimientos clásicos—, que robó el fuego a los dioses.

—Eso es—afirmó el médico, que no conocía de la biografía de Proteo más datos que los conducentes a su cita—. El histerismo—añadió—, como Proteo, toma infinidad de formas.

—¡Ah, sí!—interrumpió con ingenuidad Bonis—. Dispense usted, D. Basilio; el que robó el fuego a los dioses fue otro, fue Prometeo.... Me había equivocado.

El doctor se puso un poco encendido y disimuló con un ziszás entre ceja y ceja su enojo, doble por lo de haberle llamado D. Basilio y haberle hecho enseñar la punta de la oreja de su descuidada educación en materia de antigüedades.

«¡Qué animal es este calzonazos!» pensó, y siguió:

—Es necesario que vayamos a la raíz del mal. El mal está dentro, en lo que llamamos el espíritu, porque advierto a ustedes (y esto lo dijo volviéndose a Bonis, para deslumbrarle y vengarse) que soy vitalista, y no sólo vitalista, sino espiritualista, aunque no es esa la moda reinante.

No le cogía a Reyes tan de nuevas la cuestión como creía el otro. Justamente él, en los ratos que dejaba la flauta y no podía ver a Serafina, y su mujer no le necesitaba, y, sobre todo, en la cama, antes de dormirse, consagraba no poco tiempo a meditar sobre el gran problema de lo que seremos por dentro, por dentro del todo; y tenía acerca de la realidad del alma ideas muy arriesgadas y que creía muy originales. También era él espiritualista, ¡ya lo creo!, ¡a buena parte!...

—El mal está en el espíritu, y el espíritu no se cura con pócimas—prosiguió D. Basilio.

—¿Pero no dice usted que esto es histérico?—pregunto Emma sonriendo.

—Sí, señora; pero hay relaciones misteriosas entre el alma y el cuerpo, y yo no soy de los que dicen (volviéndose otra vez a Bonis) *post hoc, ergo propter hoc.*

Decididamente quería deslumbrarle y hacerle pagar caro lo de Proteo y Prometeo; porque D. Basilio no acostumbraba a hacer alardes de erudición, y a la cabecera de los enfermos más parecía un moralista del género de los elegantes y atildados, que un doctor de borla amarilla.

Bonis se puso a traducir para sus adentros el latín, y no tropezó más que en el *propter*, cuyo significado no recordaba; ya lo buscaría en el Diccionario. Ello era una preposición. Bonifacio Reyes había cursado en el Instituto provincial los primeros años de *filosofía*, pero sin llegar a bachiller; mas su ciencia no provenía de ahí, sino de lo que ya va dicho, de un gran prurito que, ya de viejo, le había entrado de *instruirse*, y no sólo por *completar* su educación, sino porque como antes había soñado con ser padre, la gran dignidad que atribuía a este *sacerdocio* le había parecido merecer un plan, todo un plan de estudios *serios* y *profundos*, que pudieran servir en su día de alimento espiritual al hijo de sus entrañas y de las entrañas de su mujer.

Como Emma, que nada entendía del trivio ni del cuadrivio, se impacientase un poco viendo que Aguado no acababa de recetarle lo que ella necesitaba, el médico, que comprendió la impaciencia, *resumió*, diciendo que no hacían allí falta alguna los jaropes del *otro*, que bastaban unas tomas de aquellos glóbulos que él guardaba en aquella caja tan mona; y, sobre todo, mucho paseo, mucho ejercicio, distracción, diversiones, aire libre y mucha carne a la inglesa. Con este motivo de la carne, Aguado disertó sobre un tema que en el pueblo era por aquel tiempo casi inaudito, de gran novedad por lo menos; abominó del cocido; achacó la falta de vigor nacional a la carne cocida y a la poca carne frita que se come en esta pobre España, etc., etc.

Dicho y hecho. Hubo una revolución en aquella casa. Todos los Valcárcel de la provincia, hasta los del más lejano rincón de la montaña, supieron que por prescripción facultativa Emma había cambiado de vida; se había resuelto, venciendo su gran repugnancia, a salir mucho, frecuentar los paseos, las romerías y hasta las funciones solemnes de iglesia, y podía ser que el teatro.

D. Juan Nepomuceno dejaba hacer, dejaba pasar.

Emma le presentaba las cuentas de la modista, que subían a buenos picos, y él pagaba sin chistar. También hubo que hacerle ropa nueva a Bonis, pues su mujer sólo en este punto tenía buena idea de la dignidad de un marido. Él era el que la había de acompañar ordinariamente, y en vano ella luciría las mejores telas y los sombreros más caros si su esposo descomponía el cuadro con malos géneros y prendas cortadas a sierra por un sastre indígena. Se volvió al paño inglés y a los *artistas* famosos de Madrid. Ahora Bonifacio se dejaba vestir bien con mayor agrado, pues Serafina notó el cambio y le encontró muy de su gusto. Pero ¡ay!, que sus *relaciones ilícitas* tropezaban con mayores dificultades que hasta allí, pues el tiempo libre escaseaba, y había que disimular en paseos y demás sitios públicos, donde desde lejos se veían los amantes en presencia de la esposa, al parecer descuidada, pero Dios sabía....

Bonis, con la espalda abierta, como él decía, temía a todas horas que llegase el momento de una explicación; pero Emma nunca volvía sobre el asunto de los polvos de arroz. Tampoco aludía jamás a lo que aquella noche extraña había sucedido, ni había vuelto a tener iniciativas de aquel género. Lo que sí hacía era hablar mucho del teatro, y preguntarle si conocía al tenor, y al barítono, y a la tiple; y pedía señas de su vida y milagros, ya que él confesaba saber algo de todo esto, aunque es claro que por referencias lejanas....

Una tarde, después de comer a la *francesa*, gran novedad en el pueblo, donde el *clásico puchero* se servía en casi todas las casas de doce a dos, Emma, que bebía a los postres una copa de Jerez superior auténtico, traído directamente, por encargo de la señora, de las bodegas jerezanas, se quedó mirando a su marido fijamente, con ojos que preguntaban y se reían, burlándose al mismo tiempo; mientras sus labios y el paladar saboreaban un buche del vino andaluz que ella zarandeaba con la lengua voluptuosamente. Separó un poco la silla de la mesa, se puso sesgada en su asiento, estiró una pierna, enseñó el pie, primorosamente calzado, y en verdad gracioso y pequeño, y como si se enjuagara con el Jerez y no pudiera hablar por esto, por señas empezó a interrogar a su marido, señalándole el pie que enseñaba, y después indicando con un dedo levantado en alto, que movía al compás de la cabeza, algún lugar lejano.

Comían solos el matrimonio y D. Juan Nepomuceno, pues por raro accidente no había huésped pariente en casa por aquellos días; D. Juan es claro que vivía con los sobrinos. Bonis al principio no comprendió nada de las señas de su mujer ni les atribuyó gravedad alguna.

—¿Qué dices, chica? Explícate.

—¡Mmm, mmm!—murmuró ella, y siguió con la misma pantomima, cada vez más acentuada en los gestos. Nepomuceno bebía también su copita de Jerez llena de migas de rosquilla de yema, y callaba; como si no estuviera en sus atribuciones fijarse en las tonterías de su sobrina, que, desde que había vuelto *a darse de alta*, hacía la loquilla y la muchacha y se permitía unas bromitas y unas alusiones alarmantes, de que él no quería hacerse cargo *por ahora*.

—Pero habla, mujer, no entiendo eso... del pie...—repitió Reyes.

Emma tragó el buche de Jerez; pero en vez de hablar, volvió a llenar la boca y a renovar la pantomima con mayores aspavientos.

Bonis se fijó bien; primero señalaba al pie, bueno; y después, con el dedo y la cabeza, quería indicar algo que no estaba presente....

No comprendía.... Pero de repente, el corazón le dio dos latigazos, y un sudor frío comenzó a correrle por la espalda: las piernas, cometiendo la bellaquería que solían en los casos apurados, se le declararon en huelga, como si huyeran solas del apuro. El *físico*, la *parte material*, le anunciaba un peligro de que su oscuro entendimiento no se daba cuenta todavía. Allí había algo serio; ¿pero qué?

Bonis miró angustiado a Nepomuceno por ver si sorprendía connivencia entre el tío y la sobrina. Nada; D. Juan, como si no estuviera allí.

—Pero, hija mía, ¡por los clavos de Cristo!...

Emma arrojó el buche de Jerez al suelo, y alargando más el pie hacia su esposo y enseñando parte de la pantorrilla, gritó como si hablara a un sordo:

—Quiero decir, por los clavos de una puerta, entiéndelo, que bien claro está... quiero decir que... qué te parece de ese pie que te enseño, mastuerzo.

—Primoroso, hija mía.

—No hablo del pie, borrico; el pie ya sé yo lo que vale; hablo de las botas.... Te pregunto si sabes quién tiene otras iguales.

—¿Yo?, cómo he de saber....

—Pues no hay más que estas y otras vendidas; me lo ha dicho Fuejos, el mismísimo zapatero, tu amigo Fuejos. No ha vendido más que estas y las de la tiple. Y por eso te preguntaba yo... alcornoque. Tienes una memoria como un madero. Y ahora ¿te acuerdas? ¿Son o no son como las de la tiple? Iguales, hombre, iguales. ¡Mira, mira, míralas bien!...

Y Emma levantaba el pie hasta colocarlo sobre las rodillas de su marido. El tío estaba del otro lado de la mesa y no podía ver el pie levantado, ni tampoco lo intentaba.

Bonis buscó, por instinto, un vaso de agua sobre la mesa, metió en la boca el cristal, y así se estuvo, primero bebiendo, y después haciendo que bebía.

Y pensó, sin querer, en medio de sus angustias, que no podemos figurarnos ni describir los que no pasamos por ellas: «Esto es lo que en las tragedias se llama la catástrofe». Y más pensó, a pesar de lo apurado de la situación: «En las óperas podemos decir que también hay catástrofes»; y se acordó de la *Norma*, que era su mujer; y de *Adalgisa*, que era la tiple; y de Polión, que era él; y del sacerdote, que era Nepomuceno, encargado sin duda de degollarle a él, a Polión.

—Pero, vamos, calabacín, di algo; ¿son o no son estas lo mismo que las de la tiple? ¿Me engañó aquel tío o no?

Sacando fuerzas, nunca supo de dónde, Reyes dijo al fin, hablando como un ventrílocuo, tan de adentro le salía la poca voz de que podía disponer:

—Pero Emma, ¿cómo quieres que yo conozca... las botas de esa señorita?

Entonces fue D. Juan Nepomuceno el que habló; pero antes se puso en pie, clavó también los ojos en su sobrino por afinidad, y cuando éste casi creía que iba a sacar el cuchillo para herirle, exclamó con gran cachaza:

—Tiene razón Bonifacio; ¿cómo quieres que él sepa cómo son las botas que compra la tiple? No ha de ser él quien las pague.

—Eso es una... bobada, tío, y usted dispense; el que paga las botas a esas señoritas no suele conocérselas, como dice este; si la Gorgheggi tiene querido que le pague las botas, ese... le conocerá otra cosa, pero las botas no, y menos estas que yo digo, que las compró esta mañana. Pero este papanatas sí las ha visto, y por eso yo le preguntaba; sólo que tiene una cabeza como un marmolillo y todo lo olvida. Vamos a ver; ¿no estabas tú en la tienda de Fuejos cuando entró esta mañana a las doce la tiple, y anduvo escogiendo botas y pidió la última novedad, y Fuejos le enseñó unas como estas? ¿Y no te preguntó la tiple a ti tu opinión, y no dijiste que eran preciosas... y no se las calzó allí delante de vosotros, delante de ti y del hipotecario Salomón el Cojo? ¡Pues hombre, si todo esto me lo contó el zapatero, y por eso yo le compré estas; porque no había vendido más que otras, y esas a la tiple, que viste muy bien!

—Toda esa relación, en lo que se refiere a mi persona, es absolutamente falsa—dijo con voz bastante repuesta Bonis, que también se levantó para medirse con el tío—. Yo no he entrado hoy en la zapatería de Fuejos, y puedo probar la coartada; a las doce estaba yo... en otra parte.

«En efecto; a las doce estaba él en casa de Serafina; todo aquello era mentira; ni la tiple había comprado unas botas como aquellas, ni nada de lo dicho. Todo ello era una miserable especulación de Fuejos el zapatero para tentar a su mujer; pero ¿cómo siendo Fuejos su amigo, de Bonis, y excelente persona, se había permitido aquella calumnia? ¿No sabía Fuejos que se murmuraba en el pueblo si él, Reyes, tenía o no tenía que ver con la tiple?... Y sabido esto, que debía saberlo, ¿iba a decirle a su mujer, a la de Bonifacio, que?... ¡Imposible!». «No, la mentira no era del zapatero; era de Emma; ¡pero entonces la gravedad del caso volvía a ser tanta como se lo habían anunciado los sudores! Emma preparaba alguna gran venganza, y en el ínterin se divertía con él como el gato con el ratoncillo. Tal vez le despreciaba tanto, pensaba el infeliz, que ni siquiera quería concederle el honor de sentir celos; pero aunque no estuviese celosa, lo que es de vengarse no dejaría».

A pesar de estas reflexiones, la perplejidad del marido infiel no desaparecía; se agarraba como a una esperanza a la idea de que hubiera sido Fuejos el embustero. En cuanto tomemos el café, pensó, me voy a la zapatería a ver lo que ha habido.

Pero Bonis proponía y Emma disponía. En cuanto tomaron el café, Emma, que estaba de muy buen humor, se levantó y dijo con solemnidad cómica:

—Ahora esperen ustedes aquí sentados; les preparo una gran sorpresa. ¿Qué hora es?

—Las ocho—dijo el tío, que, a pesar de sus bromitas, que horrorizaban a Bonifacio, tampoco las tenía todas consigo.

—¿Las ocho? Magnífico. Esperen ustedes un cuarto de hora.

Desapareció Emma, y tío y sobrino, por afinidad, callaron como mudos. Entre el tío y él había para Bonis un abismo... mejor, un *océano* de monedas de plata y oro, que bien subirían a.... Dios sabe cuántos miles de reales. Había llegado a tal extremo el terror de Reyes respecto a lo que debía a *los Valcárcel*, que nunca se tomaba el trabajo de sumar las cantidades que no había *reintegrado* a la caja; contando los siete mil reales del cura de la montaña, le parecía aquello un dineral. Tanto que, a veces, leyendo en los periódicos lamentaciones acerca de la deuda del Estado, se turbaba un poco acordándose de la suya. Parecida sensación experimentaba cuando oía hablar o leía algo de grandes desfalcos, de tesoreros que huían con una caja y cosas por el estilo.

Volvió Emma al cuarto de hora, en efecto, y sus comensales dijeron a un tiempo:

—¡Qué es esto! Y ambos se pusieron en pie, estupefactos, porque el caso no era para menos. Emma venía vestida con un magnífico traje, que ninguno de ellos le conocía; traía la cara llena de polvos de arroz; el peinado de mano de peinadora, cosa en ella nueva por completo, pues nunca había consentido que le tocasen la cabeza manos ajenas, y lucía una pulsera de diamantes y collar y pendientes de la misma traza, todo muy caro y todo nuevo para el esposo y para el administrador.

—Esto es... esto—dijo ella. Y puso delante de los ojos de su marido un papelito amarillo, que decía: *Teatro principal.—Palco principal, núm. 7.* Esto es que vamos al teatro, al palco del Gobernador militar que, como no tiene familia, casi nunca lo ocupa. Conque, hala, tío, a ponerse de tiros largos; y tú, Bonis, ven acá, te visto en un periquete.

Emma no dejó tiempo a sus subordinados para seguir asombrándose de aquella inaudita resolución. Ella, que tantos caprichos había tenido toda la vida, jamás se había mostrado aficionada al teatro, y menos a la música; desde su malparto a la fecha, y ya había llovido después, no había estado en el *coliseo* cuatro veces: la Compañía actual no la había visto siquiera, y ya estaban acabando el tercer abono... y de repente ¡zas!, sin avisar a nadie, tomaba un palco, y a la ópera todo el mundo. Así pensaba Bonis, equivocándose en algún pormenor, como se verá luego, y algo parecido pensaba el tío. Pero este, como acostumbraba, hizo pronto lo que él llamaba para sus adentros «su composición de lugar»; es decir, el plan conducente a sacar de todas aquellas novedades extrañas el mejor partido posible para sus intereses; y sin decir oxte ni moxte, sonriente, salió del comedor y volvió a poco, vestido de levita negra, con un sobretodo que le sentaba de perlas.

—También era presentable el tío mayordomo—pensó Emma—; pero esto no quita que las pague todas juntas, como todos.

El tocado de Bonis fue obra más complicada, y dirigida, en efecto, por su mujer, que le hizo afeitarse en un decir Jesús, sin más contingencias que tres leves heridas, que ella misma tapó con papel de goma. Se le hizo estrenar un traje oscuro, de última moda, de paño inglés, por supuesto. A Reyes a ratos se le figuraba que le estaban vistiendo para ir al palo, y se le antojaba hopa, de género inglés, aquel elegantísimo terno que iba sacando del cajón remitido por el *artista* de Madrid.

Eufemia, que por lo visto tenía orden también de no admirarse de nada, los alumbró hasta el portal, donde no había farol, y los vio salir de casa, Emma del brazo de Bonis, D. Juan detrás, como si todas las noches sucediera lo mismo.

La doncella, en verdad, tenía sus motivos para no asombrarse tanto como los otros; primero, porque las locuras de la señorita eran para ella el pan nuestro de cada día, y locuras algunas de un género íntimo, secreto, que los demás no conocían; y además, se asombraba menos, porque conocía ciertos antecedentes. Juntas habían ido al teatro noches atrás, a la *cazuela*, vestidas las dos de *artesanas*.

Esto era lo que ignoraba Bonis; esto, y lo que había visto, oído y sentido su mujer en aquella noche de la escapatoria, y lo que después había imaginado, y deseado, y proyectado.

Llegaron al teatro, y la entrada de Emma en su palco produjo mucho más efecto del que ella pudo haberse figurado. Es más, ella no había pensado en esto. No iba allí a lucirse, aunque después le supo a mieles, y añadió una corrupción más a su espíritu, el placer de despertar la envidia, por su ropa, de las damas menos majas. Por una aberración, mejor, distracción, no se fijó antes de llegar en que era distinto entrar en un palco principal, el del brigadier, vestida con tanto lujo, ella que nunca iba al teatro, y entrar en el paraíso, disfrazada, escondiéndose del público, que no soñaba con su presencia, ni de ella supo aquella noche.

Ella iba dispuesta a gozar mucho; pero no era del público precisamente de quien esperaba estas emociones fuertes, a que se preparaba; su propósito iba a dar al escenario, y estaba complicado con los asuntos domésticos; pero a estos complejos y estrambóticos atractivos se agregaba de repente un agudísimo placer, con que Emma no contaba, y que le reveló un mundo nuevo de delicias intensas, en que no se le había ocurrido pensar, pero que vio bien claro, sintió con fuerza, desde el momento en que al penetrar ella en su palco, y dejar el abrigo al tío, y dar una vuelta en redondo antes de sentarse, notó fijas en su persona las miradas, y en los palcos cercanos oyó el murmullo del comentario, y en el aire, puede decirse, cogió el efecto general de su presencia. Después de sentada, y cuando ella se iba haciendo cargo de lo que tenía delante, la admiración persistía; en vano los coristas, que estaban solos en escena, como los gallegos del cuento, mal presididos por un partiquino, que sólo se distinguía por unas botas de fingida gamuza y por desafinar más que todos juntos, en vano gritaban como energúmenos; el público *distinguido* de butacas y palcos atendía el espectáculo civil que le ofrecía Emma; los abonados de las faltriqueras, que no veían la sala sin echar el cuerpo fuera del antepecho, se asomaban por grupos para ver a la de Reyes, y los de la faltriquera de la tertulia de Cascos saludaron a Bonis y a su señora; el brigadier comandante general de la provincia estaba entre ellos, y también inclinó la cabeza. Emma salía de su soledad voluntaria como de un encierro; las emociones de los paseos y romerías no eran como aquélla; aquélla sabía a gloria; ¡lo que se iba a divertir, contando con todo! Porque con las glorias no se le iban las memorias. Su plan era su plan, y todo se andaría.

Bien comprendía la hija del abogado Valcárcel que no era su hermosura lo que tanto llamaba la atención; que era, principalmente, su aderezo, y mucho también su vestido, y un poco la novedad de verla en el teatro.

—Vamos, esta se lanza al mundo otra vez—pensó ella que debían de estar pensando muchas de aquellas damas, que se la estaban comiendo con los ojos desde butacas y palcos.

—Sí que me lanzo; ¡ya lo creo!, de cabeza—se decía a sí misma; muy satisfecha, contentísima por haber descubierto aquel venero de placeres que tanto iban a contrariar los planes del tío, que consistían, por lo visto, en ir robándola todo lo que ella y sólo ella tenía.

Para muchas de las señoras y señoritas presentes, que, o no eran del país o eran muy jóvenes, la aparición de Emma en el *mundo*, si aquello era *mundo*, ofrecía una novedad absoluta, porque no podían recordar, como otras pocas, que años atrás aquella mujer, vestida con tanto lujo, de facciones ajadas, de una tirantez nerviosa y avinagrada en el gesto, había sido la comidilla de la población por sus caprichos y locuras de joven mimada y rica y extravagante como ella sola.

Todo esto lo comprendía Emma, y no se hacía ilusiones respecto de los motivos de tanta curiosidad, y casi casi estupefacción; pero el resultado era que se la miraba y contemplaba, y se comentaba su presencia mucho; que nadie se acordaba del escenario por verla, y esto le producía, fuese por lo que fuese, una de las sensaciones más intensas y profundas que podía experimentar una mujer de su calaña. Sobre todo, lo que ella más saboreaba, y lo que tenía por más seguro, era la envidia. La envidiaban, no sólo las pobres, las que no podían permitirse el gasto que significaban aquellos diamantes y aquel vestido, sino también las dos o tres ricachonas presentes, que hubieran podido, sin hacer un disparate, presentarse aquella misma noche con algo tan bueno y todavía mejor. A pesar de esto, la envidiaban también, porque esta clase de gente se parece mucho a los animales, en no vivir más que de la sensación presente; y el hecho era que allí, en el teatro, en aquel momento, la más ricamente vestida y *alhajada* era ella, Emma; y el público no se había de meter a discurrir y calcular quién podía y quién no lucir otro tanto. Además, que «obras son amores». Tal vez la que más envidiaba a la de Valcárcel era la mujer del americano Sariegos, el más rico de la provincia, que podría aturdir a todos los Valcárcel del mundo envolviéndolos en papel del Estado y en acciones del Banco y otras mil grandezas; pero Sariegos no permitía tales despilfarros, que en él no lo serían, y su señora tenía que contentarse con un lujo muy mediano. Por eso rabiaba ella. En cuanto a Sariegos, que estaba presente, detrás de su mujer, también se puso a aborrecer de pronto a Emma, porque tenía la culpa de lo que en aquel momento su esposa estaría maldiciéndole y detestándole a él por avaro; y además, aunque parezca raro, también miraba con envidia el aderezo de la *abogaducha*. Mas luego se hizo superior a sentimientos tan humillantes para él, y, elevándose, mediante su filosofía crematística o plutónica, a más altas esferas, pensó, y acabó por decir, a media voz, desde la cúspide de su desprecio sincero:

—Esa muchacha va a quedarse sin camisa en muy pocos años.

Bien sabía, porque bien se veía además, que Emma ya no era una muchacha; pero no importaba; así creía él significar mejor su desprecio: esa muchacha... la *abogaducha*.

Pero estos comentarios y desahogos, y otros por el estilo, no los oía Emma; ella veía a la envidia, no la oía; veía sus ojos brillantes, sus sonrisas tristes, sus éxtasis sinceros y melancólicos en la cara de las incautas, que no sabían disimular siquiera, y se quedaban como Santas Teresas arrobadas en la meditación y el amor del pesar del bien ajeno.

Algunas muchachas, estas de verdad, que minutos antes coqueteaban alegres, muy satisfechas, con los cuatro trapacos que tenían encima, ahora languidecían, olvidaban a sus adoradores de las butacas; y como que se trataba de cosa mucho más seria, con rostro del que había desaparecido toda gracia, toda poesía, toda idealidad, se consagraban al culto envidioso del lujo ajeno, con gran veneración para las joyas y la seda, con gran rencor disimulado a la sacerdotisa, que tenía el privilegio de ostentar sobre su cuerpo los resplandores del dios idolatrado.

Un ruido de faldas almidonadas que vino de la escena llamó la atención de Emma, sacándola de aquel deliquio de amor propio satisfecho.

Por la puerta del foro entraba una elegantísima señora a paso ligero, barriendo las tablas con una cola muy larga y despidiendo chispas de todo su cuerpo, vestido de brocado de comedia y cubierto de joyas falsas, diadema inclusive.

—¿Quién es esa?—preguntó la mujer de Reyes.

Bonifacio, viendo que Nepomuceno no se daba por interrogado, dijo, no sin tragar antes saliva:

—Es la Reina, que viene desaladamente al saber que el Infante....

—No; si no pregunto eso—interrumpió su mujer, volviéndose a mirar a Bonis, que estaba detrás de ella en la penumbra—. Digo si es esa la tiple.

—Creo... que sí. Sí, justo, la protagonista....

—La de las botas. ¿Las traerá puestas?

Bonis calló.

—Di, hombre, ¿crees tú que las traerá puestas?

—Sería... un anacronismo.

—Calla, calla; ahora se sube al trono... ¿a ver?... No, no se le han visto los pies. Acaso cuando se baje....

Emma asestó los gemelos a los bajos de la tiple; y como esta no acababa de levantarse de su trono, subió la mirada hasta el rostro de Serafina.

—Vaya si es guapa—dijo—. Ya he visto yo esa cara. ¿Cómo se llama esa?, ¿la cuántos?...

—Serafina Gorgheggi, creo....

—¡Crees!... Pero ¿no lo sabes de seguro?

—Puede que la confunda con la contralto.

—Puede.

—Pero... no; sí, es la tiple; justo, la Gorgheggi.

—Ahora estás seguro, ¿eh?

—Sí, seguro.

Bonis se admiraba a sí mismo. ¡Aquello era crecerse ante el peligro! Allí estaban los polvos de arroz.... Ahora lo comprendía todo; su mujer se estaba burlando de él. Sabía de sus amores, y aquella ida *inopinada* al teatro era un careo... sí, un careo de los criminales. Porque él era un criminal, claro. No importaba; sucediera lo que sucediera, había que defenderse como gato panza arriba. Tuvo que sentarse, detrás de su mujer, porque las piernas le temblaban, según costumbre en casos tales (si era que jamás se había visto en caso parecido); pero estaba dispuesto a disimular, a mentir *como un héroe*, si era preciso, ya que el Señor se dignaba concederle aquel don del fingimiento, de que no se hubiera creído capaz a no verlo. ¡Lo que puede el instinto de conservación!, pensaba.

—¡Ah!—gritó, ahogando el grito antes de salir de los labios, Emma, que acababa de ver un pie de la Gorgheggi, al descender la tiple *majestuosamente* de su trono de madera pintada de colorines. Fuera un anacronismo o no, las botas de S. A. eran idénticas a las que había comprado ella por la tarde. Fuejos no había mentido.

—Lo mismo que las mías. Ese Fuejos es persona de verdad decir. ¿Lo ves, Bonifacio? El otro par lo trae esa señora; lo que me dijo el zapatero. ¿Por qué le levantas falsos testimonios? ¿Por qué has negado que le viste el pie a esa damisela esta mañana? ¿Qué tiene eso de particular? ¿Crees que voy a celarme, marido infiel?

Bonis calló. Por mucho valor que él tuviera, y estaba seguro de que lo tenía, aquello no podía durar. ¿Adónde iba a parar su mujer?

—¿Sabes tú si tiene querido esa doña Serafina? Si lo tiene, ese habrá pagado las botas.

Esta libertad de lenguaje no le extrañaba a Nepomuceno, que en cuanto veía a su sobrina con un poco de carne y regular color, ya esperaba de ella cualquier locura de dicho o de hecho.

En cuanto al marido, no veía en tamaña desfachatez más que el sarcasmo terrible de la esposa ultrajada. Le parecía muy natural que el cónyuge engañado se entretuviera en aquellos pródromos de ironía antes de tomar terrible venganza. Así sucedía en las tragedias, y hasta en las óperas.

Ensimismado en su terror, vuelta la cara hacia el fondo del palco, Bonis no pudo notar por qué Emma no insistía en sus cuchufletas, si lo eran aquellas preguntas al parecer capciosas. Si él se había puesto antes encendido, y enseguida muy pálido, al salir a las tablas Serafina, ahora Emma era la que tomaba el color de una cereza; y clavaba los gemelos en un personaje que acababa de llegar de tierra de moros, vencedor como él solo, y que se encontraba con que la Reina le había casado a la novia con un rey de Francia para no tener rival a la vista. El vencedor de los infieles era el barítono Minghetti, que lucía dos espuelas como dos soles, y tenía un vozarrón tremendo, no mal timbrado y lleno de energía. En vano la Reina le pedía perdón, colgándosele del cuello, previo el despejo de la sala, cubierta de coristas, todos ellos viles cortesanos. El barítono no transigía; huía de los brazos de la Reina y llamaba a gritos a la otra.

—Está muy guapo así—pensaba Emma—; pero me gustaba más con el traje de barbero.

Cuando el caudillo no pudo gritar más, o reventaba, la tiple empezó a quejarse de su suerte y a pintarle su pasión con multitud de gorjeos, que acompañaba el flauta, jorobado. Como suelen hacer en tales casos los amantes desdeñosos, en vez de escuchar las lamentaciones y las quejas de la reina, el barítono aprovechó el descanso para toser y escupir disimuladamente, y después se puso a revisar con gran descaro los palcos, donde lucían su belleza las señoras más encopetadas. Llegó su mirada al palco de Emma, que sintió los ojos azules y dulcísimos de Minghetti metérsele por los tubos de los gemelos y sonreírle, a ella, como si la conociera de toda la vida y hubiera algo entre ellos. Emma, sin pensarlo, sonrió también, y el barítono, que tenía mirada de águila, notó la sonrisa, y sonrió a su vez, no ya con los ojos sino con toda la cara. La emoción de la Valcárcel fue más intensa que la experimentada poco antes al notar la admiración que su lujosa presencia producía en el concurso. Para sus adentros se dijo: Esto es más serio, es un placer más hondo que satisface más ansias, que tiene más sustancia... y que tiene más que ver con mis planes. Los planes eran burlarse de una manera feroz de su tío y de su marido, jugar con ellos como el gato con el ratón, descubrir medios de engañarlos y *perderlos*, que fuesen para ella muy divertidos. Contra el tío ya sabía de tiempo atrás qué armas emplear; echar la casa por la ventana, gastar mucho en el regalo de su propia personilla. En cuanto a Bonis... ni en rigor le quería tan mal como al otro, ni había pensado concretamente hasta entonces en un gran castigo para él; sólo se le había ocurrido tenerle siempre en un potro, tratarle como a un esclavo a quien amenazase un tormento que él no acababa de conocer; mas la mirada y la sonrisa de Minghetti aclararon como un relámpago la conciencia de Emma, que vio de repente en qué podía consistir el castigo de su infiel esposo. Porque, en efecto, le suponía infiel mucho tiempo hacía; sin contar con que Emma, en las meditaciones de sus soledades de alcoba, con el histérico por Sibila, había llegado a concebir al hombre, a todos los hombres, como el animal egoísta y de instintos crueles y groseros por excelencia, no creía en el marido rigurosamente fiel a su esposa; más era, tal ente *de razón* la parecía ridículo, y se confesaba que ella, en el caso de cualquier hombre casado, no se contentaría con su mujer. En cuanto a las mujeres, no les reconocía el derecho de adulterio en circunstancias normales, porque *parecía* feo y porque la mujer es otra cosa; pero en caso de infidelidad conyugal descubierta, ya era distinto; también había el derecho de represalia, y lo mismo podía decirse por analogía, cuando el esposo era tan bruto que daba a la esposa trato de cuerda... «Si Bonis me pegase como yo le pego a él, se la pegaba». Esto era evidente. «Y si él me la pega... si de seguro me la pega...». Aquí Emma vacilaba y recurría al tercer caso de infidelidad femenina disculpable. «Si me la pegase, yo le engañaría también... si alguien me inspirase una gran pasión». Aunque los extravíos morales de Emma nada tenían que ver con el romanticismo literario, decadente, de su época y pueblo, porque ella era original por su temperamento y no leía apenas versos y novelas, algunas frases y preocupaciones de sus convecinos se le habían contagiado, y esta idea vaga y pérfida de la gran pasión que todo lo santifica, era una de esas pestes. Por lo demás, ella sola se bastaba para hacer tabla rasa de cien decálogos y prescindir, según su capricho, de reglas de conducta que la contrariasen. Pero si en la pura región de las ideas, como hubiera pensado Bonis, esto era corriente, el sentido íntimo le decía a Emma que del dicho al hecho hay mucho trecho; que ella no llegaría a faltar a su Bonis, como no se la apurase mucho, como no fuera en un momento de locura, suscitado por un príncipe ruso u otro personaje de mérito excepcional; y que, aun así, tenía ella que convertirse en otra, violentarse mucho. Lo cierto era que su carne estaba tranquila, que sus gustos la llevaban a extravíos sensuales nada eróticos, y que al fin y al cabo, Bonis, lo que es como buen mozo era buen mozo, y estaba satisfecha de su físico.... Pero la mirada y la sonrisa del barítono, eran ya harina de otro costal. Por lo pronto, Emma se olvidó de todo para pensar en el placer de tropezarse dentro de los gemelos con aquellas pupilas y con aquella boca sonriente bajo el bigote castaño oscuro. Cada vez que Minghetti volvía a la escena, la de Reyes ensayaba la repetición del lance que tan bien le había sabido, y las más veces con buen éxito; pues, fuera casualidad, o que el cantante tuviera la costumbre de mirar mucho a los palcos y fijarse en quien le admiraba, y coquetear en toda clase de papeles y circunstancias escénicas, ello fue que el placer solicitado por los gemelos de Emma se renovó en varios trances de los más serios y apurados de la ópera; y eso que el barítono no cesaba de regañar con la Reina, siempre desesperado por la huida a Francia de la otra.

Bonis no volvía de su asombro al notar, muy a su placer, que Emma no hablaba ya de la tiple ni de las botas, verdadero anacronismo, como él decía muy bien, ni de cosa alguna que remotamente pudiera referirse a lo que él llamaba «lo de los polvos de arroz».

Terminada la ópera, volviéronse a su hogar los Valcárcel, o si se quiere los Reyes, aunque más propio es decir los Valcárcel por lo poco amo de su casa que era Bonifacio; despidiose del matrimonio Nepomuceno, que se acostó madurando sus planes para el porvenir, que, o él veía mal, o tenía barruntos de un cambiazo no exento de peligros. Y cuando Reyes iba a pedir permiso a su mujer para retirarse también a su cuarto, a Emma se la ocurrió hacer uso... de lo que en las relaciones de aquel matrimonio podía llamarse la regia prerrogativa.

—Mira, Bonis, yo no tengo sueño; el ruido de la música me ha puesto la cabeza como un bombo... voy a estar desvelada; y sola y despierta y nerviosa, tendré miedo.

Hubo un momento de silencio, y después prosiguió:

—Quédate tú.

Estaban en el gabinete de la dama. Ella se despojaba de sus joyas frente al espejo de su tocador, alumbrado por dos bujías de color de rosa. El marido la veía retratada por el cristal de fondo misterioso y de sombras movedizas. Sin que él se diese cuenta del cómo y el por qué, aquel «quédate tú» le hizo mirar de repente a su esposa con ojos de juez de la hermosura. ¡Cosa extraña! Hasta aquel instante no había reparado que Emma se había quitado muchos años de encima aquella noche, sobre todo en aquel momento; no le parecía una mujer bella y fresca, no había allí ni perfección de facciones ni lozanía; pero había mucha expresión; el mismo cansancio de la fisonomía; cierta especie de elegía que canta el rostro de una mujer nerviosa y apasionada que pierde la tersura de la piel y que parece llorar a solas el peso de los años; la complicada historia sentimental que revelan los nacientes surcos de las sienes y los que empiezan a dibujarse bajo los ojos; la intensidad de intención seria, profunda y dolorosa de la mirada, que contrasta con la tirantez de ciertas facciones, con la inercia de los labios y la sequedad de las mejillas: estos y otros signos le parecieron a Bonis atractivos románticos de su esposa en aquel momento, y el imperativo quédate tú le halagó el amor propio y los sentidos, después del mucho tiempo que había pasado sin que Emma hiciera uso de la regia prerrogativa.

Por segunda vez el amante de Serafina tuvo remordimientos por su infidelidad en el pecado. Su gran pasión disculpaba a los ojos de Bonis aquellas relaciones ilícitas con la cómica; pero desde el momento en que él faltaba a Serafina, dejándose interesar endiabladamente por los encantos marchitos, pero expresivos y melancólicos, llenos de fuego reconcentrado, de su legítima esposa, quedaba probado que la gran pasión pretendida no era tan grande, y, en otro tanto, era menos disculpable. Fuese como fuese, sucedió que Bonis empezó a despojarse de su terno inglés en el gabinete de su mujer; se quedó sin levita ni chaleco, luciendo los tirantes de seda y la pechera de la camisa blanca y tersa, con tres botones de coral; y en este prosaico, pero familiar atavío, se volvió sonriente hacia Emma, que lamía los labios secos, echaba chispas por los ojos, y seria y callada miraba el cuello robusto y de color de leche de su marido. Bonis se sintió apetecido; se explicó, como a la luz de un relámpago, la escena de aquella noche de los polvos de arroz; leyó en el rostro de su mujer una debilidad periódica, una flaqueza femenina, como sumisión pasajera de la hembra al macho, además una misteriosa y extraña corrupción sin nombre: todo esto lo cogió al vuelo, confusamente; tuvo la conciencia súbita de cierta superioridad interina, fugaz; y enardecido por su propio capricho, por las excitaciones que aquel ocaso interesante de hermosura, o, mejor, de deseo, con que se iluminaba Emma, producía en él, se arrojó a un atrevimiento inaudito; y fue que, de repente, se dejó caer de rodillas delante de su mujer, se le abrazó a las almidonadas blancuras, que crujieron contra su pecho, y con voz balbuciente por la emoción, entrecortada y sorda, dijo mil locuras de pasión habladora, que se desborda primero por las palabras; palabras de lascivia en jerga amorosa, en diminutivos, tal como él las había aprendido de todo corazón en su trato con la Gorgheggi.

Emma, en vez de levantar a su marido de la postrada actitud, después de dar un grito, como los que daba al entrar en su baño de agua tibia, fue doblándose, doblándose, hasta quedar con la boca al nivel de la boca de Bonis; con ambas manos le agarró las barbas, le echó hacia atrás la cabeza, y, como si los labios del otro fuesen oído, arrimando a ellos los dientes, dijo como quien hablando bajo quisiera dar voces:

—¡Júrame que no me la pegas!

—Te lo juro, Mina de mi alma, rica mía, mi Mina; te lo juro y te lo rejuro.... Mírame a los ojos; así, a los ojos de adentro, a los de más adentro del alma... te juro, te retejuro que te adoro, con eso, con eso, con eso que ves aquí tan abajo, tan abajo.... Pero, mira, me vas a desnucar, se me rompe el cogote.

—Qué más da, qué más da... deja... deja... así, más, que te duela, que te duela con gusto.

Hubo un silencio que no se empleó más que en mirarse los ojos a los ojos, y en gozar ambos del dolor del cuello de Bonis doblado hacia atrás. Emma le soltó para decir, poniéndose en pie:

—Mira, mira, yo soy la Gorgheggi o la Gorgoritos, esa que cantaba hace poco, la reina Micomicona; sí, hombre, esa que a ti te gusta tanto; y para hacerte la ilusión, mírame aquí, aquí, aquí tontín; granuja, aquí te digo... las botas lo mismo que las de ella; cógele un pie a la Gorgoritos, anda, cógeselo; las medias no serán del mismo color, pero estas son bien bonitas; anda, ahora canta, dila que sí, que la quieres, que olvidas a la de Francia y que te casas con ella.... Tú te llamas, ¿cómo te llamas tú?... Sí, hombre, el barítono te digo.

—¿Minghetti?

—Eso, Minghetti, tú eres Minghetti y yo la Gorgoritos.... Minghetti de mi alma, aquí tienes a tu reina de tu corazón, a tu reinecita;

toma, toma, quiérela, mímala; Minghetti de mi vida, Bonis, Minghetti de mis entrañas....

«Pero, oiga usted, señor matamoros; si usted quiere que sea suya para siempre su señora reina de las botas nuevas, apague esas luces del tocador y véngase de puntillas, que puede oírle Eufemia, que ahora duerme ahí al lado».

-XI-

Bonifacio Reyes era admirador del arte en todas sus manifestaciones, según él se decía; y aunque la música era la manifestación predilecta, porque le llegaba más al alma, con una vaguedad que le encantaba y que no le exigía a él previo estudio de multitud de ideas concretas que debían de andar por los libros de facultad mayor; y aunque la susodicha música era el arte que él mejor poseía, merced a sus estudios de solfeo y de flauta, no había dejado de ejercitarse en una u otra época de su vida, sin pretensiones, por supuesto, en cuanto mero aficionado, en otros medios humanos de expresar lo bello. La poesía le parecía muy respetable, y sabía de memoria muchos versos; pero las dificultades del consonante siempre le habían retraído del cultivo de las musas; despreciaba, porque su sinceridad de hombre de sentimiento y de convicciones no le permitían otra cosa, despreciaba los ripios y hasta los consonantes fáciles; y así, las pocas veces que había ensayado la gaya ciencia, se había ido derecho al peligro, a la rima difícil; y hasta recordaba que la última vez que había arrojado la pluma con el propósito de no insistir en versificar, había sido con motivo de querer escribir un soneto a un señor Menéndez, que había fundado una obra pía.

La palabra principal, se decía Bonis mordiéndose las uñas, es, según las retóricas y poéticas que yo he leído, la que debe terminar el verso; aquí lo más importante, sin duda, es el apellido del fundador y la obra pía: pues bien; para pía hay millares de consonantes, pero a Menéndez yo no se lo encuentro. Y antes que relegar a Menéndez a un lugar del verso indigno de su filantropía, prefirió renunciar al soneto.

Esta falta de inspiración poética y de consonantes en éndez, no le desanimó ni ajó su orgullo de artista, que al fin no era muy grande; después de todo, si bien se miraba, la poesía está como reconcentrada en la música.

Otra cosa eran las artes del dibujo, y en este punto el atildado pendolista no vacilaba en sostener que con la pluma hacía, si no prodigios, arabescos muy agradables; el arabesco era su dibujo favorito, porque se enlazaba con sus facultades de escribiente, y además también tenía cierto parecido con la música por su vaguedad e indeterminación. El arabesco tocaba con la alegoría y el dibujo natural fantástico por un lado, y por el otro con el arte de Iturzaeta.

En cosas así pensaba Reyes una tarde, cerca del crepúsculo, en el cuarto no muy lujoso ni ancho que Serafina Gorgheggi ocupaba en la fonda dependiente del café de la Oliva, piso tercero de la casa. Mochi y su protegida habían mudado de posada, lo cual en aquel pueblo sólo era mudar de dolor; pero en el hotel Principal, allá al extremo de la Alameda Vieja, les habían llegado a perder el respeto por las intermitencias en el pago del pupilaje; la Compañía de ópera seria acababa de disolverse por motivos económicos e incompatibilidades de caracteres, y el empresario, la tiple y Minghetti, el barítono, se habían quedado en la ciudad, según unos, porque no tenían por lo pronto contrata ni lugar adonde ir, porque más valieran allá; según otros, porque querían servir de núcleo a una nueva Compañía, para constituir la cual andaba Mochi en tratos. Pero entretanto había que hacer economías, y si Minghetti permaneció en el hotel Principal, aunque tampoco pagaba bien, por privilegio misterioso tolerado, Serafina y Julio tuvieron que reducirse a instalar sus personas y baúles en la mediana hospedería que, con el nombre de Fonda de la Oliva, sustentaba, con grandes apuros, el dueño del vetusto café del mismo nombre.

Reyes aquella tarde velaba el sueño de Serafina, que yacía allí cerca, en la alcoba, víctima de un agudísimo dolor de muelas que, al aplacarse a ratos, la dejaba sumirse en tranquilo sopor, aunque algo febril, no desagradable.

Reyes velaba. Había ido allí a muy otra cosa, pero los suspiros de su inglesa-italiana y el olor a medicinas antiespasmódicas, más el declinar del día, le habían cambiado de repente el ánimo, inclinándole a la melancolía poética y reflexiva, a la abnegación espiritual y piadosa.

Como el velar el sueño del ser amado no es ocupación que dé empleo a las manos, Bonis, arrimado al velador de incrustaciones de no sabía él qué pasta, que imitaban una escena veneciana azul y rosa con manchas de café y huellas de nitrato de plata, dibujaba con pluma de ave sobre un pedazo de papel de barbas. Dibujaba, como siempre, caprichos caligráficos con remates de la fauna y la flora del arabesco más fantástico. Sentía el alma, después del cambiazo que a sus deseos acababan de dar las circunstancias, llena de música; no le cantaban los oídos, le cantaba el corazón.

A tener allí la flauta y no estar dormida Serafina, hubiera acompañado con el dulce instrumento aquellas melodías interiores, lánguidas, vaporosas, llenas de una tristeza suave, crepuscular, mitad resignación, mitad esperanzas ultratelúricas y que no puede conocer la juventud; tristeza peculiar de la edad madura que aún siente en los labios el dejo de las ilusiones y como que saborea su recuerdo.

Pero ya que no la flauta, tenía la pluma: la pluma, que no hacía ruido, sino muy leve, al rasguear sobre el papel con aquellos perfiles y trazos gruesos, enérgicos, en claro-oscuro sugestivo, equivalente al timbre de una puerta o de una placa.

Sí, poco a poco fue sintiendo Bonis que la música del alma se le bajaba a los dedos; las curvas de su arabesco se hacían más graciosas, sus complicaciones y adornos simétricos más elegantes y expresivos, y la indeterminada tracería se fue cuajando en formas concretas, representativas; y al fin brotó, como si naciera de la cópula de lo blanco y de lo negro, brotó en un cielo gris la imagen de la luna, en cuarto menguante, rodeada de nubes, siniestras, mitad diablos o brujas montados en escobas, mitad colmenas de formas fantásticas, pero colmenas bien claras, de las que salían multitud de bichos, puntos unidos a otros puntos que tenían cuerpos de abejas, con patas, rabos y uñas de furias infernales. Aquellas abejas o avispas del diablo, volaban en torno de la luna, y algunas llenaban su rostro, el cual era, visto de perfil, el del mismísimo Satanás, que tenía las cejas en ángulo y echaba fuego de ojos y boca. Por encima de esta confusión de formas disparatadas, Bonis dibujó rayas simétricas que imitaban muy bien la superficie del mar en calma, y sobre la línea más alta, la del horizonte, volvió a trazar una imagen de la noche, pero de noche serena, en mitad de cuyo cielo, atravesando cinco hileras de neblina tenue, las líneas del pentagrama, se elevaba suave, majestuosa y poética, la dulce luna llena: en su disco, elegantes curvas sinuosas decían: Serafina.

Media hora larga le costó al soñador su composición simbólica; mas fue premio de la inspiración y del esfuerzo un noble orgullo de artista satisfecho; sensación que se mezcló enseguida con un enternecimiento austero y en su austeridad voluptuoso, que le hizo inclinar la cabeza, apoyar la frente en las manos y meditar sollozando y con lágrimas en los ojos.

—¡Qué vida extraña! ¡Qué cosas pueden pasarle por el alma a un pobre diablo!—pensaba Bonis.

La alegoría, que le había salido sin querer de la pluma, estaba bien clara, era la síntesis de su vida presente. En el cielo de sus amores, en la región serena, sobre el océano de sus pasiones en calma, brillaba la luna llena, el amor satisfecho, poético, ideal, de su Serafina. Ya no eran aquellos los días de las borrascas sensuales, en que el amor físico, mezclándose al platónico, se entregaba al arabesco de la pasión disparatada y caótica; el alma ya se había sobrepuesto y daba el tono al cariño, que, al arraigarse y convertirse en costumbre, se había hecho espiritual. Y de repente, de poco tiempo a aquella parte, debajo del océano, en las regiones misteriosas del abismo en las que habitaba el enemigo, de las que venían voces subterráneas de amenaza y castigo, aparecía como un reflejo infiel, otro cielo con otra luna, un cielo borrascoso con espíritus infernales vestidos de nubarrones, con el mismísimo demonio disfrazado de cuarto menguante... de la luna de miel satánica, de Valpurgis, que su mujer, Emma Valcárcel, había decretado que brillara en las profundidades de aquellas noches de amores inauditos, inesperados y como desesperados.

Bonis se levantó, y contempló a la Gorgheggi dormida:

—Esa mujer adorada no sabe que yo la soy infiel. Que hay horas de la noche en que me dan un filtro hecho de terrores, de fuerza mayor, de recuerdos, de costumbres del cuerpo, de sabores de antiguos placeres, de olores de hojas de rosas marchitas, de lástima... y hasta de filosofías... negras....

Esta mujer no sabe que yo me dejo besar... y beso... como quien da limosna a la muerte; a la muerte enferma, loca; que doy besos que son como mordiscos con que quiero detener al tiempo que corre, que corre, pasándome por la boca.... Sí, sí, Serafina; en esas horas tengo lástima de mi mujer, de quien soy esclavo; sus caricias disparatadas, que son reflejos de otras mías que yo aprendí de tus primeros arranques de amor frenético y desvergonzado; sus caricias, que son en ella inocentes, para mí crímenes, se me contagian y me llevan consigo al aquelarre tenebroso, donde entre sueños y ayes de amor que acaban por suspiros de vejez, por chirridos del cuerpo que se desmorona, vivo de no sé qué negras locuras sabrosas y sofocantes, llenas de pavor y de atractivo. Yo soy el amante de una loca lasciva... de una enferma que tiene derecho a mis caricias; pero un derecho que no es como el tuyo; como el tuyo, que no reconocen los hombres, pero que a mí me parece el más fuerte, aunque sutil, invisible. Tu derecho... y el mío. El de mi alma cansada.

Y vuelta a llorar, después de haber pensado así, aunque con otras palabras interiores, y en parte aun sin palabras; porque algunas de las que ha habido que emplear Bonis ni siquiera las conocía. Por ejemplo, aquello que se dijo antes de ultratelúrico. ¿Qué sabía Bonis lo que significa ultratelúrico? Pero, con todo, siempre estaba pensando en ello, y lo mezclaba con todas sus cavilaciones y con todos los apuros de su miserable y atragantada existencia. En tiempo de Bonis, en esta época de su vida, no se hablaba como ahora, y menos en su pueblo, donde para los efectos fuertes y enrevesados, dominaba el estilo de Larrañaga y de D. Heriberto García de Quevedo. Sin contar con que Bonifacio, menos instruido todavía que su historiador, ni de propósito hubiera podido dar con ciertas frases que aquí suelen usarse para interpretar aproximadamente las tribulaciones de su espíritu.

Fuera como fuera, la Gorgheggi no despertó con todo aquel ruido.... psicológico de su querido. El cual, por lo demás, andaba de puntillas, sin tropezar en nada; y hasta consiguió taparla, sin que ella lo sintiera, un poco de la espalda blanquísima, por donde estaba cogiendo frío. Era en casa de su Serafina el mismo galán fino, pulcro, suave y mañoso que cuidaba a su mujer, a su tirano, como las manecitas negras de los palacios encantados.

Conocía todos los rincones de la habitación de su amiga... y también los del cuarto de Mochi. Él era quien les había buscado y ajustado el nuevo albergue; él quien procuraba introducir el espíritu y la práctica del orden y la economía en la vida doméstica de aquellos artistas, llevándoles un poco de la saludable influencia de su hogar, que al fin hogar era, aunque no pudiese servir de modelo; menos cada día. Se le figuraba a Reyes tener dos casas, la de su mujer y la de su querida; y así como él mismo, sin pensarlo ni quererlo, había introducido en el caserón de los Valcárcel aires de libertinaje, semilla de corrupciones que tan bien preparado tenían el terreno en el alma de Emma; del propio modo irreflexivo, por instinto, había ido poco a poco sembrando gérmenes de costumbres sedentarias, de orden provinciano, de disciplina doméstica, en la intimidad de su trato con los cantantes. Tal vez a este influjo contribuían, más que los ejemplos de su propia casa, las reminiscencias, de muy antiguos tiempos, de los hábitos de paz familiar y humildad económica que conservaba todavía el escribiente de Valcárcel, que no en balde había pasado su niñez y el principio de su juventud al lado de sus padres honrados, pobres, humildes, resignados. El ideal de Bonis era soñar mucho y tener grandes pasiones; pero todo ello sin perjuicio de las buenas costumbres domésticas. Amaba el orden en el hogar; mirando las estampas de los libros, se quedaba embelesado ante una vieja pulcra y grave que hacía calceta al amor de la lumbre, mientras a sus pies, un gato, sobre mullida piel, jugaba sin ruido con el ovillo de lana fuerte, tupida, símbolo de la defensa del burgués contra el invierno. Envidiaba el valor, la despreocupación de los artistas que no tienen casa, que acampan satisfechos en las cinco partes del mundo; pero esta admiración nacía del contraste con los propios gustos, con la invencible afición a la vida material tranquila, sedentaria, ordenada. Hasta para ser romántico de altos vuelos, con la imaginación completamente libre, le parecía indispensable, a lo menos para él, tener bien arreglada la satisfacción de las necesidades físicas, que tantas y tan complicadas son. El símbolo de estos sentimientos eran, como va indicado más atrás, las zapatillas. Cuando en sus ensueños juveniles había ideado un castillo roquero, una hermosa nazarena asomada a la ojival ventana, una escala de seda, un laúd y un galán, que era él, que robaba a la virgen del castillo, siempre había tropezado con la inverosimilitud de huir a lejanos climas sin las babuchas. Y era claro que las babuchas eran incompatibles con el laúd. Además, no todo eran las zapatillas; había algo más en su cariño al hogar templado, dulce, sereno... la familia. ¡Oh, la familia honrada, sin adulteraciones, sin disturbios ni mezclas, era también su encanto! ¿Sería la familia incompatible con la pasión, como las babuchas con el laúd? Tal vez no. Pero él no había encontrado la conjunción de estos dos bellos ideales. La familia no era familia de verdad para él; Dios no lo había querido. Su mujer era su tirano, y en sus veleidades de amor embrujado, carnal y enfermizo, corrompida por él mismo, sin saberlo, era una concubina, una odalisca loca; y, lo que era peor que todo: faltaba el hijo. Y en casa de Serafina, en casa de la pasión... no había la santidad del hogar, ni siquiera la esperanza de una larga unión de las almas. Los cantantes tendrían que marcharse el mejor día. Eran judíos errantes; ya era un milagro que entre abonos empalmados, truenos de compañías, semanas de huelga, prórrogas de esperanzas, ayudas del préstamo, acomodos del mal pagar y abusos del crédito, hubieran podido permanecer Mochi y la Gorgheggi meses y meses en el pueblo. El día menos pensado Bonis se encontraría en el cuarto de Serafina con las maletas hechas. «La de vámonos», diría Mochi, y él no tendría derecho para oponerse. No tenía un cuarto, no podía ofrecerles medios materiales para continuar en el pueblo; el arte y la necesidad soplaban como el viento, y se llevaban allá, por el mundo adelante, su pasión, el único refugio de su alma dolorida, necesitada de cariño, de caricias castas (como habían acabado por ser las de Serafina), de dignidad personal, que le faltaba al lado de su Emma; la cual sólo se humillaba por momentos en su calidad de bestia hembra, para ser enseguida, aun en el amor, el déspota de siempre, que sazonaba las caricias con absurdos, que eran remordimientos para el atolondrado marido. ¡Solo, solo se volvería a quedar en poder de Emma, en poder de las miradas frías, incisivas de Nepomuceno, el de las cuentas, en poder de Sebastián, el primo, y de todos los demás Valcárcel que quisieron hacer de él jigote a fuerza de desprecios!

Despertó la Gorgheggi sonriente, sin dolor de muelas; agradeció a su Bonis que velara su sueño como el de un niño; y la dulzura de sentirse bien, con la boca fresca, harta de dormir, la puso tierna, sentimental, y al fin la llevó a las caricias. Mas fueron suaves; mezcladas de diálogos largos, razonables; no se parecían a las ardientes prisiones en que se convertían sus abrazos en otro tiempo. «Así, pensaba Reyes, debieran ser las caricias de mi esposa». Serafina se había acostumbrado a su inocente Reyes y a la vida provinciana de burguesa sedentaria a que él la inclinaba, y a que daban ocasión su larga permanencia en aquella pobre ciudad y la huelga prolongada.

Se iban desvaneciendo las últimas esperanzas de brillar en el arte, y Serafina pensaba en otra clase de felicidad. La falta de ensayos y funciones, la ausencia del teatro, le sabía a emancipación, casi casi a regeneración moral: como las cortesanas que llegan a cierta edad y se hacen ricas aspiran a la honradez como a un último lujo, Serafina también soñaba con la independencia, con huir del público, con olvidar la solfa y meterse en un pueblo pequeño a vegetar y ser dama influyente, respetada y de viso. Ya iba conociendo la vida de aquella ciudad, que despreciaba al principio; ya le interesaban las comidillas de la murmuración; hacía alarde de conocer la vida y milagros de ésta y la otra señora, y un día tuvo un gran disgusto porque Bonis no consiguió que se la invitara el Jueves Santo a sentarse en cualquier parroquia en la mesa de petitorio. Cantó una noche, con Mochi y Minghetti, en la Catedral, y sintió orgullo inmenso. Le andaba por la cabeza un proyecto de gran concierto a beneficio del Hospital o del Hospicio. A Mochi no le cayó en saco roto la idea; pero le torció el rumbo. Un gran concierto, sí, pero no a beneficio de los pobres, sino a beneficio de los cantantes, restos del naufragio de la compañía. Se dio a Minghetti, el barítono, noticia del proyecto, y le pareció magnífico. Él sugirió al tenor la ocurrencia de aprovechar aquel concierto para reanimar el instinto filarmónico de los vecinos: se habían cansado de ópera, bueno; pero ya hacía una temporada que se había cerrado el teatro; la Gorgheggi, apareciendo en traje de etiqueta en los salones de una sociedad, y cantando, sin accionar y sin dar paseos por la escena, pedazos de música escogida, volvería a despertar el apetito musical de los muchos aficionados; esto facilitaría la idea de abrir un abono condicional sobre la base del terceto; tenían tenor, tiple y barítono; se traería contralto, bajo y coros, y se podía arreglar otra campaña que bastase para pagar trampas, y esperar con menos prisa y afán alguna contrata en otra parte. Para poner por obra el proyecto, había que contar con algún indígena que tomara la iniciativa. Nadie como Bonis. Serafina se encargó de rogarle que lo tomase por su cuenta. Dicho y hecho. Aquella tarde, entre las caricias de un amor apacible y de intimidad serena, la Gorgheggi suplicó a su amante que apadrinase con celo y entusiasmo su idea, que se encargara de preparar el concierto, venciendo los obstáculos que pudieran surgir. ¿Qué menos podía hacer Bonifacio por aquella mujer, a quien no podía dar ya dinero, y eso que tanto lo necesitaba? Propuso el proyecto de los cómicos a la

Junta del Casino, que formaba como una Sociedad agregada a la empresa del café de la Oliva; en el piso principal estaban el salón de baile y las salas de juego y de lectura de aquel círculo de recreo, algunas veces de envite y azar. La Junta directiva, que tenía la conciencia de sus deberes, prometió estudiar la cuestión. Hubo deliberaciones repetidas, se votó, y, por una exigua mayoría, se aprobó el proyecto del concierto, que terminaría en baile, pero sin ambigú.

Bonifacio ocultaba a su mujer que andaba en aquellos tratos, que era el alma de la proyectada fiesta; pero ella supo que el concierto se preparaba, y que su Bonis era factor del holgorio, que iba a ser cosa rica. Si de otras cosas que sabía también, y tiempo hacía, no le había hablado, sino con indirectas y sin insistir, ahora le convenía darse por enterada claramente; y así, le dijo un día a la mesa, a los postres, en presencia de Nepomuceno:

—Vamos a ver, hombre, ¿por qué me tienes tan callado lo que me preparas? ¿Es que quieres sorprenderme?

—¿Lo que te preparo?

—Sí, señor; lo del concierto: ya sé que tú y otros queréis echar un guante disimuladamente en favor de esos pobres cómicos que han quedado en el pueblo y no deben de pasarlo bien. Perfectamente; muy bien hecho. Es una gran idea y una obra de caridad. Haremos una limosna y nos divertiremos. Magnífico. ¿Verdad, tío, que es una idea excelente?

—Excelente—asintió Nepomuceno, limpiándose los labios con la servilleta y bajando la cabeza.

—Cuenta conmigo y con la señorita Marta, con Marta Körner, la del ingeniero, ya sabes, mi amiguita, que irá conmigo. El tío me acompañará, ¿verdad? Y acaso el primo Sebastián, que vendrá a las ferias. Tú tendrás que arreglar por allá cosas; si ya lo sabemos, hombre, no te hagas el chiquitín, ya sabemos que eres el director de la fiesta. ¿Y qué? Mejor. Gracias a Dios que haces algo de provecho. Lo que me enfada es que nunca me hayas dicho que eras amigo de los cómicos, tan amigo. ¿Creías que iba a disgustarme? ¿Por qué? Yo no soy orgullosa, yo no creo que mi apellido se desdore porque mi esposo trate a unos artistas; al contrario; si yo fuera hombre haría lo mismo. ¿No se casó la famosa *Tiplona* con un caballero de aquí?

¿Verdad, tío, que no nos ha parecido mal saber que Bonis trata a los cómicos mucho, muchísimo? Lo supimos por la señorita de Körner, ¿verdad, tío? Y yo hasta me puse hueca. Para que veas.

Bonifacio miraba a su mujer con los ojos fijos, combatido por dos opuestas corrientes: un instinto ciego le decía: ¡Guarda, Pablo! ¡No te fíes, no cantes, hay trampa! Otra tendencia poderosa le hacía ver el cielo abierto y le empujaba el enternecimiento. ¿Si su mujer sería capaz de comprenderle, de comprender su amor al arte y a los artistas? No llegaba él hasta esperar que disculpara sus amores con Serafina; era, por el contrario, indispensable, que no supiera de ellos; pero todo lo demás, ¿por qué no? Es decir, lo de las deudas y el dinero prestado, tampoco. Miraba a Emma; después miró al tío: o no había honradez y franqueza y lealtad en el mundo, o estaban pintadas en la cara, y especialmente en los ojos de tío y sobrina.

Confesó todo lo que creyó oportuno confesar. Se le agradeció la franqueza, y tío y sobrina manifestaron verdadera admiración contemplando la perspectiva de ideal y horas de jarana y alegría honesta que Bonis les puso ante la fantasía con elocuencia conmovedora. Aunque Nepomuceno y Emma iban con segunda, cada cual por diferente motivo, en parte eran sinceros su entusiasmo y adhesión a los proyectos de Reyes. En cuanto a disculpar las aficiones artísticas del marido y su trato con los cantantes, nada más fácil. ¿No era él músico también? ¿Y qué tenía de particular que, en saliendo de casa, empleara sus ocios en cultivar la amistad de aquellos excelentes señores que sabían tanta música, eran de tan fino trato y no se parecían a los envidiosos del pueblo, espíritus limitados, estrechísimos, monótonos, inaguantables?

Nepomuceno habló más que solía; él también era pintor, esto es, músico; sí: en la Sociedad Económica había coadyuvado a la creación de la clase de solfeo y piano.

—¡Bah, la música!, ya lo creo, es una gran cosa. Domestica las fieras.

—Ciertamente—dijo Bonis encantado.

Y refirió a su modo la fábula de Orfeo, que a Emma la cogía de nuevas completamente, y le pareció muy interesante.

A propósito de piano... aunque ya está viejo el alcacer para zampoñas, yo quisiera saber teclear, así... un poco... aunque no fuera más que tocar con un dedo las óperas esas que tú tocas en la flauta.

A Bonis le pareció muy laudable el propósito. Volvió a pensar, aunque sin esperanza, en lo de «la música las fieras domestica», y dijo:

—Pues mira, si te decides, Minghetti, el barítono, es un excelente profesor....

Emma, encendida, no pudo menos de ponerse en pie, y sin pensar en contenerse, comenzó a batir palmas.

—¡Oh, sí, sí; sublime, sublime; qué idea!, el barítono... y le pagamos bien; será una obra de caridad. Pero ¡qué lástima! ¿Se marchará pronto?

—¡Oh!, eso... según las circunstancias... si renuevan el abono, si componen el cuarteto... si se les ayuda....

—¡Vaya si se les ayudará! ¿Verdad, tío?

El tío volvió a inclinar la cabeza. ¡La de planes que tenía dentro de ella! Los ojos le brillaban, fijos en el mantel, hablando con su fijeza de cien ideas que no explicaban, pero que revelaban como presentes.

Llegó la noche del concierto. Se abrieron los salones del Casino, sucursal del café de la Oliva; hasta hubo su poquito de buffet, a pesar del acuerdo de la Junta, y lo mejor de la población acudió a tomar sorbetes y a contemplar de cerca, y vestidos en traje de sociedad, a los cantantes ilustres que tantas veces había aplaudido viéndolos en las tablas, llenos de abalorios y galones dorados.

¡Noche solemne para Bonis! ¡Noche solemne para Emma! ¡Noche solemne para Nepomuceno!

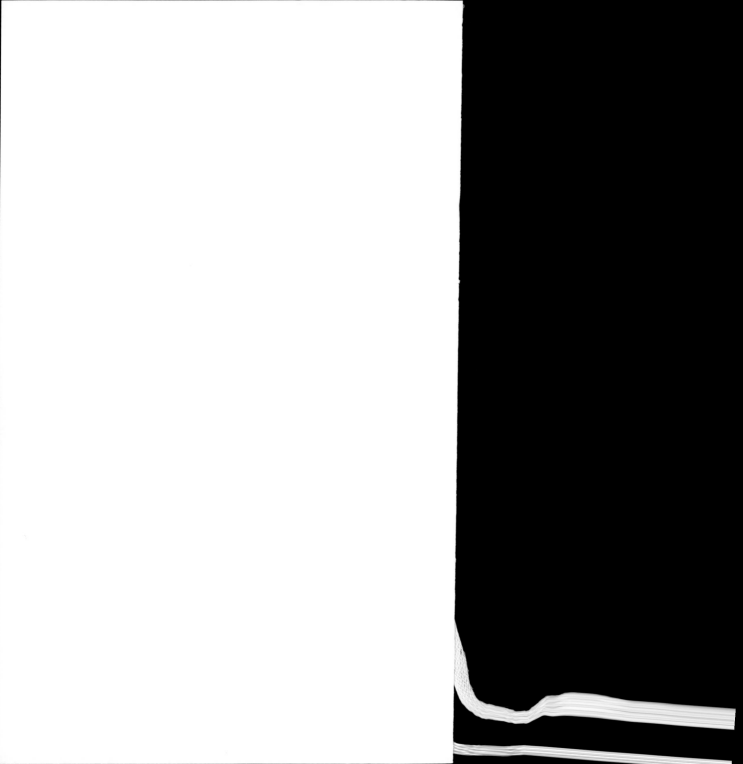

-XII-

Ardían en las arañas de cristal muchas docenas de bujías de esperma; allá, al extremo del salón, sobre una plataforma improvisada, la respetable orquesta de los músicos sedentarios, de los profesores indígenas, inauguraba la fiesta con una sinfonía de su vetusto repertorio: allí estaba el trompa, refractario al italiano y a la afinación; allí el espiritual violinista Secades, que había soñado con ser un segundo Paganini, que había pasado noches y noches, días y días, buscando en las cuerdas, acariciadas por el arco, ora lamentos de amor sublime, ora imitaciones exactas de los ruidos naturales; v. gr.: los rebuznos de un jumento. ¡Sarcasmo de la suerte! El rebuzno lo había dominado; su arco había llegado a hablar como la burra de Balaam; pero la inefable cantinela del amor, los ayes de la pasión sublime, los reservaban aquellas cuerdas para otro arco amante, no para el de Secades. El cual, ya maduro y desengañado, iba prefiriendo su otro oficio de zurupeto, y más atendía ya a la banca y sus gajes que al arte que meciera sus sueños infantiles. Tocaba ya por ganar la pitanza, medio dormido, como sus compañeros, sin fe, sin emulación, apenas conservando un poco de cariño melancólico y de respeto supersticioso a la buena música, a la antigua, despreciando las novedades que traían las compañías de algunos años a aquella parte. Allí estaba también el antiguo figle, don Romualdo, calvo, digno, de gran panza; en la catedral chirimía, en todo lo profano figle; casi una gloria provincial. Todo el pueblo, hasta los sordos, reconocía que era maravilloso lo que hacía con su extraño instrumento aquel hombre; le hacía llorar, reír, hasta casi casi toser. Pues a pesar de tanta fama, la fuerza del tiempo, el desgaste de la admiración, habían echado sobre la celebridad de don Romualdo una capa espesa de indiferencia pública; bien conocía él que sus paisanos, sin poner un momento en duda su grandeza, se habían cansado de admirarle; sobrellevaba estas contrariedades ineludibles con una melancolía filosófica y taciturna; seguía tocando con el esmero de siempre, aunque ya en vano. En resumidas cuentas, estaba triste, desengañado, ni más ni menos que su compañero Secades; él, sin ilusiones, de vuelta ya de la gloria, yacía en el mismo surco de resignación fría y amarga en que se había acostado Secades, camino de la celebridad. Todo era igual: no haber subido al templo de la Fama y estar de vuelta. A pesar de contarse entre aquellos respetables profesores estas y otras notabilidades, la orquesta sonaba como los tornillos de una máquina sin aceite; los instrumentos de cuerda estaban asmáticos, sonaban a la madera, como sabe la sidra al barril; los de bronce eran estridentes sin compasión; bastaba uno de aquellos serpentones para derribar todas las fortificaciones de cinco Jericós. Afortunadamente el público filarmónico oía la orquesta como quien oye llover.

Emma entró en el salón después de ejecutado el primer número del programa; atrajo la atención por dos cosas; por su vestido carísimo y llamativo, y por venir colgada del brazo del alemán, del ingeniero Körner, un hombre gordo, alto, encarnado, de ojos de niño llorón, azules, claros, muy hundidos. Parecía un gran cerdo muy bien criado, bueno para la matanza, y era un hombre muy espiritual, enamorado de Mozart y de los destinos de Prusia. Hablaba español como si estuviera inventando una lengua con palabras cuasi castellanas y giros cuasi alemanes. Era un soñador, pero capaz de llevar una fábrica en la punta de cada dedo, y como contable, como él decía, nadie le ponía el pie delante. Sabía de todo, despreciaba a los españoles disimulándolo, idolatraba a su hija Marta, y venía a hacerse rico.

Detrás de esta pareja entraron, también del brazo, Marta Körner y Bonis; les seguía de cerca, solo, D. Juan Nepomuceno, que parecía haberse azogado las patillas, que semejaban pura plata. Marta Körner era una rubia de veintiocho años, muy fresca, llena de grasa barnizada de morbidez y suavidad; su principal mérito físico eran sus carnes; pero ella buscaba ante todo la gracia de la expresión y la profundidad y distinción de las ideas y sentimientos. Hablaba siempre del corazón, llevándose la mano, que era un prodigio, al palpitante seno, que era toda una obra de fábrica del nácar más puro. Atribuía al subsuelo de aquella accidentada naturaleza los verdaderos tesoros de su persona; pero los inteligentes, Nepomuceno entre ellos, estimaban en más el derecho de superficie.

Marta disentía de su padre en sus amores musicales; estaba por Beethoven; en lo que estaban de acuerdo era en la necesidad imprescindible de hacer una fortuna, o media, a más no poder. Körner había venido directamente de Sajonia a dirigir una fábrica de fundición, establecida por un industrial al pie de unas minas de hierro, en la región más montañosa de la provincia; allá, hacia donde tenían sus guaridas los Valcárcel pobres y huraños. El primo Sebastián, algo más comunicativo, que iba y venía de la ciudad a la montaña, fue quien presentó al Sr. Körner a Nepomuceno. Al principio, el alemán y su hija vivieron en los vericuetos, sin pensar en que a pocas leguas había una ciudad que podía recordarles, remotamente, la civilización y cultura que dejaban en su tierra. Aunque rodeados, como decía Sebastián, de todas las comodidades que podían ser arrastradas casi con grúa, hasta las alturas en que moraban, los alemanes vivían a lo aldeano, por lo que toca a sus relaciones sociales. Empezaron a aprender español en el dialecto del país, oscuro y corrompido; todo su espiritualismo se iba embotando, y por más que procuraban mantener el fuego sagrado de la idealidad a fuerza de sonatas clásicas, tocadas por Marta en un piano de cola, y a fuerza de libros y periódicos ilustrados que su padre hacía traer de Alemania, ello era que el medio ambiente les invadía y transformaba; el desdén con que al principio miraron y trataron a la gente tosca, en medio de la que tenían que vivir, se fue cambiando insensiblemente en curiosidad; llegó a ser interés, imitación, emulación, y el orgullo ya no consistió en despreciar, sino en deslumbrar. Körner quiso lucirse entre montañeses rudos, y como allí no le valían sus habilidades de dilettante de varias artes y lector sentimental, tuvo que aprovechar otras cualidades, más apreciables en aquella tierra, como, v. gr., la gran fortaleza y capacidad de su estómago. No se le comenzó a tener en tanto como él quería, hasta que corrió por uno y otro concejo montañés la noticia, verdadera, de que en una apuesta con un capataz de las minas le había dejado el alemán al español en la docena y media de huevos fritos, mientras él, Körner, llegaba a tragarse las dos docenas muy holgadamente, y ponía remate a la hazaña engulléndose dos besugos. Esto era otra cosa; y los que habían permanecido indiferentes ante las guerras gloriosas del Gran Federico, de que Körner se envanecía como si fuera nieto del ilustre Monarca; los que oían hablar de Goëthe, y de Heine, y de Hegel, como quien oye llover, llegaron a reconocer el glorioso porvenir de la raza que criaba tan buenos estómagos. Añádase a esto que el ingeniero jugaba a los bolos con singular destreza y con una fuerza de muchos caballos, o por lo menos, de dos o tres aldeanos de aquellos. Con esta y otras análogas cualidades, consiguió ganar las simpatías y hasta la admiración por que había llegado a suspirar de veras. Pero este género de gloria acabó por cansarle, y sobre todo le repugnó al cabo, por el peligro, que vio al fin patente, de convertirse en un oso metafísico y filarmónico, pero oso, en un Ata Troll de carne y hueso. Engordaba demasiado, olvidaba sus meditaciones trascendentales..., y sus gustos sencillos, fácilmente satisfechos con la vida montañesa, le apartaban de los complicados planes de medro y vida regalada que había traído de su país. Además, en la fábrica de la montaña, aunque bien pagado, considerado y satisfecho en punto a comodidades materiales, pues tenía buena casa, gajes y atenciones, al fin no prosperaba, no podía hacerse rico. Ensayó el proyecto de convertirse en socio industrial, pero cedió ante las dificultades que el propietario a solapo le fue poniendo. Con esto se le agrió el humor, y comenzó a desear con mucha fuerza salir de aquella vida troglodítica, hacerse valer más, y poner al alcance de la demanda la honesta oferta de los encantos, cada vez más exuberantes, de su hija Marta, por la cual iban también pasando los años, pero inútilmente, allá en los montes. Sin dejar la fábrica, con pretexto de su servicio, Körner menudeó sus visitas a la capital, a caza de algún negocio que le pareciera de más porvenir que el de allá arriba; y en uno de estos viajes fue cuando el primo Sebastián le hizo trabar conocimiento con Nepomuceno. El alemán, que era sagaz y hombre de mundo, comprendió pronto cuál era el papel del hacendista en casa de su sobrina: vio claramente que allí había dinero, y que este dinero se iba por la posta, y que la dirección de la corriente de aquel río de plata era, o él no entendía de corrientes, camino del bolsillo de Nepomuceno, aunque con grandes pérdidas y derivaciones, en una delta de despilfarros, que iban a enriquecer el caudal de modistas, comerciantes de telas, sombreros, joyas, sin contar con las tiendas de ultramarinos, confiterías, mercados de caza y pesca, etc., etc. Körner comenzó a marear a Nepomuceno persuadiéndole primero de que él, Nepomuceno, tenía un verdadero talento de contable, era un Necker... oscurecido, ocioso; con otro horizonte, brillaría como estrella de primera magnitud en el cielo de la Administración y de la Hacienda. En conciencia, según Körner, estaba Nepomuceno obligado a dar a tales facultades un empleo más digno de ellas que la simple mayordomía a que, *en suma*, estaba limitado. Más era: en interés de la ruinosa casa Valcárcel, que por lo visto iba a menos por culpa de los despilfarros de Emma y los gastos secretos de su marido, debía Nepomuceno poner aquel todavía sano capital a parir, a producir algo más que el irrisorio tanto por ciento de la renta territorial. Tanto foro, tanta casería atómica, eran cosa ridícula. ¡Sursum corda! ¡All right! ¡Desenmoheceos! Venga ese stock a la industria, y hablaremos. A esta clase de argumentos se añadían, por vía de adorno, aperitivo y complemento, otros de carácter general; v. gr.: lo atrasada que estaba España, a pesar de la riqueza del suelo y el subsuelo; en concepto de Körner, tenían la culpa la Inquisición y los Borbones, y después el mal ejercicio del régimen constitucional, que ya de por sí no era bueno. Con este motivo, se lamentaba de la general decadencia española, y hasta llegaba a hablarle a Nepomuceno del probable renacimiento del teatro nacional, si todos hacían lo que a él le aconsejaba: poner en movimiento los capitales, sacar partido de los tesoros de la tierra. No sabía Körner que Nepomuceno ignoraba que hubiéramos tenido en otros siglos un teatro tan admirable; y así, por este lado, poco habría sacado de él. Pero lo que no hizo en su ánimo la idea patriótica de contribuir al renacimiento del espíritu nacional, mediante el movimiento industrial bien dirigido, lo hicieron los ojos, y más eficazmente las carnes de Marta, que poseían una virtud magnética sobre los sentidos de Nepomuceno. La primera vez que la vio, en la primera visita que hizo a Körner, con motivo de enseñarle este ciertos planos y un presupuesto de una fábrica de productos químicos, gran proyecto del alemán; la primera vez que la vio, se quedó con la boca abierta, pasmado, sintiendo en la garganta hormigueos, y en todo su cuerpo una súbita juventud que no había tenido, propiamente hablando, en toda su vida. ¡Aquellas eran las carnes que él había soñado!

Estaban en la escalera (porque Marta le había abierto la puerta), ella muy mal vestida, desaliñada, pero aún más llamativa y seductora cuantos menos trapos discretos la cubrían. Nepomuceno la tomó por criada. Subió, saludó a Körner, y a los pocos minutos, sintiendo absoluta necesidad de volver a ver a aquella chica, dijo:

—Si me hiciera usted el favor de mandar servirme un poco de agua....

El plan de Nepomuceno fue quitarle aquella doméstica a Körner y ponerle casa...; y aunque fuera casarse con ella. Tenía que ser suya. ¡Qué ojos, qué carnes!

Se relamía pensando que iba a verla otra vez, que iba a entrar con un vaso de agua.

Pero el agua la trajo una verdadera fregona. Hasta el día siguiente no supo Nepomuceno que su dulce tormento era Marta en persona; le dio a Sebastián señas de la divinidad, y... era Marta.

Una semana después la hija de Körner cantaba al piano una sentimental canción, un *lieder* titulado *Vergiesmeinicht*, «no me olvides», que no era el de Goëthe, sino mucho más meloso; y al dedicárselo, con la mirada expresiva y los gestos lánguidos, al administrador de las plateadas patillas, le dejaba para siempre rendido a sus encantos y le hacía copartícipe de aquellos sentimientos de *sensucht*, que él, Nepomuceno, no sospechaba que existieran. Por aquellos días tuvo D. Juan ocasión de enterarse de quién era Fausto, y del pacto que había hecho con el demonio; y adquirió la noción de Margarita, rubia, pobremente vestida, con los ojos humillados y con un cántaro debajo del brazo, camino de la fuente. Margarita era su Marta, aquella señorita tan gruesa, tan blanca, tan fina de cutis y tan espiritual, que le había revelado en pocas horas un mundo nuevo: el de los amores reconcentrados y poéticos. Él quería ser Fausto para rejuvenecerse, sin vender el alma al diablo, no por nada, sino porque el diablo no aceptaría el contrato. Tampoco pensó en teñirse las patillas, sino en sobredorarlas, es decir, en dejar adivinar a los Körner que no en vano ni de balde se era ministro de Hacienda en casa de los Valcárcel años y más años. Tardó poco tiempo el alemán en comprender el efecto que había producido su hija en el árbitro de las rentas de Emma; y de una en otra conferencia acerca de la proyectada fábrica de productos químicos, le fue metiendo en casa. Nepomuceno ya no podía pasar el día sin su correspondiente sesión de planos y presupuestos. Körner colocaba en su despacho (pues aunque vivían interinamente en la ciudad, tenían casa puesta, pero casa que era de la Empresa de la Montaña); colocaba sobre la mesa de trabajo, hecha de un gran tablero, unos libros enormes de comercio, llenos de cálculos y partidas imaginarias, de una especie de novela de contabilidad que él había imaginado. Nepomuceno, a pesar de sus conocimientos y experiencia en cuentas complicadas y oscuras, se quedaba sin entender palabra. Al lado de aquellos libros, que parecían los del coro del Escorial, extendía Körner sus planos pintados primorosamente en papel tela. Allí ya tenía algo que admirar Nepomuceno espontáneamente, pues supo que la misma Marta ayudaba a su padre a trazar aquellas rayas gordas que parecían el arco iris. Muchas veces la señorita de la casa asistía a las conferencias de su padre, como en calidad de ayudante, y arrollaba y desarrollaba planos, y ponía los finísimos dedos sobre los puntos en que había que estudiar; y con estos y otros motivos, pasaba y repasaba cien veces junto a Nepomuceno, y le rozaba con sus vestidos, y hasta le hacía sentir, en ocasiones, por descuido, el peso dulcísimo, pero abrumador, de su cuerpo: en fin, le mareaba, le enloquecía, y el tío de Emma no podía vivir ya sin aquellas confidencias económico-técnicas acerca de la fábrica de productos químicos. Llegó a creerse enamorado del proyecto; no podía menos de producir montones de oro aquella fábrica, que, sin salir de los planos, ya le tenía a él la *química orgánica* en revolución, y le convertía en minutos las breves horas de aquellas interesantes explicaciones. Quedaron el alemán y el español en que no faltaba más que dinero para que el proyecto colosal se pusiera en práctica y marchara como una seda. Faltaba dinero... pero ya parecería. Entretanto, Nepomuceno insinuó en el ánimo de padre e hija la necesidad de acoger con benevolencia la debilidad de corazón que él dejaba entrever discretamente. Marta, en vez de repugnar la confesión implícita de aquella pasión, que no sería ella quien la calificase de senil, en vez de rechazar las veladas galanterías del nuevo amigo de su padre, le daba a entender con sonatas de música filosófica, reposada y trascendental, que ella, a pesar de las apariencias, daba poca importancia a lo físico, despreciaba la acción del tiempo sobre los organismos, y atendía directamente al elemento eterno del amor, del amor, que nunca es machucho. En fin, que lo que faltaba era dinero; la fábrica y la pasión marcharían en perfecta armonía y con toda prosperidad, en cuanto pareciese el capital que era necesario para su movimiento. A medias palabras, y hasta por señas, comprendieron los Körner la conveniencia de tratar, y tratar con la mayor amabilidad posible, a Emma Valcárcel. No fue ardua empresa la del tío, que se propuso conseguir estas relaciones justamente en la época en que Emma decretó echarse al mundo y gozar de su riqueza mermada y de cuanto estuviese en sus manos, sin límites ni remordimientos. Así, el conocimiento superficial, de mero cumplido, que ya había de tiempos atrás, por intermedio del primo Sebastián, entre la Valcárcel y los alemanes, se convirtió fácilmente en amistad asiduamente cultivada, en una amistad casi íntima, que se iba estrechando, estrechando, según Emma entraba más y más por los anchos y suaves senderos de su nueva vida. La Valcárcel, como ya se ha dicho, tenía en sus planes de venganza respecto del *ladrón de su tío*, la idea de corromper a Marta, después de casada con Nepomuceno. Le encontraba ella muchísima gracia a la ocurrencia. Por eso se prestó gustosa a estrechar relaciones con los Körner; lo que no podía calcular era que Marta le iba a entrar por el ojo derecho, y a conquistar su afecto extremoso con la seducción singularísima de su intimidad mujeril, nerviosa, llena de novedades, picantes y pegajosas, para la pobre Emma, cuya depravación natural no había tenido hasta entonces ningún aspecto literario ni *romántico-tudesco*. Marta, virgen, era una bacante de pensamiento, y las mismas lecturas disparatadas y descosidas que le habían enseñado los recursos y los pintorescos horizontes de la lascivia letrada, le habían dado un criterio moral de una ductilidad corrompida, caprichosa, alambicada, y, en el fondo, cínica. Un hombre, por estrechas que fuesen sus relaciones con la señorita Körner, jamás podría saber el fondo de su pensamiento y de sus vicios, porque del pudor no le quedaba a ella más que el instinto del fingimiento y la sinceridad de la defensa material, hipócrita, contra los ataques del macho; Marta podría acompañar al varón en los extravíos lúbricos a que él la arrojase, pero siempre le ocultaría otra clase de corrupciones morales, de depravación ideal que llevaba ella dentro de sí, y que sólo podría confiar a otra mujer en que encontrase simpatías de temperamento y de desvaríos sentimentales. Emma y Marta se entendieron pronto, y a las pocas semanas de tratarse con frecuencia y confianza, ya se las oía, allá, a lo lejos, en el gabinete de la Valcárcel, reír a carcajadas, con risas histéricas; y cuando se presentaban a los hombres, a Nepomuceno, Körner y Bonis, después de estas alegres confidencias, llenas de secretos y malicias, sonreían con sonrisas que eran señas y burlas mal disimuladas de los santos varones que eran incapaces de penetrar los misterios de la amistad retozona y llena de cuchicheos de la española y la tudesca. Marta hacía alarde de tener un carácter complicado, que el vulgo no podía comprender; hablaba mucho de la moral vulgar, por supuesto cuando trataba con personas que ella creía capaces de entenderla. Su alegría, su afán de jugar, saltar, levantarse de noche en camisa para dar sustos a las criadas, correr por la casa y volverse al calor del lecho, palpitante de emoción y voluptuosidad jaranera, eran un contraste, una *antítesis*, decía ella, de su exquisita sensibilidad, del *clair de lune* que llevaba en el alma. Bueno, «peor para los necios que no eran capaces de entender estas contradicciones». Era católica, como su padre, y afectaba haber escogido la *manera* devota de las españolas como la fórmula que ella había soñado, como si su alma hubiese sido española en religión antes de aparecer en Alemania. Una nota nueva, sin embargo, tenía en su opinión su religiosidad, la nota *artística* que no encontraba en la dama española. Marta, entusiasta de *El Genio del Cristianismo*, lo entendía a su modo, lo mezclaba con el romanticismo gótico de sus poetas y novelistas alemanes, y después, todo junto, lo barnizaba con los cien colorines de sus aficiones a las artes decorativas y del prurito pictórico. Aunque enamorada de la música, amaba el color por el color, y daba suma importancia al azul de la Concepción y al castaño oscuro de Nuestra Señora del Carmen; hablaba ya de *la capilla Sixtina*, conversación inaudita en la España de entonces, y de las maravillas que había ella visto en Florencia y otras ciudades de Italia, por donde había viajado con su padre. Lo que no confesaba Marta era que su afición más sincera, más intensa, consistía en el placer de que le hicieran cosquillas, en las plantas de los pies particularmente. Debajo de los brazos, en la espalda, en la garganta, se las habían hecho muchas personas, hombres inclusive; pero, en cuanto a las plantas de los pies, es claro que sólo de tarde en tarde conseguía encontrar quien la proporcionase ocasión de gozar de aquellas delicias: alguna criada con quien había intimado, alguna amiga aldeana... y ahora Emma, de quien a los dos meses de trato había conseguido este favor sibarítico, que la Valcárcel, muerta de risa, otorgó gustosa. Ella también quiso probar aquel extraño placer que tanto apasionaba a su amiga; pero no le encontró gracia, y además no podía resistir ni medio segundo la sensación, que la excitaba en balde. En el alma fue donde se dejó hacer cosquillas Emma por las sutilezas psicológicas y literarias de su amiga. ¡Qué cosas supo por aquella mujer! Había en el mundo, sin que lo sospechara Emma, dos clases de seres, los escogidos y los no escogidos, las almas superiores y las vulgares. El toque estaba en ser alma escogida, superior; en siéndolo, ¡ancha Castilla!, ya no había *moral corriente*, vínculos sociales ni nada; bastaba con guardar las apariencias, evitar el escándalo. El amor y el arte eran soberanos del mundo espiritual, y el privilegio de la mujer ideal, superior, consistía en sacar partido del arte para el amor. La mujer hermosa, sentimental, poética y *dilettante*, era el premio del artista, y el placer de premiar al genio el más sublime que Dios había concedido a sus criaturas. Marta, aún muy joven, había sido novia, en Sajonia, de un gran músico, un especialista en el órgano; y a un pintor que imitaba a Rembrandt le había otorgado favores de índole íntima, familiar, aunque es claro que sin menoscabo de la virginidad *material*, que tenía que estar reservada para el *filestin*, así decía, con quien no tendría inconveniente en casarse. Porque era necesario ser rica; no por nada, sino por poder satisfacer las necesidades estéticas, que cuestan caras, toda vez que en la estética entraría el *confort*, los muebles de lujo, de arte, el palco en la ópera, si la hay, etc., etc. Su ideal era casarse con un hombre ordinario muy rico, y proteger con el dinero de aquel ser vulgar a los grandes artistas, reservando su amor para uno o más de estos, porque también era una vulgaridad la constancia *unipersonal*. Como Marta leía muchos libros de literatura española antigua, cosa de moda entre los literatos de su tierra, ponía por modelo de su teoría a la mujer del *Celoso extremeño*, que sin cometer, lo que se llama cometer, adulterio, había dormido abrazada al gallardo Loaisa, sin pecar sino con el pensamiento. El *Celoso extremeño* había sido tan noble, que se había muerto dejando a su esposa toda su fortuna y el encargo de casarse con su amante; pero como los maridos modernos y de la impura realidad no eran tan generosos como Carrizales, lo que debía hacer la mujer superior era sacarle el jugo crematístico al esposo lo más pronto que pudiese. Todo esto, dicho de muy diferente manera, pero en forma pedantesca siempre, se iba metiendo por el deseo de Emma, la cual, por cierto cansancio del organismo y depravación moral, sutil y retorcida, que era el fondo de su alma, hallaba un sabor superior a toda delicia en las aventuras en que superaban la malicia y el engaño al placer material conseguido como resultado de las artimañas. Engañar por engañar era lo mejor. Sin embargo, reconocía que debía de ser manjar de los dioses el tener *relaciones* con un hombre superior, con un artista, por ejemplo, con un barítono tan guapo y *famoso* como el celebrado Minghetti. No se lo negó Marta, quien, confidencia por confidencia, recibió con gusto y con amplio criterio de benevolencia el secreto de Emma relativo a sus coqueterías con el barítono de la compañía tronada. En el fondo, la alemana compadeció a su amiga, pues si bien había ella misma contemplado sin enojo una y otra vez el buen talle y el calzón ajustado del rey—no importa cuál—en tal o cual ópera, del rey Minghetti, no veía por dónde se podía clasificar a tan bien formado cantante en la categoría de los hombres superiores y verdaderamente artistas. Pero no había que ser exigente. Ella, es claro que estaba por encima de tales aficiones. Su prurito, aparte el de las cosquillas, era escribir cartas entusiásticas y confidenciales a sus autores predilectos; unos le contestaban, otros no; pero solía mandar su retrato con sus confesiones epistolares, y más de un escritor se animó, en consideración, a la buena moza que envolvía aquel espíritu repugnante, a entablar correspondencia; y así tuvo ella más de dos amores ideales y *platónicos*... por escrito. Poseía, además, un álbum de *intimidades*, ilustrado por muchas firmas desconocidas y algunas notables, en que se contestaba a las consabidas preguntillas: ¿Cuál es vuestro color predilecto? ¿Y la virtud predilecta? ¿Qué autor preferís?, etc., etc. A una mujer que sabía, por ejemplo, que a Litz le gustaban las trufas, y había *llorado* confidencialmente con las penas ocultas de un poeta de la *Joven Alemania*, tenía que parecerle poco hombre, aunque bien formado, el barítono de la compañía de Mochi.

El cual, acompañado de Serafina y del barítono, entraba en el salón cuando acababa de cantar una romanza italiana un aficionado de la localidad, de oficio relojero, y tenor suprasensible, como le llamaban los chuscos, porque cuando tenía que subir a las notas más altas desaparecía su voz, como si la llevasen en globo al quinto cielo, y no se le oía por más que gesticulaba; parecía estar hablando desde muy lejos, desde donde podía ser visto, pero no oído. Aún se reía el público disimuladamente del tenor suprasensible, cuando la atención general tuvo que volverse a contemplar la hermosura de Serafina, que con la mirada humilde, exhalando modestia, además de muy buenos y delicados olores, llegaba, vestida de negro, con gran cola, enseñando los blanquísimos hombros y las primorosas curvas del seno, al pie de la plataforma, donde el presidente del Casino la aguardaba para darle el brazo, subir con ella las dos gradas que la separaban del piano, y dejarla, previa una gran inclinación de cabeza, junto a Minghetti, que, de frac y corbata de etiqueta, paseaba los blancos dedos, de uñas sonrosadas, por el amarillento teclado, haciendo prodigios de elegante habilidad por aquellas octavas adelante.

Bonis había desaparecido; poco después hablaba con Mochi en un gabinete cercano. Nepomuceno y Körner acompañaban a Emma y a Marta, todos sentados en una de las primeras filas, que siempre quedaban, en casos tales, para las señoras que venían tarde; porque las que, para su vergüenza, llegaban temprano, se iban colocando en lo más escondido y apartado, huyendo, como del diablo, de la proximidad del espectáculo, como si fuese tomar en él parte el tenerlo muy cerca. No faltaba señora que confundía a los cantantes con los prestidigitadores que en el mismo Casino había visto maniobrar, y no quería que le quemasen el pañuelo, ni aun en broma, ni que le adivinasen la carta que tenía en el pensamiento.

Emma no había visto nunca tan de cerca a la Gorgheggi, en la que pensaba tanto de algún tiempo a aquella parte. La admiraba, como a su pesar; la tenía por una perdida a la alta escuela... y esto mismo la atraía, a pesar de ciertos asomos de envidia con que iba mezclada la admiración. Ahora que la tenía a cuatro pasos, y le podía ver los brazos desnudos, y el talle apretado, y la pechuga, entre velas de esperma, todo al aire; ahora que podía apreciar sus facciones y sus gestos, y hasta algo oía de su voz, que parecía que aun hablando cantaba, ahora Emma, con el pensamiento, la desnudaba más todavía, y le medía el cuerpo, y le escudriñaba el alma; quería apreciar por la proporción cómo tendría de gruesas y bien formadas las extremidades invisibles y otras partes de su cuerpo. Por lo que veía, era muy blanca, y debía de seguir siéndolo; no, no eran polvos de arroz; era blancura sana, cutis inglés, una verdadera frescura y una hermosura a prueba de tijeras. Decían que la voz decaía, pero lo que es la lozanía del cuerpo era bien briosa y bien sólida; no había allí asomos de decadencia. «¡Lo que habría gozado aquella mujer! ¿Qué les diría a sus queridos?». Emma se acordó del secreto de sus extrañas expansiones matrimoniales de aquellos últimos tiempos, de aquel secreto amor material, que le tenía a ratos, allá de noche, entre sueños y pesadillas, a su bobalicón de Bonis (vergüenza que ni a Marta se atrevía a confesarle). ¿Les diría a los amantes aquella guapísima picarona lo que ella le decía a Bonis? Emma se acordó—

por primera vez pensó en ello—, de que tales frases disparatadas ella no las sabía tiempo atrás, de que era Bonis mismo el que se las había hecho aprender en aquellas locuras de que jamás hablaban los dos después que amanecía. ¿Sería aquello mismo lo que les decía la cómica a sus queridos? ¿Sería Bonis uno de tantos? ¿Sería verdad lo que había llegado a sus oídos y lo que ella había sacado por conjeturas? ¡Parecía imposible! Siendo Bonis tan majadero, y no disponiendo de un cuarto, ¿cómo le habría querido, ni siquiera por broma, aquella señorona, quiere decirse, aquella pájara tan señorona, que parecía una reina? Y sin embargo... podía ser. Había indicios. Y ¡cosa rara!, ella no sentía celos; sentía un orgullo raro, pero muy grande, así como si a su marido le hubieran mandado un gran cordón azul o verde del emperador de la China; o como si Bonis fuese hermano suyo y se hubiera casado con una princesa rusa... no, no era así; era otra cosa... muy especial. De repente se acordó de las teorías de la alemana que tenía al lado, de aquello de que el matrimonio era convencional y los celos y el honor convencionales, cosas que habían inventado los hombres para organizar lo que ellos llamaban la sociedad y el Estado. Si quería ser una mujer superior, y sí quería, porque era muy divertido, tenía que renunciar a las vulgaridades de las damas de su pueblo. En Madrid, en París, en Berlín, las grandes señoras sabían que sus maridos respectivos tenían queridas y no les tiraban los platos a la cabeza por eso; lo que hacían era tener queridos también. Pero Bonis, el bobalicón de Bonis, ¿se había atrevido, *sin su permiso*... y saliendo de casa a deshora por lo visto, y?... no, lo que es esto, es claro que había de pagarlo, es claro, fuese verdad o no; eso era harina de otro costal, y no había alma superior que valiera; Bonis no era alma superior, y tenía que salirle al pellejo la picardía... y eso que tenía gracia. No, y bien mirado, ¿por qué no había de querer aquella perdida a Bonis... en cuanto buen mozo, y rendido, y sano, y servicial? ¿No le había querido ella también? ¿Sería más una cómica que ella... que iba haciéndose una mujer superior? Sí, y bien superior: mirándolo bien, lo había sido toda la vida; lo era sin saberlo; antes de que Marta hubiese parecido por su casa, ya ella tenía el prurito de no enfadarse por lo que se enfadan los demás, y había discurrido aquello de no alborotar ni enfurecerse cuando los demás quisieran ni por lo que los demás lo esperasen; y ya había discurrido la graciosísima idea de vengarse del ladrón de Nepomuceno y del tonto de su marido poco a poco, y a su manera, y a su gusto y dándoles el gran chasco. ¡Vaya si había sido siempre una mujer especial, superior!

Serafina, por disposición de Mochi, que quiso halagar los sentimientos religiosos del concurso, cantó una plegaria a la *Virgen*, de un maestro italiano. El público, en cuanto cayó en la cuenta de que se trataba de ponerse en relación con la Divinidad, dejó de hacer ruido con las sillas y los cuchicheos, se recogió todo lo que pudo y oyó en silencio, como dando a entender que él no sólo comprendía la sublimidad de los misterios dogmáticos, sino también la misteriosa relación de la música con lo suprasensible. Serafina, que tanto hubiera dado semanas atrás por haber sido invitada a pedir para los pobres a la puerta de la iglesia, aprovechaba aquella ocasión para dar prueba de su acendrada religiosidad, deshaciendo así los rumores que habían corrido de que era protestante. La verdad es que estaba muy hermosa con aquel aire de modestia y de piedad recatada, con aquella frente purísima, algo grande, algo convexa... y, sin embargo, llena de expresión familiar, dulce, y en aquel momento religiosa; las ondas del cabello claro, sirviendo de marco vaporoso a la curva suave de aquella frente pura y blanca, eran símbolo de una idealidad que se perdía en el ensueño poético.

Bonis, en cuanto oyó la voz de Serafina elevarse en el silencio del salón, sin pensar en lo que hacía, sin poder remediarlo ni querer remediarlo, como atraído por un imán, se aproximó al umbral de la puerta más lejana para escuchar desde allí. La plegaria italiana, sin ser cosa notable ni muy original, era música buena para aficionados, música de *sentimiento*, lenta, suave, nada complicada, de un *patos* muy tolerable y sugestivo. «¡Ay—pensó Bonis—, la paz del alma! En otro tiempo, no hace mucho, yo amaba la pasión, que sólo conocía por los libros. Pero la paz... la paz del alma, también tiene su poesía. ¡Quién me la diera!, ¡ay, sí!, ¡quién me la diera! Así era, como aquella música: dulce, tranquila, sentimiento serio, fuerte a su modo, pero mesurado, suave, amigo de la conciencia satisfecha, amando el amor dentro del orden de la vida; como se suceden las estaciones sin rebelarse, como corren la noche y el día uno tras otro, como todo en el mundo obedece a su ley, sin perder su encanto, su vigor; así amar, siempre amar, bajo la sonrisa de Dios invisible, que sonríe con el pabellón de los cielos, con el rozarse de las nubes y el titilar de las estrellas!». «Mi Serafina, mi mujer según el espíritu, recuerdo de mi madre según la voz; porque tu canto, sin decir nada de eso, me habla a mí de un hogar tranquilo, ordenado, que yo no tengo, de una cuna que yo no tengo, a cuyos pies no velo, de un regazo que perdí, de una niñez que se disipó. ¡Yo no tengo en el mundo, en rigor, más *parientes* que esa voz!». ¡Cosa más particular! Cuando pensaba así, o por el estilo, Bonis, de repente, creyó entender que el canto religioso de Serafina llegaba a narrar el misterio de la Anunciación: «Y el ángel del Señor anunció a María...». ¡Disparate mayor! ¡Pues no se le antojaba a él, a Bonis, que aquella voz le anunciaba a él, por extraordinaria profecía, que iba a ser... madre; así como suena, madre, no padre, no; ¡más que eso... madre! La verdad era que las entrañas se le abrían; que el sentimiento de ternura ideal, puro, suave, pacífico que le inundaba, se convertía casi en sensación, que le bajaba camino del estómago, por medio del cuerpo. «¡Esto debe de ser —pensaba—, en eso que llaman el gran simpático! ¡Y tan *simpático!* Dios mío, ¡qué delicias; pero qué extrañas! Estas parecen las delicias de la concepción. ¡Oh, la música así, como esa, con esa voz, me vuelve casi loco! Sí, sí, disparatado era todo aquel pensar; pero, ¡cómo llenaba el alma! Más que el amor mismo, con otra clase de amor nuevo.... menos egoísta, nada egoísta... ¡qué sabía él!». Tuvo que apoyar la cabeza en la madera fría del quicio y volverla hacia el gabinete, porque los ojos se le oscurecían, llenos de lágrimas, y no quería que nadie le viese llorar. «Bueno sería —pensó mientras se iba serenando—, que ahora me preguntase Emma, por ejemplo: —¿Por qué lloras, badulaque? —Pues lloro de amor... nuevo; porque la voz de esa mujer, de mi querida, me anuncia que voy a ser una especie de virgen madre... es decir, un padre.... madre; que voy a tener un hijo, legítimo por supuesto, que aunque me le paras tú, *materialmente* va a ser *todo* cosa mía». No, no pensaba él que el hijo fuese de la querida, eso no; que Serafina perdonase, pero eso no; de la mujer, de la mujer... pero de cierta manera, sin que la impureza de las entrañas de Emma manchase al que había de nacer; todo suyo, de Bonis, de su raza, de los suyos... un hijo suyo y de la *voz*, aunque *para el mundo* le pariese la Valcárcel, como estaba en el orden. Bonis tenía miedo de ponerse malo con tanto desbarrar, y, sobre todo, porque se le empezaban a aflojar las piernas, síntoma fatal de todos sus desfallecimientos. Cesó la música, calló la *voz*, estallaron los aplausos, y Bonis cambió de súbito de ideas y sensaciones y de sentimientos. Volvió a la realidad, y se vio cogido del brazo por Mochi, que se le llevó, salón adelante, hacia el piano.

Körner se había puesto en pie, y sus manos, aplaudiendo, sonaban como batanes; Marta aplaudía también, con gran asombro de las damas indígenas, que creían privilegio de su sexo la impasibilidad ante el arte, y hubieran reputado, por unanimidad, indigno de una señora recatada batir palmas ante una cómica; ni más ni menos que creían una abdicación del sexo levantarse en visita para saludar o despedir a un caballero. Emma acabó también por aplaudir, y la Gorgheggi no tardó en fijar la atención en aquellas dos señoras que tenía tan cerca, y que, por excepción, unían sus aplausos a los del sexo fuerte. Para Marta y Körner, la inglesa, por extranjera, tenía algo de compatriota; por artista la consideraban más digna de respeto y atenciones que las cursis damas del pueblo, a pesar de todas sus pretensiones y preocupaciones seculares. Körner se acercó al piano y habló en inglés con Serafina; en aquella sazón llegaban Mochi y Bonis del brazo junto a la plataforma, y gracias al carácter expansivo de Minghetti, que medió en el diálogo, y al reconocimiento de Mochi con respecto a Bonis y todos los suyos, y a la habilidad políglota de Körner, pronto hablaron todos juntos, con entusiasmo, mezclándose el inglés, el alemán, el italiano y el español; y Marta estrechó la mano de la cantante, y esta, con una audacia y una gentileza que pasmaron a Bonis, oprimió con fuerza y efusión los dedos flacos de Emma. Bonifacio, al ver unidas por las manos a su mujer y a su querida, volvió a pensar en los milagros del diablo; y en su cerebro estalló lo de *tigribus agnis*, que tantas veces había leído en los periódicos y en alguna retórica. Indudablemente el tigre era su mujer. La cual estaba radiante. Para aquella clase de emociones y sucesos había nacido ella. Sentía un orgullo loco al verse entre aquella gente, saludada por una mujer tan guapa y tan elegante, con tales muestras de respeto y deferencia. Serafina la había deslumbrado. Algunas veces había pensado que había ciertas mujeres, pocas, que tenían un no sé qué, merced al cual ella sentía así como una disparatada envidia de los hombres que podían enamorarse de ellas; esas mujeres que ella concebía que fuesen queridas por los hombres, no eran como la mayor parte, que, guapas y todo, no comprendía qué encontraban en ellas los varones para enamorarse. La Gorgheggi era mucho más alta que Emma, y esta, a su lado, sentía como una protección varonil que la encantaba; además, aquello de ver de cerca, tan de cerca, lo que estaba hecho para que todo el pueblo lo mirase y lo admirase de lejos, la envanecía, y satisfacía una extraña curiosidad; la envanecía más el pensar que a ella sola, a Emma, se consagraban ahora aquellas sonrisas, aquellas miradas, aquellas palabras, que eran ordinariamente del dominio público. Por otra parte, seducción, tal vez mayor para ella, era en Serafina la mujer de vida irregular, la *mujer perdida...* pero perdida en grande. La curiosidad pecaminosa con que ella había mirado siempre a las vulgares mozas del partido, que se hacía enseñar, aquí se multiplicaba y como que se ennoblecía; y Emma quería adivinar olfateando, tocando, viendo, oyendo de cerca la historia íntima de los placeres y aventuras de la mujer galante y artista. De repente vio, casi con imágenes plásticas, las ideas de orden, de moral *casera,* ordinaria, sumidas en una triste y pálida y desabrida región del espíritu; oscurecidas, arrinconadas, avergonzadas; las vio, como el guardarropa anticuado y pobre de una dama de aldea, ridículas; eran como vestidos mal hechos, de colores ajados; ella misma se los había vestido y sentía vergüenza retrospectiva; sí, ella, a pesar de su prurito de originalidad, participaba de tantas y tantas preocupaciones, estaba sumida en la *moral casera* de aquellas señoras de pueblo que no aplaudían a los cantantes ni solían tener queridos. Se le pasó por las mientes la idea de que la Gorgheggi fuera un gran capitán, un caudillo de *amazonas* de la moral, de mujeres de rompe y rasga; y ella iría a su lado como corneta de órdenes, como abanderado, fiel a sus insignias. Cuando observó la Valcárcel que las damas del pueblo miraban con extrañeza, casi con espanto, la íntima conferencia a que se habían entregado ella y su amiga con los cómicos, se redobló el placer que gozaba. ¡Qué gusto, hacer entre todo el señorío cursi del pueblo una que era sonada, algo del todo nuevo, inaudito, asombroso y de todo punto irregular y subversivo!

Marta, aunque afectando cierta recóndita superioridad al principio, también estaba encantada, llena de orgullo, sin quererlo, al hablar con Serafina; pero pronto se sintió deslumbrada y vencida, y sintió en la actriz una superioridad real que, si no era del género suprasensible de la que ella, Marta, se atribuía, era mucho más efectiva y susceptible de ser reconocida. Marta, que hacía alarde de sus conocimientos lingüísticos hablando inglés, francés, italiano, acabó por seguir a la Gorgheggi en su empeño de hablar español, para que la entendiese Emma. A esta consagraba la cómica principalmente su amabilidad, la gracia irresistible de sus gestos, gorjeos *hablados*, de su modesta actitud; y la miraba con ojos muy abiertos, muy brillantes, que chisporroteaban simpatía, naciente cariño. Y Emma acabó de perder el juicio cuando Serafina, poniéndose el abanico en la frente, exclamó:

—¡Ah! ¡Sí, sí! ¡Finalmente!... ¡*Eccola qui*!... Yo me decía: esta señora... esta señora de Reyes... yo... la he visto, la he visto, vamos, de otro modo, en otros días... muy lejos.... Y de repente, ahora, un gesto, ese gesto de *le... sopraciglie...* me la pone delante. ¡Oh, sí, absolutamente la misma! Más que su retrato, ella, ella misma....

Emma abría la boca sin comprender; Marta, adivinando, ya sentía envidia; ello iba a ser que Emma se parecía a alguna mujer ilustre....

Pero la Gorgheggi no acababa de explicarse... y añadió:

—¡Ah! ¡Mochi y Minghetti!... Venid... venid.... A ver, decidme a quién se parece esta señora... ¿Quién es... quién es... precisamente lo mismo que ella?...

Mochi sonreía, mirando por cumplido a Emma, sin tratar de adivinar el parecido, como si estuviera en el teatro fingiendo en un diálogo curiosidad e interés.

Minghetti dio más solemnidad al caso. Acercó su cara morena y larga, de levantino, de ojos grandes, azules, húmedos, apasionados y rientes, de bigote brillante y barba puntiaguda y algo rizada, fina, sedosa, al rostro de Emma, encendido, casi asustado; fijó la mirada desfachatada y alegre en los ojos de la dama, y hasta se permitió, para ver mejor, mover un poco un candelabro del piano, de modo que la luz llenase las facciones que examinaba como absorto.

Mochi se dio pronto por vencido. No acertaba. Minghetti decía:

—Espera, espera; como con la esperanza de evocar una imagen. Emma se sentía fascinada; por el pronto, Minghetti, así, tan cerca, le olía a *hombre nuevo*, y sus ojos, clavados en ella, eran todo una borrachera de delicias que al tragarse se mascaban.

Cuando Minghetti se declaró también torpe de memoria, Serafina dijo:

—¡Oh, qué hombres estos! No recordáis... ¡Ma... la Parini... la Parini!...

—¡Oh, sí! ¡La trágica, la gran trágica de *Firenze*! ¡Exacto, exacto; un espejo!

Así exclamó Mochi, que se guardó de decir que no encontraba la semejanza.

Minghetti, que jamás había visto a la Parini, gritó:

—¡Oh, sí, en efecto! La expresión... el gesto... la viveza de la mirada... y el fuego....

Y añadió, sonriendo a la Gorgheggi, como diciéndoselo en secreto:

—Mas... las facciones son *aquí* más perfectas....

—¡Ah, sí; eso sí! Más perfectas... —dijo la tiple, que continuó explicando que era la Parini una ilustre artista florentina, sin rival entre las trágicas de su tiempo. Aunque Emma no podía dar a la semejanza que se le encontraba todo el valor que le atribuía la envidia de Marta, sintió el orgullo en la garganta, se vio cubierta de gloria, y pensó enseguida:

«Parece mentira que en este poblachón de mi naturaleza se pueda gozar tanto como yo gozo en este momento, mirándome en los ojos de este hombre y oyendo estas cosas que me dicen».

Interrumpida a poco la conversación para cantar Serafina de nuevo, ahora un terceto con Mochi y Minghetti, después de la ovación que siguió al canto, volvió la sabrosa plática, más animada cada vez, aunque en ella se mezclaron ya algunos señoritos del pueblo de los más audaces y despreocupados. Emma y Serafina hablaron algunos minutos solas entre las colgaduras de un balcón, sonriéndose, como acariciándose con ojos y sonrisas; las vio de lejos Bonis, pasó cerca de ellas, y ni una ni otra notaron su presencia; volvió a alejarse y a contemplar su obra desde un rincón.

¡Juntas! ¡Estaban juntas! ¡Se hablaban, se sonreían, parecían entenderse!... Se le antojaban un símbolo, el símbolo del pacto absurdo entre el deber y el pecado, entre la virtud austera y la pasión seductora... ¡Qué barbaridades pienso esta noche! —se decía Bonis—; y se puso a figurarse que aquellas mujeres que hablaban como cotorras, y parecían de acuerdo, y se sonreían, y se entusiasmaban con su diálogo, se estaban diciendo, ¡qué atrocidad!, cosas por el estilo:

—«Sí, señora, sí—decía Emma en la *hipótesis* absurda de su marido—; puede usted quererle todo lo que guste; comprendo que usted se haya enamorado de él, y él de usted. Eso no está mal: en Turquía las gastan así, y pueden ser tan honradas como nosotras las turcas; todo es cuestión de costumbres, como dice la de Körner: todo es convencional».

—«Pues sí, señora; le quiero, ¿para qué negarlo?, y él a mí. Pero a usted también se la estima, a pesar de ese geniazo que dicen que usted tiene. Se la estima y se la respeta. Ya verá usted qué buenas amigas hacemos. ¿Por qué no? Usted no sabe lo que son artistas, lo que es vivir para el arte, y despreciando las pequeñeces de la vida de pueblo y de la *moral corriente*. ¡Valiente moral! Todos deben querer a todos: usted a mí, yo a usted, su marido a las dos, las dos a su marido.... El mundo, la triste vida *finita*, no debe ser más que amor, amor con música; todo lo demás es perder el tiempo...».

«Aquel diálogo hipotético—se quedó pensando Bonis—, era un disparate, sí... y con todo... con todo... ¿Por qué no había de ser así? Él había leído que los antiguos patriarcas tenían varias mujeres, Abraham, *sin ir más lejos*...». La idea de Abraham le trajo la de Sara la estéril... su mujer... «¡Isaac!», le dijo una voz como un estallido en el cerebro.... Emma era Sara...; Serafina, Agar.... Faltaban Ismael, que era inverosímil, dadas las costumbres de Serafina, e Isaac... ¡Isaac! ¿Quién sabía? ¿Por qué le decía el corazón... acuérdate de Sara, ten esperanza? Dos veces en aquella noche, que él debería consagrar a emociones tan diferentes, se le llenaba el alma del amor de su Isaac... de su hijo.... Tenía fiebre no sabía dónde; tal vez estaba volviéndose loco; primero se comparaba con la Virgen; ahora con Abraham...; y a pesar de tanto dislate, una esperanza íntima, supersticiosa, se apoderaba de él, le dominaba.

Y al volver a mirar el grupo de su mujer y la cómica, a las cuales se habían agregado ahora Mochi, Marta, Minghetti y Nepomuceno, sintió Reyes una especie de repugnancia; aquella paz moral que a ratos se apoderaba de su espíritu, y hasta pudiera decirse de sus entrañas, se le alarmó en el pecho, en la conciencia; le entró vivísimo deseo de apartar a su mujer de toda aquella gente; y sin poder dominarse, se acercó al grupo, y con gesto serio, que contrastaba con la alegría de todos, con el ambiente de vaga concupiscencia que envolvía al grupo, dijo Bonis con una energía en el acento que sorprendió a Emma, la única que se hizo cargo de ello por la novedad de la voz:

—Señores... y señoras... basta de charla; el público se impacienta, y lo mejor que pueden hacer estas damas y estos caballeros es comenzar la segunda parte del programa.... Vale más la música que toda esa algarabía....

Todos le miraron entonces. Hablaba en broma seguramente, y, sin embargo, su gesto y el tono de su voz eran serios, como imponentes.

Minghetti, inclinándose cómicamente, exclamó:

—Quien manda, manda.... Obediencia al tirano... al futuro empresario *forse*....

Serafina, dando la espalda a los otros, en un momento que pudo aprovechar, miró fijamente a su querido, abrió mucho los ojos con expresión de burla cariñosa, que acabó con una mirada de fuego.

Bonis tembló un poco por dentro al recibir la mirada, pero se hizo el desentendido y no sonrió siquiera.

—¡A cantar, a cantar!—dijo, fingiendo seguir la broma de su papel de déspota.

Mochi se inclinó también, y Minghetti, después de una gran reverencia, se sentó al piano para acompañar el dúo de tenor y tiple con que empezaba la segunda parte.

Nepomuceno se sentó junto a Marta, y Bonis muy cerca de su mujer, que respiraba con fuerza, absorbiendo dicha por boca y narices.

Y mientras ella, sin pensar en que le tenía allí, devoraba con los ojos a la tiple y al barítono, Bonis paseaba la mirada triste, seria y tiernamente curiosa, del rostro pálido, ajado de su esposa, al vientre que una vez había engañado sus esperanzas; y oyendo, sin comprenderla en aquel momento, la música romántica del dúo, se dijo entre dientes:

—No importa...; más vieja era Sara.

-XIII-

Terminó el concierto a la una de la madrugada, y como era costumbre en el pueblo, en vez de disolverse la reunión, se pusieron a bailar los jóvenes con el mayor ahínco, muy a placer de las señoritas, que sólo toleraban dos o tres horas de música con la esperanza de estar bailando otras dos o tres horas. Emma no pensó en retirarse mientras quedase allí alma viviente. En cuanto a Marta Körner, estaba demasiado ocupada para pensar en el tiempo. ¡Íbale tanto en perseguir las fieras, es decir, en la caza mayor a que se había entregado en cuerpo y alma, que ya ni veía ni oía lo que estaba delante; para ella no había en el mundo más que su D. Juan Nepomuceno, con sus grandes patillas! Desde antes de terminar el concierto habían hecho rancho aparte, en un rincón de la sala; y allí estaba la alemana enseñándole el alma, y un poco, bastante, de la blanquísima pechuga, al acaramelado mayordomo, futuro administrador de la fábrica de productos químicos. Körner, aunque muy metido en conversación con Mochi primero y después con el Gobernador militar y el Ingeniero jefe de caminos, vigilaba desde lejos, muy satisfecho de la conducta de su hija. Muy de corazón aplaudió la habilidad y delicadeza que demostró su digno vástago cuando uno, y dos y tres jóvenes de lo más distinguido de la sociedad, se acercaron a ella solicitando el favor de un vals o cosa parecida, y fueron cortés y fríamente despedidos por la robusta alemana, que no bailaba porque... aquí una disculpa torpemente zurcida, pero mal compuesta con toda intención. A Nepomuceno había que ponerle las cosas muy claras; y Marta, aun a riesgo de molestar a los bailarines, tal vez contenta con molestarlos, porque aquello venía a ser un anuncio, dejaba ver con gran transparencia el verdadero motivo de los desaires que se veía obligada a dar; a saber: que era más importante para ella hablar con Nepomuceno que andar por allí dando saltos y despertando, el diablo sabría qué apetitos, en aquella juventud lucida y generalmente colorada, gracias a la mucha sangre.

Nepomuceno, que a la segunda negativa de Marta, acompañada de una mirada y una sonrisa de inteligencia para él, acabó de comprender, agradeció con todas sus entrañas el *sacrificio* que en su favor se hacía; y se hubiera derretido de gusto, a no estarlo ya, gracias a la proximidad *vertiginosa* de la alemana y a las cosas espirituales y no espirituales que ella le estaba diciendo; y, sobre todo, gracias a ciertos tropezones que de vez en cuando, bastante a menudo, daban las rodillas con las rodillas.

«¡Qué elocuencia... y qué *calor natural despedía* aquella mujer!» pensaba don Juan, aplicando el mismo verbo al calor y a la elocuencia.

Marta hablaba del ideal, de todos los ideales; pero se las arreglaba de manera que en su disertación se mezclaban, por vía de incidentes, descripciones autobiográficas que se referían casi siempre al acto solemne de mudarse ella de ropa, o a estar en su lecho, medio dormida.... desvelada.... Ello es que Nepomuceno supo aquella noche, v. gr., que aquella señorita había leído una cosa que se llamaba la *Dramaturgia de Hamburgo*, de Lessing, y que, tanto como el autor del Laoconte, le gustaban a ella las medias muy ceñidas, atadas sobre las rodillas y de color gris perla. Lo más tierno fue la historia de las queridas de Goëthe, tema que tenía muy preocupada a la de Körner desde muchos años atrás. El noble orgullo de Federica Brion, que no quiso casarse nunca, porque nadie era digno de la que había sido amada por Wolfgang, lo pintaba Marta con un calor sólo comparable al que despedían sus propias rodillas. Nepomuceno, confundiendo las cosas, y hasta las facultades del alma, se llegó a figurar que los *genios* alemanes eran unos sátrapas que se pasaban la vida despreciando a los seres vulgares y manoseando los mejores bocados del eterno femenino. Cuando llegó lo de *las madres* del tantas veces citado Goëthe, Nepo no podía menos de figurarse las tales *madres* como unas ubérrimas amas de cría. De todas suertes, y fuera lo que fuera de Heine y de la *Joven Alemania*, él estaba que ardía... y a tanta ciencia y poesía y contacto de piernas, sólo se le ocurría contestar lo que, sin saberlo él, Nepomuceno, contestaba aquel personaje de la comedia titulada: «De fuera vendrá...». Quiere decirse, que al tío mayordomo no se le venía a la boca más que la solemne promesa de futuro, pero muy próximo matrimonio.

Emma, siguiendo el ejemplo de algunas otras casadas, que bailaban también, aceptó unos *lanceros* a que la invitó el presidente del Casino, y poco después bailó con Minghetti una polca íntima, género de desfachatez tolerada que empezaba entonces a *hacer furor* y no pocos estragos morales.

La polca íntima de Minghetti fue para ella una revelación. El barítono, que no había perdido la pista a la afición que le había demostrado aquella señora en paseo, en misa, en la calle, por medio de miradas incendiarias, aquella noche acabó de comprenderlo todo, y formó un plan de seducción, que le convenía desde muchos puntos de vista. Empezó a marearla con miradas y lisonjas allí, junto al piano, durante el concierto; y al atreverse a invitarla nada menos que para bailar una polca de aquellas condiciones coreográficas, jugó el todo por el todo. Aceptada la polca, ya sabía él lo que le tocaba hacer; y mientras las rodillas hablaban el lenguaje de las de Marta Körner, aunque sin colaboración de los clásicos alemanes, él, allá en sus adentros, se entregaba a proyectos y cálculos en que había hasta números. Medio en serio, medio en broma, *se declaró* a Emma mientras daban vueltas por el salón; y ella, muerta de risa, muy contenta, nada escandalizada, le llamaba loco, y se dejaba apretar, como si no lo sintiera, como si su honra estuviese por encima de toda sospecha y no debiera parar mientes en aquellos estrujones fortuitos. Le llamaba loco, y embustero, y bromista; pero cuando, después de la polca, se sentaron juntos, en vez de incomodarse por la insistencia del cantante, se quedó un poco seria, suspiró dos o tres veces, como una doncella de labor no comprendida, y acabó por ofrecer a Minghetti una amistad desinteresada; pura amistad, pero leal y firme. Entonces el barítono, que no echaba nada en saco roto, sin dejar el tema de su pasión incandescente, mezcló en las variaciones del mismo una discretísima narración de los apuros de su vida económica y la de sus compañeros. A Minghetti, que era un *bohemio*, sin saber de tal epíteto, no le daba vergüenza hablar de su pobreza, ni de las trazas picarescas a que había recurrido muchas veces para salir de atrancos. Comprendía él que parte del encanto de su persona, irresistible para muchas mujeres, consistía en su misma vida desarreglada, de aventurero simpático, generoso, alegre, casi infantil, pero poco escrupuloso, como no fuera en puntos de galanteo y de valentía. Enseguida noto que en Emma este elemento de seducción era de los que producían más efecto; ella misma le confesó que había comenzado a fijarse en él, y a encontrarle *ángel*, como dicen los andaluces, la noche aquella famosa en que había cantado el *Barbero*... a la fuerza....

—¡Ah, sí—exclamó él sonriendo—; cuando me cazó la Guardia civil!...

Y de este incidente, que tanto había dado que hablar en el pueblo meses atrás, tomó pie para contar su historia y sus penas y apuros a su manera, como burlándose de sus propios males. Callaba muchas cosas que juzgaba poco a propósito para hacerle aparecer interesante; pero no ocultó ciertas maniobras no muy decentes, y osó referirlas, no por amor a la verdad, sino porque su sentido moral no le decía que era aquello repugnante e indigno; por fortuna, tampoco Emma sentía delicadezas de este orden, y en toda treta victoriosa admiraba el arte y olvidaba al engañado, o sea al tonto.

La mujer de Bonis escuchaba encantada aquella narración del género picaresco, en que las picardías venían a estar explicadas y disculpadas por la viveza de las pasiones y los golpes repetidos de una adversa fortuna.

Lo cierto era que la historia del barítono, desfigurada por él en su narración cuando le convino, podía resumirse en lo siguiente:

Cayetano Domínguez era natural de Valencia; había asistido en su infancia a los azares de la miseria, que aspira a convertir en industria la holganza y no lo consigue, sino con intervalos de negras prisiones y en perpetua lucha con el Código penal y los agentes de su eficacia. La cárcel, residencia frecuente de su señor padre, le había enseñado, como por ensayos repetidos, la triste vida de la orfandad; y cuando al fin el autor de sus días salió de casa para no volver, porque en una ocasión, al recobrar la libertad, en vez del hogar, encontró la muerte en una misteriosa aventura, allá en la Huerta, el pobre Minguillo, que así le llamaban los demás pillastres de su barrio, al quedarse en el mundo solo, pues su madre había muerto al darle a luz, tenía un aprendizaje anulado que le sirvió no poco, de mala suerte, apuros, desvalimiento; y venía a ser a los doce años todo un hombre, y casi casi todo un pícaro, por los recursos de su ingenio, el ahínco de su trabajo, cuando tocaban a trabajar honradamente, y las tretas de su industria, la fuerza de cinismo, el vigor de los músculos y el desprecio de todas las leyes y cortapisas morales y jurídicas, que, en su opinión, se habían hecho para los ricos;

porque los pobres no podían con ellas, bajo pena de matarse de hambre, que era el mayor crimen.

De las manos de un pariente lejano, que le molía a palos y le llamaba hijo de tal y de cual, pasó al servicio de la Iglesia con carácter de monaguillo, y hasta llegó a cantar en el coro de la catedral en funciones de tiple; y esta época fue, según él, la más santa de su vida, sin ser perfecta. No hacía él las picardías por hacerlas, sino por el lucro; de modo que mientras su voz sirvió para el coro, cantó en calidad de ángel en la catedral, sin hacerse jamás reprender por su pereza o impericia, pues en el trabajo era asiduo, y su destreza en todo oficio que emprendía, extremada. Volvió a la calle porque la voz se le mudaba, que era para el caso como perderla; y con la edad de comenzar las pasiones a abrir sus yemas, coincidió la mayor pobreza de su vida, por lo que no fue extraño, o a él no se lo pareció, que por aquellos días sus expedientes para procurarse el sustento y lo demás que necesita un mozo suelto y sin escrúpulos, fuesen del todo incompatibles con los rigores de la ley civil y criminal; sin que esto quisiera decir que llegase a robar, al menos con violencia; sino que, recordando tradiciones familiares, inventó industrias alegres y vistosas, como juegos de feria, con moderada trampa, inocentes chascos, justo castigo de tontos avarientos y confiados necios, en que el provecho que a él, a Mingo, le quedaba entre las uñas, era apenas la necesaria retribución de su trabajo, que hubiera sido exigua cotejada con el riesgo y con el primor y gracia de las trazas inventadas. De su voz ¡voz traidora!, no se había vuelto a acordar en mucho tiempo, a no ser para cantar en tabernas y paseos nocturnos, para solaz de los compañeros del hampa, o seducción de alguna mozuela, que además habría de pedir otra paga.

Sus relaciones con la gente de sotana, interrumpidas, pero no rotas, le presentaron ocasión de ingresar en el seminario en calidad de fámulo, ocultando, por supuesto, gran parte de sus antecedentes; y como tenía temporadas, si no de arrepentimiento—pues él no creía que había de qué—de cansancio, de cierto como relativo *misticismo* que le pedía a él la soledad de la vida recogida y largas horas de tiesura hierática, con un cirio en la mano, o en las oscuridades del coro, y ausencia de malas compañías, y pan seguro ganado sin industrias prohibidas; por todo ello se acogió a la *soledad* del *claustro*, y fue el más airoso, servicial y despabilado fámulo de colegio sacerdotal, donde no sabía él que había de llegar a ser colaborador de verdaderos horrores. Muchos años después, cuando, ya libre y artista, se creía por sus actos y representación en el caso de ser muy *avanzado, librepensador* y cosas por el estilo, aprovechaba sus recuerdos del seminario como argumento contra las instituciones religiosas. «¡Lo que son los curitas, díganmelo ustedes a mí!», solía exclamar; y como no hubiera damas delante, su narración, probablemente exagerada, ponía espanto verdaderamente, por lo que toca a determinadas violaciones del orden natural de los instintos.

De esta clase de aventuras es claro que no le habló a Emma aquella noche; fue más adelante, cuando su trato llegó a ser más íntimo, cuando ella supo de esta clase de tormentas porque también había pasado la juventud pintoresca de su amigo.

Del seminario salió por una ventana, con un trabuco, pues nada menos exigían la prisa y el peligro con que acudió a defender la *causa del pueblo* en una intentona revolucionaria en que se vio comprometido, familiar y todo, por culpa de amistades heteróclitas, adquiridas en las escapatorias frecuentes que de noche emprendía con otros compañeros y algún seminarista amigo de ir al teatro y a lugares de corrupción más inmediata. Anduvo por los campos en calidad de sublevado días y días, hasta que se le rompieron los zapatos y emigró con otra porción de ilusos, como los llamaba en una alocución el Capitán general de Valencia. Y tanto corrió, que no paró hasta Italia. Vivió en Turín, en Roma, en Nápoles, Dios sabe cómo; y ello fue que a España volvió de corista en una compañía de ópera, hablando italiano, con mucho mundo, y persuadido de que su vocación era la música y su fuerte la seducción de mujeres fáciles, y el tentar a todas, fáciles o difíciles.

En Barcelona llamó su voz la atención de un maestro; se podía sacar partido de ella enseñándole música, lo que se llama música; se aplicó de veras al estudio, dejó por algunos años el teatro, vivió de no se sabe qué recursos, tal vez a costa del amor chocho; y se le vio de posada en posada, de fonda en fonda, despertando a los huéspedes con *gárgaras* de barítono que ensaya la voz y no deja dormir los músculos de una poderosa garganta. Aquellos gorgoritos de pavo alborotado se los hacía perdonar siempre a fuerza de gracia, amabilidad y chiste. Era un Tenorio aniñado, un niño mozo, pueril hasta para enamorarse: se hacía mimar enseguida, y las mujeres, al quererle, ponían algo de las caricias de madre que todas ellas tienen dentro.

A sus queridas les cantaba al oído las óperas enteras, como dándoles besos con el aliento, que parecía salir perfumado por la melodía. Una novia suya lo dijo: aquel hombre de tan buen color, tan buenas carnes, de cutis fresco y esbelto como él solo, esparcía así como un olor, que seducía, a música italiana. Desde su primera contrata, en Barcelona, se llamó ya Minghetti, y Gaetano; y cuando volvió de su segundo viaje a Italia, que duró dos años, casi él mismo se tenía ya por extranjero. En cuanto a los instintos de tramposo, que en el nuevo oficio no tenían aplicación inmediata, buscaban expansiones naturales en los tratos y contratos con los cantantes, sus mujeres, los empresarios y los huéspedes de las posadas. El lance a que Emma había aludido se refería a una de estas picardías, de que hubo de ser víctima el buen Mochi. Habían reñido Julio y Gaetano por cuestión de ochavos, sobre si el valenciano había cobrado o no, y negaba un recibo; Minghetti escapó de noche, a pie; Julio se quejó a la autoridad porque el barítono se le iba con la paga adelantada y le dejaba la Compañía en el aire; la benemérita se encargó de recomponer el cuarteto; y, en efecto, Minghetti, resignado, sonriente, como si se hubiera tratado de una broma, se presentó de nuevo al público, cantando el *Barbero* con gran malicia; lo cual le valió una ovación tributada a su graciosa picardía, a su desenfado simpático y alegre. Aquella noche le conoció Emma, desde el paraíso, donde oyó la historia de la fuga, comentada con entusiasmo por el público, siempre dispuesto a perdonar a los tramposos guapos y graciosos.

Pocos días después de oír las aventuras del barítono en aquella noche solemne del baile, Emma ya le había tenido muy cerca, cantándole al oído, pero sólo en calidad de amigo íntimo, la mayor parte del repertorio. Lo del piano se llevó a efecto; Minghetti fue maestro de la Valcárcel, pero es claro que las lecciones se convirtieron a poco en pura fórmula, un pretexto para que el profesor cantase romanzas, acompañándose él mismo, mientras la discípula, sentada junto a él, admirándole, pasaba las hojas, cuando el cantante lo indicaba con la cabeza. Llegó, sin embargo, Emma a destrozar polcas y chapurrar un vals que la entusiasmaba. Bonis nada podía oponer, porque las lecciones se daban con su beneplácito, y además podía observar que su mujer pasaba algunas horas cada día estudiando solfeo y machacando teclas.

Lo que iba viento en popa era lo de la fábrica de *Productos Quími-cos* y la reconstitución de la Compañía de ópera con la base del ter-ceto; a saber: la Gorgheggi, Mochi y Minghetti.

En la cabeza de Reyes se mezclaban ambas empresas, porque los interesados en una y otra comían juntos muy a menudo en casa de Emma y se reunían todas las noches en sus *salones*, que así quería ella que se llamasen en adelante, previo el arreglo del mobiliario, derribo de tabiques y otras composturas, que subieron a una can-tidad respetable, pero no respetada por Nepomuceno, que hizo con ella maravillas de prestidigitación. Además, había otra cosa, la prin-cipal, que enlazaba la empresa teatral con la fabril, a saber: el capi-talista, que, en resumidas cuentas, venía a ser uno mismo: Emma. En lo del teatro se admitieron acciones de algunos aficionados de la ciudad; pero estas eran insignificantes comparadas con las de Em-ma; de modo que ella venía a ser el verdadero capitalista, represen-tada, es claro, por Nepomuceno en todo lo que se refería a la parte económica del negocio, y por Bonis en lo tocante a entenderse con músicos y cantantes. Bonis a su vez delegaba en Mochi la dirección *técnica*, y en rigor cuanto entraba en sus atribuciones; de suerte que el empresario y director de la Compañía tronada venía a ser en la nueva Compañía lo mismo que antes había sido, sin más diferencia que la de no exponerse a perder un cuarto y estar sólo a las ganan-cias, si las había, por pocas que hubiera; que a eso estaba él. Desde la Tiplona acá no se había visto jamás que unos *cómicos* permaneci-eran, por fas o por nefas, tanto tiempo en el pueblo. Casi se les tomaba por vecinos, y Julio y Gaetano ya discutían en el Casino, aunque con cierta discreción y medida, todas las candentes cues-tiones de interés local. En cuanto a Serafina, era la gala de los pa-seos, y los vecinos la mostraban a los forasteros como una de las maravillas indígenas.

También tendía a aclimatarse, y aun con raíces más hondas, la familia Körner, que quería *fincar* en aquella ciudad, uniendo su nombre a la causa de la industria que con tanto calor defendían los periódicos de intereses morales y materiales de la localidad. Körner hizo un viaje a Alemania por cuenta de la nueva Sociedad de

Productos Químicos, para traer todas las noticias y encargar todo el material necesario para la fábrica, cuya construcción y explotación debía de dirigir él mismo. En cuanto a pagar todos estos gastos, ya se sabía: el mermado caudal de la abogada Valcárcel corría con todos los desembolsos, o con casi todos; pues, por disimular, también en este negocio se ofrecieron acciones a unos cuantos amigos y parientes. Ello fue que el capital de Emma se vio tan seriamente comprometido en las aventuras químico-industriales, como diría Körner, que Nepomuceno, autor de semejante desafuero, se creyó obligado en conciencia, en la poca y mala conciencia que le quedaba, a exponer a su sobrina con toda claridad, o poco menos, la situación, el riesgo que se corría.

—De esta salimos ricos, según todas las probabilidades; mas no he de ocultarte, amada sobrina, que nuestro dinero, es decir, tu dinero, se expone a grandes quebrantos, que no son de esperar..., pero que caben en lo posible.

Cuando el tío mayordomo hablaba así, Emma estaba medio loca, sin sentido para nada que no fuesen sus pasiones, sus alegrías, aquella vida desordenada y de bullicio en que se había metido como en un baño de delicias. Era tan feliz en aquella corrupción, que le parecía haber sujetado la rueda de la fortuna; además, Körner, que se había hecho muy amigo suyo, la había convencido, a fuerza de hablarle de cosas que ella no podía entender, de que aquel *pequeño anticipo* de miles de duros daría por resultado una riqueza verdadera, digna de los grandes señores de otras tierras, que no contaban, como los de allí, los millones por reales, sino por pesos fuertes y otras monedas análogas. Ella también quería ser millonaria de duros, y el corazón y Körner y Minghetti le decían que lo iba a ser. Ello era una especie de milagro de la ciencia y la habilidad. «Pero si los alemanes no hicieran milagros de sabiduría, ¿quién los iba a hacer?». Se trataba sencillamente de sacarles a las algas, que el mar arrojaba a las costas de la provincia en tanta abundancia, un demonio de materia que tenía mucha utilidad para infinitas industrias. Mentira le parecía a ella que de cosa tan repugnante y mal oliente como era el ocle (las algas), que hasta a las caballerías las hacía espantarse, pudiese salir tanto dinero como se le prometía; pero, en fin, ya que lo decían los sabios... y Minghetti, verdad sería. Adelante. Además, a Roma por todo. Si la arruinaban, ¿qué?

Tendría gracia. Ella no estaba segura de no escaparse con el barítono cualquier día.

También la parecía imposible, como lo de las algas, que Minghetti estuviera tan enamorado como le juraba; porque aunque estaba persuadida de que ella había mejorado mucho, y de que su *otoño* era muy interesante, y su *jamón* suculento y en dulce, al fin él era mucho más joven, y ella... ella estaba, indudablemente, algo *fatigada*.

Entre alemanes e italianos... verdaderos y falsos, se había establecido una especie de pacto, tácito al principio, después muy explícito, para protegerse mutuamente. Los de la fábrica, Körner e hija, ayudaban a los del teatro; los del teatro, Mochi, Minghetti y Gorgheggi, ayudaban a los de la fábrica. Nepomuceno, interesado en favor de los alemanes, animaba a Emma a gastar en la empresa de la ópera, porque Marta y su padre se lo pedían; la Gorgheggi y Mochi trabajaban en el espíritu de Bonis para que este no quitase a su mujer de la cabeza las fantásticas lontananzas de opulencia, debidas a la química industrial, que iban metiéndole en el cerebro el alemán y el tío.

Y a unos y a otros los seducía, los corrompía, y los juntaba en una especie de solidaridad del vicio la vida que hacían, *poniéndose el mundo por montera*, según la frase predilecta de Emma, y viviendo alegres, siempre mezclados en conciertos, en jiras campestres, en banquetes a puerta cerrada. En la casa de la Valcárcel, donde un día habían sido parásitos los taciturnos parientes de la montaña, de capa y hongo, ahora, espantadas tales alimañas, vivaqueaban aquellos extranjeros, aquella sociedad heteróclita, que con pasmo y aun envidia de parte de la ciudad, vivía como no se solía vivir en aquel pueblo aburrido, con esa alegría desfachatada, pero atractiva, que los demás miraban desde lejos murmurando, pero deseándola. Muchos jóvenes de las *mejores familias*, que al principio habían cortado sayos a Emma, a Bonis y Marta, ahora callaban y hasta llegaban a defender a los de Reyes y a sus amigos, porque algunas sonrisas de la Gorgheggi, insinuaciones provocativas, aunque *espirituales* de Marta, y, especialmente, invitaciones para saraos y banquetes de Emma, los habían convertido. Hubo más; para hacer callar a muchos, y también instigada por Bonis, que empezaba a hacerse insoportable con sus moralidades y miedos al qué dirán, Emma se dio arte para agregar a algunas de sus fiestas, si no a las más íntimas, a dos o tres familias de lo más distinguido de la capital. Una de ellas era la de un magistrado andaluz, que tenía dos hijas como dos acuarelas de pandereta; el padre era unas castañuelas de la sala de lo civil, y sus retoños, sin madre, se pasaban la vida, inocentes en el fondo, *jaleando* la alegría de su papá. Se aburrían mucho en aquel pueblo sucio, frío, húmedo, y vieron el cielo abierto con la amistad de Emma y compañía. El magistrado, que era, además, muy embustero, y hablaba de riquezas que él tenía allá, en la tierra, se embarcó en lo de la fábrica de Productos Químicos, aunque de tapadillo, y vino a interesarse en unos diez mil reales, que él multiplicaba añadiendo una porción de ceros a la derecha cuando hablaba a sus colegas y amigos de su parte en el negocio. Pero no fue la de Ferraz y sus hijas la adquisición mejor para Emma. Por mediación de las andaluzas, la Valcárcel tuvo ocasión, y la aprovechó, de ofrecer un verdadero servicio a las de Silva, tres muchachas llenas de pergaminos, deudas y figurines. Las deudas y los pergaminos eran cosas de su papá, pero los figurines, de ellas; no había chicas más elegantes en el pueblo; eran tres, y cuando paseaban juntas, en posturas académicas, constante grupo escultórico, recordaban las estampas grandes de los periódicos de modas. Hacían de un vestido siete, y era un prodigio el verlas volverlo de arriba abajo, y estirar y encoger sombreros, y aprovechar para cinco o seis cosechas de la moda las mismas espigas y los mismos pepinillos y otros vegetales contrahechos, de prendidos y sombreros. Fuera como fuera, ellas ponían la moda en el pueblo, y por su nobleza y las arrogantes figuras que ostentaban, disponían de los novios efímeros por manadas. Mientras el padre bebía los vientos por fijar la rueda de la fortuna en la sala de juego de la Oliva, las niñas se multiplicaban, verdaderas buhoneras de sí mismas, siempre con la mercancía de su hermosura a cuestas por plazas, iglesias, paseos, bailes y teatro. Pero llegó un luto, y aquí fue ella. Iba a abrirse el *antiguo coliseo* con la Compañía de ópera remendada, y las de Oliva no podrían ir los jueves y domingos a lucir sus gracias, enhiestas en sus sillones con almohadón, a la orilla del antepecho de su palco, como grullas tiesas y melancólicas a la margen del mar. El pariente difunto era un *tío segundo*; pero era marqués. Si hubiera sido un cualquiera, las de Silva seguirían vestidas de colorado y tan *ubicuas* como siempre; pero el luto de un marqués no podía preterirse sin profanarse. No había palco posible. Entonces fue cuando Emma pudo ganar la amistad de aquellas elegantes aristócratas haciéndoles un favor y matando dos pájaros de un tiro. Como ella venía a ser la *empresaria*, y los cantantes eran sus íntimos amigos y personas muy decentes, no habría inconveniente en presenciar las funciones de ópera entre bastidores. Las de Ferraz propusieron el expediente a las de Silva, que sin consultarlo con el papá, con quien no consultaban nada, aceptaron locas de alegría. No podrían lucirse tanto de telón adentro; pero se divertirían de fijo; verían cosas muy agradables, muy nuevas, y hasta podrían coquetear con los cantantes, algunos de los cuales, como Minghetti, eran muy guapos y simpáticos. Emma se creyó en el deber de no dejar ir solas a aquellas señoritas al escenario y sus oscuros alrededores, y desde la primera noche, sin consultarlo tampoco con nadie, las acompañó, y las presentó a la Gorgheggi, que las ofreció su cuarto para pasar el rato en amable tertulia durante los entreactos. Marta y las de Ferraz también asistieron alguna vez al espectáculo, de tapadillo, corriendo y jugueteando por aquellos pasillos y corredores estrechos y sucios, entre telones y trampas; pero en general preferían lucirse en el palco de la Empresa, de Emma, que estaba al lado de la presidencia.

Es claro que en cuanto se supo que las de Silva iban con la de Reyes a ver las óperas entre bastidores, se murmuró mucho, y se las compadeció porque venían a ser huérfanas por completo, teniendo aquel padre que tenían. ¡Pobrecitas, no han tenido madre cuando más falta les hacía! Y después de este acto de caridad, se las despedazaba. Pero ellas no hacían caso. La sociedad de la Gorgheggi las enorgullecía, como a la Valcárcel, y el respeto con que todos las trataban en el escenario y en el cuarto de la cantante, también las halagaba mucho. Serafina estaba en sus glorias, viéndose admirada y considerada por aquellas jóvenes de la aristocracia, cuyos finos modales y hasta el luto que vestían daban dignidad y nobleza a su tertulia de los entreactos.

—¡Soy feliz, Bonifacio, muy feliz... y todo te lo debo a ti! Así decía la tiple, cogiendo por las muñecas a su amante, atrayéndole a su seno y besándole con un entusiasmo de agradecimiento, que Reyes estimaba en lo que valía.

«Sí, ella era feliz, pensaba; más valía así». También Emma vivía muy contenta y le trataba a él mejor que antes, y a veces le daba a entender que le agradecía también la iniciación en aquella nueva vida... *del arte*, como llamaban en casa a los trotes en que se habían metido. Todos eran felices, menos él... a ratos. No estaba satisfecho de los demás, ni de sí mismo, ni de nadie. Debía serse bueno, y nadie lo era. En el mundo ya no había gente completamente honrada, y era una lástima. No había con quién tratar, ni consigo mismo. Se huía; le espantaban, le repugnaban aquellos soliloquios concienzudos de que en otro tiempo estaba orgulloso y en que se complacía, hasta el punto de quedarse dormido de gusto al hacer examen de conciencia. Ahora veía con claridad que, en resumidas cuentas, él era una mala persona. Pero ¿de qué le valía aquella severidad con que se trataba a sí mismo a la hora de despertar, con bilis en el gaznate, si después que se levantaba, y se lavaba, y se echaba mucha agua en el cogote, resucitaba en él, con el vigor de la vida, con la fuerza de su otoño viril, sano y fuerte, la concupiscencia invencible, el afán de gozar, la pereza del pecado convertido en hábito? Aquello iba mal, muy mal; su casa, la de su mujer, antes era aburrida, inaguantable, un calabozo, una tiranía; pero ya era peor que todo esto, era un... *burdel*, sí, burdel; y se decía a sí mismo: «Aquí todos vienen a divertirse y a arruinarnos; todos parecemos cómicos y aventureros, herejes y *amontonados*». Este *amontonados* tenía un significado terrible en los soliloquios de Bonis. Amontonados era... una mezcla de amores incompatibles, de complacencias escandalosas, de confusiones abominables. A veces se le figuraba que aquella familiaridad exagerada de los alemanes, los cómicos, y su mujer, era algo parecida a la *cama redonda* de la miseria; podía no haber allí ningún crimen de lesa honestidad..., pero el peligro existía y las apariencias condenaban a todos. Marta, que iba a casarse con el tío Nepomuceno, admitía galanteos subrepticios del primo Sebastián, un cincuentón verde y bien conservado, que de romántico se había convertido en cínico, por creer que en esto consistía el progreso. Sebastián, antes tan idealista y poético, ahora no podía ver una cocinera sin darle un pellizco, y esto lo atribuía a que estábamos en un *siglo positivo*. Él, Bonifacio, había tenido que consentir en que su querida entrase en casa de su mujer, y fueran amigas y comieran juntas.... Emma, aunque indudablemente honrada, dejaba a Minghetti acercarse demasiado y hablarle en voz baja. Él no desconfiaba...; pero, ¿por qué? Tal vez porque su conciencia de culpable le cerraba los ojos, porque no se atrevía a acusar a nadie...; porque había perdido el *tacto espiritual*; porque ya no sabía, entre tanta falsedad, torpeza y desorden, lo que era bueno y malo; decoro, honor, delicadeza...; en otro tiempo, cuando él esquilmaba la hacienda de los Valcárcel, en competencia con D. Nepo; cuando él manchaba el honor de su casa con un adulterio del género masculino, pero adulterio, en medio de sus remordimientos encontraba disculpas relativas para su conducta: el amor y el arte, la pasión sincera, lo explicaban todo. ¡Pero ahora! Una larga temporada había estado siendo *infiel* a su pasión; entregado noches y noches a un absurdo amor extraviado, todo liviandad, amor de los sentidos locos, que era más repugnante por tener el *itálamo nupcial* por teatro de sus extravagantes aventuras; y esto le había abierto los ojos, y le hacía comprender la miseria espiritual que llevaba dentro de sí, y que su pasión no era tan grande como había creído, y que, por consiguiente, no era legítima. Además... y ¡oh dolor!, el arte mismo tenía sus más y sus menos, y allí no era arte todo lo que relucía. No, no; no había que engañarse más tiempo a sí mismo; aquello era un burdel, y él uno de tantos perdidos. Allí no había nada bueno más que aquella ternura pacífica, suave, seria, callada, que se le despertaba de vez en cuando, que le hacía aborrecible cuanto le rodeaba y le llevaba a desear ardientemente, no morirse, porque a la muerte la tenía mucho miedo por el dolor y la incertidumbre de ultratumba, sino transformarse, regenerarse. Pensaba en algo así como un injerto de hombre nuevo en el ya gastado tronco que arrastraba por el mundo tanto tiempo hacía. Aún no era viejo, y le parecía haber vivido siglos; desde los recuerdos de la infancia, que se referían a los años de ensueño en que había salido del limbo de la vida inconsciente, al día de la fecha, ¡qué distancia! ¡Cuánto había sentido! ¡Qué de vueltas había dado a las mismas ideas!

Y el pobre Bonis se frotaba la frente y toda la cabeza con las manos, compadecido de aquel cerebro que bullía, que crujía, que pedía reposo, paz... y la ayuda de fuerzas nuevas.

Un día encontró Bonis en un libro la palabra *avatar* y su explicación, y se dijo:—¡Una cosa así me vendría a mí perfectamente! Otra alma que entrara en mi cuerpo; una vida nueva, sin los compromisos de la antigua.

No esperaba milagros. No le gustaban siquiera. El milagro era un absurdo, algo contra la fría razón, y él quería método, orden, una ley en todo, ley constante, sin excepción. El milagro era romántico, revolucionario, violento, y él no estaba ya por el romanticismo, ni por la violencia, ni por lo extraordinario, ni por la pasión. Sí; había amor que valía más que el apasionado. Más era: había amor sublime que no era el amor sensual, por alambicado y platónico que éste quisiera considerarse.... Amar a la mujer... siempre era amar a la mujer. No, otra cosa.... Amor de varón a varón, de padre a hijo. ¡Un hijo, un hijo de mi alma! Ese es el *avatar* que yo necesito. ¡Un ser que sea yo mismo, pero empezando de nuevo, fuera de mí, con sangre de mi sangre!

Y Bonis, llorando al pensar esto, se decía, arrimando la cabeza contra una pared:

—Sí, sí; lo de siempre; el anhelo de toda mi vida desde que pude tenerlo: ¡el hijo!

Por su espíritu pasó como el halago de una mano de luz que le curaba, sólo con su contacto, las llagas del corazón. Sintió una emoción de legítimo contento de sí mismo ante la conciencia clara, evidente, de que en el fondo de todos sus errores, y dominándolos casi siempre, había estado latente, pero real, vigoroso, aquel anhelo del hijo, aquel amor sin mezcla de concupiscencia. En él lo más serio, lo más profundo, más que el amor al arte, más que el anhelo de la pasión por la pasión, siempre había sido el amor paternal... frustrado.

Y siempre lo había deseado lo mismo; su deseo tenía la forma plástica, constante, fija, de un recuerdo intenso. Siempre era *el hijo*; varón y uno solo; su único hijo.

Una mujer... no podía continuarle a él; él no se concebía femenino en el ser que heredara su sangre, su espíritu. Tenía que ser hombre. Y uno solo; porque aquel amor que había de consagrar al hijo tenía que ser absoluto, sin rival. Amar a varios hijos le parecía a Bonis una infidelidad respecto del primero. Sin saber lo que hacía, comparaba el cariño a mucha prole con el politeísmo. *Muchos hijos* era como *muchos dioses*. No, uno solo...; aquel, aquel de que le hablaban las entrañas, aquel que casi casi le presentaba ante los ojos, en el aire, la alucinación de sus noches sin sueño.

¿Y de dónde había de salir su único hijo?... No cabía duda; la ley era la ley, el orden el orden; no cabían sofismas del pecado: había de salir del vientre de Emma.

Pero ¡ay, que él no merecía el hijo! No, no vendría.

Después de aquella noche del baile, origen de aquel amontonamiento *social* en que vivían cómicos, alemanes y gente de su casa, su Emma, el tío, él mismo; después de aquella noche en que él, si no fuera enemigo de admitir intervención directa, en sus asuntos, de lo sobrenatural, hubiera visto la mano de la Providencia, la revelación del destino, ¿había estado a la altura ideal de las grandes cosas que había soñado? No, de ningún modo. Había vuelto a claudicar; se había dejado arrastrar con todos los demás a la vida fácil, perezosa, del vicio, y había llegado a ver con embeleso a su querida en la casa, a la mesa de su esposa, y había llegado a figurarse legítimas tales abominaciones con aquella filosofía de los semiborrachos de sobremesa, que en otro tiempo le parecían inspiraciones poéticas, moral artística, excepcional, privilegiada. ¡Y él era el mismo que había sentido, oyendo cantar a Serafina una canción a la Virgen, que en sus entrañas encarnaba un amor divino! ¡Él, con un misticismo estrambótico, falso, se había comparado, disparatada pero sinceramente, con la Virgen Madre!

Y cuántas veces, después, había visto las cosas de otra manera, y había llegado a pensar: «¡Todo es cuestión de geografía! Si yo fuese turco, todo esto sería legítimo; pues figurémonos que estamos en otras *latitudes*... y longitudes». Más era: en aquel instante en que hacía tan tristes reflexiones, ¿estaba arrepentido? No. Estaba seguro, porque se lo decía la conciencia, de que pocas horas más tarde, cuando el cuerpo estuviese repleto y la fantasía excitada por el vino y el café, y acaso por la música de Minghetti y Emma, de nuevo sería él aquel Bonifacio corrompido, complaciente, bien hallado con la especie de amor libre que se le había metido en casa. Vendría Serafina, y mientras Minghetti y Emma continuaban sus lecciones interminables, ellos dos, Serafina y él, en el cenador de la huerta, ¡oh miseria!, ¡oh vergonzoso oprobio!, serían, como siempre, amantes; amantes de costumbre, sin la disculpa, aunque de poca fuerza, disculpa al fin, de la ceguedad de la pasión; amantes por el hábito, por la facilidad, por el pecado mismo....

¡No, no tendría el hijo! ¡Miserable! ¡No lo merecía! Renunciaba a la ventura.

Pero si no la felicidad, podría tener el arrepentimiento verdadero.

¿Por qué no aspirar a la perfección moral y llegar en este camino adonde se pudiera?

Entre todas las grandes cosas que se le habían ocurrido ser en este mundo, gran escritor, gran capitán (esto pocas veces, sólo de niño), gran músico, gran artista sobre todo, jamás sus ensueños le habían conducido del lado de la santidad. Si en otro tiempo se había dicho: ya que no puedo inventar grandes pasiones, dramas y novelas, hagamos todo esto, sea yo mismo el *héroe*, ¿por qué no había de aspirar ahora a un heroísmo de otro género? ¿No podía ser santo?

Para artista, para escritor, le faltaba talento, habilidad. Para ser santo no se necesitaba esto.

Y el pobre Bonis, que a ratos andaba loco por casa, por calles y paseos solitarios, buscó la *Leyenda de oro* en la librería de su suegro, y vio que, en efecto, había habido muchos santos cortos de alcances, y no por eso menos visitados por la gracia.

Sí, eso era; se podía ser un santo sencillo, hasta un santo simple....

Dejarlo todo, ya que no tenía hijo, y seguir... ¿Seguir a quién? ¡Si él no tenía bastante fe, ni mucho menos! ¡Si dudaba, dudaba mucho, y con un desorden de ideas que le hacía imposible aclarar sus dudas y volver a creer a macha-martillo! Aquellos libracos, que había leído con avidez para hacerse todo lo sabio posible, a fin de preparar la educación del hijo, le habían producido, *en suma*, una indigestión intelectual de negaciones. No era creyente... ni dejaba de serlo. Había cosas en la Biblia que no se podían tragar. Un día que oyó que los seis días del Génesis no eran días, sino épocas, aun en pura ortodoxia, sintió un gran consuelo, como si se le quitara un peso de encima, como si hubiera sido él quien hubiera inventado lo del mundo hecho en seis días. Pero quedaba lo del Arca con todas las especies de animales; quedaba la torre de Babel; quedaba el pecado, que pasaba de padres a hijos, y quedaba Josué parando el sol..., en vez de parar la tierra. No, no podía ser: él no podía coger su cruz, porque no era un *simple* como los de la Edad Media, sino un simple *ilustrado*, un simple de café, un simple moderno... ¡Ah, pero lo que no le faltaba era el sincero anhelo de sacrificio, de abnegación y caridad!... Hacer disparates para la mayor gloria... de lo que hubiese allá arriba, le parecía muy puesto en razón, algo como una música interior. Una noche leyó en la cama un libro que hablaba de un místico medio loco, italiano, de la Edad Media, a quien llamaban el juglar de Dios; parecía el payaso de la gloria: lleno del amor de Jesús, se reía de la Iglesia y daba por hecho que él se condenaría, pero llevando al infierno su pasión divina, que nadie podía arrancarle: y el tal Jacopone de Todi, que así le llamaba el vulgo, que se reía de él y le admiraba, hacía atrocidades ridículas para que su penitencia no fuese ensalzada, sino objeto de burla; y salía andando con las manos, cabeza abajo y los pies al aire; y se untaba de aceite todo el cuerpo, desnudo, y se echaba a rodar sobre un montón de plumas, que se le pegaban al cuerpo; y de esta facha salía por las calles para que los chiquillos le corrieran....

Bonis lloraba de ternura leyendo estas hazañas del clown místico, del autor de los Laudes, después inmortalizados. Él, Bonis, no era poeta, pero con la flauta creía poder decir muchas cosas, y hasta convertir infieles.... Pero el toque estaba en el *arranque*. Irse por el mundo, echar a correr, dejarlo todo, y ya que no tenía un hijo, ser un santo de pueblo, un santo loco, estaba muy puesto en razón; mas ¡ay!, la conciencia le decía que no se atrevería jamás, no ya a dejarlo todo, hasta las zapatillas, y tomar su cruz; ni siquiera a dejar a su mujer.... ni aun a su querida.

-XIV-

Grandes acontecimientos vinieron a sacar a Reyes de estas intermitentes veleidades místicas, que él mismo, en sus horas de sensualismo racionalista y moderado, calificaba de enfermizas. El infeliz Bonis no pudo menos de recordar un pasaje muy conocido de *La Sonámbula*; aquel de:

ah, del tutto ancor non sei
cancellata dal mio cuor,

(según él lo cantaba), cuando llegó la hora de despedirse de Serafina Gorgheggi; la cual, deshecha otra vez la compañía, iba con Mochi contratada al teatro de la Coruña. Aquella separación había sido una amenaza continua, la gota amarga de la felicidad en los días y meses de ciega pasión; después un dolor necesario, y hasta merecido y saludable, según pensaba el amante, lleno de remordimientos y de planes morales. Pero al llegar el momento, Bonis sintió que se trataba de toda una señora operación practicada en carne viva. Con toda franqueza, y explicándolo todo satisfactoriamente por medio de una intrincada madeja de sofismas, Reyes reconoció que los afectos naturales, puramente *humanos*, eran los más fuertes, los verdaderos, y que él era un místico de pega, y un romántico y un *apasionado* de verdad. ¡Ay!, separarse de Serafina, a pesar de aquella tibieza con que su espíritu la trataba de algún tiempo a aquella parte, era un dolor verdadero, de aquellos que a él le horrorizaban, de los que le *daban la pereza* de *padecer*. ¡Era tan molesto tener el ánimo en tensión, necesitar sacar fuerzas de flaqueza para aguantar los dolores, los reales! Y no había más remedio. Pensar en tener compañía de ópera más tiempo, era absurdo. Ya todos los expedientes inventados para retener en el pueblo a Mochi y su discípula estaban agotados, no podían dar más de sí. Nunca se había visto, ni en tiempo de la *Tiplona*, mientras esta fue cantante, que *las partes* de una compañía permanecieran un año seguido, y algo más, en la ciudad, fuera trabajando o en huelga. Lo que se había visto era tal cual corista que se quedaba allí, casada con uno del pueblo, o ejerciendo un oficio; un director de orquesta se había hecho vecino para dirigir una banda municipal...; pero tiples y tenores, nunca habían parado tantos meses: concluido el trigo, volaban. El fenómeno que ofrecían Serafina, Julio y Gaetano, era tan admirable como si las golondrinas se hubieran quedado a pasar un invierno entre nieve. Sólo que de las golondrinas no se hubiera hecho comidilla para decir que las alimentaban los gorriones, por ejemplo. Y de la larga estancia de los cómicos, contratados unas temporadas, otras no, se decían horrores. No por hacer callar a la maledicencia, de la que nadie se acordaba, a no ser Bonis, sino porque no había manera decorosa, ni aun medio decorosa, de continuar cubriendo las apariencias, ni tampoco recursos para seguir manteniendo los grandes gastos que causaban aquellos restos de la compañía disuelta, se comprendió la necesidad de que terminase aquel *estado de cosas*, como le llamaba Reyes. La empresa había perdido bastante, y sobre la empresa, es decir, sobre el caudal mermadísimo del abogado Valcárcel, continuaban cargando, más o menos directamente, las principales *partes*, a saber: Mochi, Serafina y Minghetti. Se presentó la ocasión de ganar la vida con el trabajo, y hubo que aprovecharla, por más que doliera a unos y a otros la despedida. Quien no transigió fue Emma. Tuvo una encerrona con su tío y mayordomo, que había sido nombrado vicepresidente de la Academia de Bellas Artes, agregada a la Sociedad Económica de Amigos del País, y de aquella conferencia resultó el acuerdo, porque allí todo eran panes prestados, de que Minghetti continuaría en el pueblo en calidad de director de la Sección de música en la citada Academia. El sueldo que pudieron ofrecer los señores socios al barítono no era gran cosa; pero él se dio por satisfecho, porque además pensaba dar lecciones de piano y de canto, y con esto y lo otro (y lo otro, así decía la malicia, entre paréntesis, por lo bajo) podía ir tirando, hasta que se cansara de aquella vida sedentaria, y se decidiera a admitir una de las muchas contratas que, según él, se le ofrecían desde el extranjero.

Serafina dejaba con pena el pueblo, en que había llegado casi a olvidar que era una actriz y una aventurera, para creerse una dama honrada que tenía buenas relaciones con la mejor sociedad de una capital de provincia, y un amante fiel, dulce, manso y guapo. A Bonis le había llegado a querer de veras, con un cariño que tenía algo de fraternal, que era a ratos lujuria y que se convertía en pasión de celosa cuando sospechaba que el tonto de Reyes podía cansarse de ella y querer a otra. Tiempo hacía que notaba en su queridísimo bobalicón despego disimulado, distracciones, cierta tendencia a huir de sus intimidades. Al principio sospechó algo de las extrañas noches de valpurgis matrimonial que tan preocupado trajeron una temporada a Reyes; después, siguiendo la pista a los desvíos y distracciones del amante, llegó a comprender que no se trataba de *otros amores*, sino de *ideas* que a él le daban; tal vez iba a volvérsele definitivamente bobo, y no dejaba de sentir cierto remordimiento.

«A este se le ablanda la mollera por culpa mía».

Más de una vez, en sus ligeras reyertas de amantes antiguos, pacíficos y fieles, pero cansados, oyó a Bonis hablar de la *moral* como un obstáculo a la felicidad de entrambos. Lo que nunca pudo sospechar Serafina fue la principal *idea* de Bonis, la del *hijo*; y esto era lo que en realidad le apartaba de su querida, del pecado.

Pero en la noche en que, al arrancar la diligencia de Galicia, Bonis, subiéndose de un brinco al estribo de la berlina, pudo, a hurtadillas, dar el último beso a la Gorgheggi, sintió que su pasión no había sido una mentira *artística*, porque con aquel beso se despedía de un género de delicias intensas, inefables, que no podrían volver; con aquel beso se despedía del último vestigio de la juventud.

Entre la muchedumbre que había acudido a despedir a los cantantes, se sintió Bonis, después que desapareció el coche en la oscuridad, muy solo, abandonado, sumido otra vez en su insignificancia, en el antiguo menosprecio.

Delante de él, que volvía solo por la calle sombría adelante, solo entre la muchedumbre de sus amigos y amigas, distinguió dos bultos que caminaban muy juntos, cogidos del brazo, según era permitido en aquella época a las señoritas y a los galanes; eran Marta Körner y Nepomuceno, que se habían adelantado, huyendo la vigilancia del alemán, que no gustaba de tales confianzas. La escena de la despedida los había enternecido y animado; la oscuridad de las calles, alumbradas con aceite, les daba un incentivo en su misterio, y en el cuchicheo de su diálogo se sentía el soplo de la pasión... de la pasión carnal de Nepo y de la pasión de... marido de Marta. Iban absortos en su conversación, olvidados de los que venían detrás, creyéndose a cien leguas de la gente, sin pensar en ella; levantaban a veces la voz, Marta singularmente; y Bonis, sin querer al principio, queriéndolo muy de veras después, oyó cosas interesantes.

«Había que hablar cuanto antes a Emma; había que decirle el gran secreto de aquella pareja: que iban a casarse antes de un mes. Y había que ajustar cuentas, separar los respectivos capitales, sin perjuicio de seguir administrando el tío el de la sobrina, hasta que ya no hubiera cosa digna de mención que administrarle». Estaba perdida; no había hecho más que ir gastando, derrochando, sin enterarse jamás de que corría a la ruina completa. Hablarle a ella de hipotecas, era hablarle en griego. «Pues hipoteque usted», decía, sin más idea de la hipoteca que la de ser un modo de sacar ella el dinero necesario para sus locuras, cuanto antes.

—Mire usted—decía el tío a Marta (pues el *tú* lo dejaba para después de la boda)—; es una mujer que no tiene idea clara de lo que significa el tanto por ciento, y cuando le hablan de un interés muy subido, le suena lo mismo que si le hablan de un interés despreciable; para ella no hay más que el dinero que le den por lo pronto; parece así... como que se figura que roba a los usureros, a quienes toma dinero al sabe Dios cuántos. Para aliviar estos males, he llegado yo mismo a ser el único *judío* para mi sobrina; yo soy, yo, quien, sin saberlo ella, porque ni lo pregunta, le facilito cantidades a un módico interés.

Marta oía a Nepo con más placer que si le fuera recitando la *primavera temprana* de Goëthe.

—¿De modo... que ellos van a arruinarse?

—Sí; ya no tiene remedio.

—La culpa es suya.

—Suya.... Empezó él... siguió ella... después los dos...; después todo el mundo.... Usted lo ha visto: aquella casa es un hospicio; los cómicos nos han comido un mayorazgo..., y como la fábrica va mal....

—¡Oh!, pero eso no hay que decirlo por ahí...

—No; es claro....

—Papá espera levantar el negocio; sus corresponsales le ofrecen mercados nuevos, salidas seguras....

—Sí, sí; es claro..., pero ya será tarde para los de Reyes; nuestro esfuerzo, el que haremos con nuestro propio capital.... Marta, con el nuestro, ¿entiende usted?, sacará la fábrica a flote...; pero ya será tarde para ellos. Nuestro porvenir está en la pólvora....

Marta apretó el brazo de Nepo, y lo que siguieron hablando ya no pudo oírlo Bonis.

Se quedó atrás; entró el último en su casa, adonde volvieron muchos de los que habían ido a despedir a la Gorgheggi y a Mochi, pues de allí había partido la comitiva. Serafina había ido al coche desde la casa de Emma, porque ésta no podía salir aquella noche; se sentía mal, y se habían despedido en el gabinete de la Valcárcel.

Bonis se detuvo en el portal, cuando ya todos estaban arriba. ¡Qué ruido! ¡Qué algazara! ¡Lo de siempre! Ya nadie se acordaba de los que se alejaban carretera arriba; como si tal cosa. Arrastraban sillas, sonaba el piano y después el taconeo de los danzantes. Bailaban.

«¡Y todo esto lo he traído yo! ¡Y bailan sobre las *ruinas*! ¡*Los Reyes* se arruinan; la casa Valcárcel truena... y el último ochavo lo gastan alegremente entre todos estos pillos y viciosos que he metido yo en casa!».

«¡Empezó él!, decía ese tunante. ¡Y tiene razón! Yo empecé, y aún debo, aún debo... lo robado. Y todo lo demás que vino después, la empresa teatral..., la fábrica..., los banquetes, las jiras, los saraos..., los préstamos a esos hambrientos y chupones..., por culpa mía, por mi pasión..., que ya se extinguía, por miedo a echar cuentas, por miedo de que se descubriese mi *adulterio*; sí, adulterio, así se llama... yo lo toleré... lo procuré todo.... Todo es culpa mía, y l peor es lo que dice el tío: Empezó él».

Y Bonis, sin pasar del portal, mal alumbrado por un farol de aceite, se cogía la cabeza con las manos.

No se determinaba a subir. Le daba asco su casa con aquella chusma dentro.

«¡Si fuera para barrerlos! Y a mí con ellos... a todos..., a todos....

»¿Cómo seguir con aquella vida, ahora sobre todo, que ni el placer, ni el pecado, le arrastraba a ella?

»¡Egoísta! Como se fue tu pareja, *moralizas* contra los demás.

»Pero, ¿y la ruina? Cuando ese la anuncia, segura será... ¡Seremos pobres! Por mí... casi me alegro...; pero es horrible... porque es por culpa mía».

Cesó de repente el ruido del baile, que sonaba sordo y continuo sobre su cabeza; después se oyeron muchos pasos precipitados en una misma dirección..., hacia el gabinete de Emma.

—¿Qué pasa?—se dijo asustado Bonis. Pensó de repente, como antaño—: Emma se ha puesto mala, y me va a echar la culpa. Se dirigió hacia la escalera, cuya puerta abrieron con estrépito desde dentro; bajando de dos en dos los peldaños, venían dos bultos: el primo Sebastián y Minghetti, que atropellaron a Bonis.

—¿Qué hay? ¿Qué sucede?—gritó, recogiendo del suelo el sombrero, el que debía ser amo de la casa.

—¡Arriba, hombre, arriba! ¡Siempre en Babia! Emma así..., y tú fuera....

Esta frase del primo Sebastián le supo a Bonis a todo un tratado de arqueología; era del repertorio de las antigüedades clásicas de su servidumbre doméstica.

—Pero... ¿qué hay? ¿Qué tiene Emma?

—Está mala..., un síncope..., jaqueca fuerte...—dijo Minghetti—. Vamos corriendo a buscar a D. Basilio; le llama a gritos.

—Sube, hombre; corre; te llama a ti también; nunca la vi así... Esto es grave.... Sube, sube....

Y se lanzaron a la calle los dos emisarios, rivalizando en premura y celo.

—Usted, al Casino; yo, a su casa—dijo Sebastián—; y cada cual echó a correr: uno, calle arriba; otro, calle abajo.

Bonis entró temblando, como en otro tiempo. «¿Qué sería? ¿Volverían los días horrorosos de la fiera enferma? ¡Comparados con ellos los presentes, de *relajamiento moral*, le parecían ahora flores! Y en adelante, ¿qué armas tendría para la lucha? Ya no creía en la pasión, aunque tanto le estaban doliendo aquella noche sus últimas raíces; ya no creía apenas en el ideal, en el arte...; todo era un engaño, tentación del pecado.... Sí: volvía su esclavitud, su afrenta, aquella vida de perro atado al pie de la cama de una loca; él ya no tendría fuerza para resistir; con un *ideal*, con una *pasión*, lo sufría todo; sin eso... nada. Se moriría.... La enfermedad otra vez... y ahora, con la pobreza, acaso, de seguro... ¡Qué horror!... ¡Oh! No; escaparía».

Entró, pasillo adelante; todo era confusión en la casa. Las de Ferraz y una de las de Silva corrían de un lado a otro, daban órdenes contradictorias a los criados; en el gabinete de Emma, Marta y Körner junto al lecho, parecían estatuas de mausoleo.

—¡Duerme! —dijo con solemnidad el padre.

—¡Silencio! —exclamó la hija, con un dedo sobre los labios.

—Pero, ¿qué ha sido?

—¡Pchs! Silencio.

—Pero (más bajo y acercándose); pero... yo quiero saber... ¿y el tío? ¿Dónde está el tío?

—Se está mudando —contestó Marta en voz baja, de esas que son silbidos, más molestos que los gritos.

Reyes notó el olor de un antiespasmódico; olor de tormenta para los recuerdos de sus sentidos. También había cierto hedor nauseabundo.

Se aproximó más a la cama; a los pies estaba amontonada ropa blanca, de que se había despojado Emma después de metida entre sábanas, según su costumbre. También ahora los recuerdos de los sentidos le hablaron a Bonis de tristezas, y tras rápida reflexión, se sintió alarmado.

—Pero, ¿qué ha sido? —preguntó sin bajar la voz lo suficiente, olvidándose del sueño de su esposa, pensando cosas muy extrañas.

—No grite usted, hombre —dijo la alemana muy severamente.

Bonis acercó el rostro al de su mujer.

—Duerme —dijo Körner.

—¡Dios lo sabe! —pensó Bonis.

Emma, pálida, desencajada, desgreñada, con diez años, de los que había sabido quitarse de encima, otra vez sobre las fatigadas facciones, abrió los ojos, y lo primero que hizo con ellos fue lanzar un rayo de odio y otro de espanto sobre el atribulado esposo.

—¿Qué ha sido, hija mía, qué ha sido?

Quiso hablar la enferma, y, al parecer, hasta pronunciar un discurso, porque procuró incorporarse, y extendió los brazos; pero el esfuerzo le produjo náuseas, y Bonis, sin tiempo para retirarse un poco, corrió la misma borrasca de que se estaba secando el tío.

Körner, discretamente, retrocedió un paso. Marta se colgó de la campanilla en son de pedir socorro, porque no era ella hembra que descendiese a ciertos pormenores al lado de los enfermos. El estómago, decía ella, no es nuestro esclavo; antes bien, nos esclaviza.

Acudieron las de Ferraz, y luego Eufemia con agua, arena, toalla y cuanto fue del caso. A Bonis se le hizo comprender que apestaba, y corrió a mudarse.

Cuando volvió al cuarto de su mujer, vio en la sala al tío, a Körner, a Marta, a las de Ferraz, a la de Silva, a Minghetti y a Sebastián.

—¿Está mejor, está sola?

Sebastián respondió casi de limosna:

—No: está con ella D. Basilio.

Antes de decidirse a entrar en el gabinete, Bonis consultó con la mirada al concurso. Vio algo extraño en ellos: parecían menos alarmados y como llenos de curiosidad maliciosa. Había allí sorpresa, incertidumbre, no susto ni temor a un peligro.

—¿Pasa algo? ¿Qué pasa?—preguntó anhelante, con la cara de lástima que ponía cuando acudía en vano a implorar sentimientos tiernos, de caridad, en sus semejantes.

—Hombre, usted puede entrar—dijo Körner—; al fin es el marido.

Bonis entró. D. Basilio, correcto en el vestir, como siempre, de color de manteca el gabán entallado; sonriente; de expresión espiritual boca y mirada, dejaba pasar una tormenta de espanto y rebeldía contra los designios de la naturaleza a que se entregaba Emma, que se apretaba la cabeza desgreñada con las manos crispadas, y llamaba a Dios de tú y con un tono que parecía de injuria.

—¡Dios mío! ¿Qué es esto?—preguntó Bonis espantado, con las manos en cruz, frente al médico.

—Pues, nada; que su mujer de usted... está nerviosísima, y ha tomado a mal una noticia que yo creí que la llenaría de satisfacción y legítimo orgullo....

—¡Calle usted, Aguado! ¡No se burle de mí! ¡No estoy para bromas! ¡Dios mío! ¡Qué va a ser de mí! ¡Qué atrocidad! ¡Qué barbaridad! ¡Qué va a ser de mí!... ¡Dios de Dios! Y a estas horas... yo me voy a morir... de fijo... de fijo... me lo da el corazón. ¡Yo no paro, no paro, no paro!...

—¿Delira?—gritó Bonis con horror.

—¿Por qué?

—Como dice... que no para... no para....

—No; no dice eso—y D. Basilio se interrumpió para reír con toda sinceridad—. Lo que dice es que no pare, no pare.... Pero ya verá usted cómo en su día, aún lejano, damos a luz un robusto infante.

—¡Alma mía!—exclamó Reyes comprendiendo de repente, más que por las señas que tenía delante, por una *voz de la conciencia* que le gritó en el cerebro: «Se fue *ella*, y viene *él*; no quería venir hasta hallar solo tu corazón para ocuparlo entero. Se fue la *pasión* y viene el *hijo*».

Se lanzó a estrechar en sus brazos la cabeza de su esposa; pero esta le recibió con los puños, que, rechazándole con fuerza, le hicieron perder el equilibrio y casi caer sobre don Basilio.

—¡Nerviosa, nerviosísima!—dijo el médico, disimulando el dolor de un callo que le había pisado aquel calzonazos.

Empezaron las explicaciones.

Emma, con verdadero pánico, se agarraba, como un náufrago a una tabla, a la esperanza de que aquello era imposible.

Aguado, con estadísticas que no necesitaba ir a buscar fuera de su clientela, demostraba que *imposibles* de aquella clase le habían hecho pasar a él muchas noches en claro. Y sin ir más lejos, citaba a la de Fulano y a la de Mengano, que se habían descolgado con una criatura después de años y años de esterilidad, en rigor aparente. «¡Oh, los misterios de la naturaleza!».

«Pero, ¿no la habían asegurado a ella, tantos años hacía, cuando el mal parto, cuando quedó medio muerta, con las entrañas hechas una lástima, que ya no pariría nunca, que aquello se había acabado, que no sé qué de la matriz?».

—Sí habrán dicho, señora; pero *in illo tempore* yo no tenía el honor de contar a usted en el número de mis clientes. Hay quien es un gran comadrón y un grandísimo ignorante en obstetricia y tocología, y toda clase de *logías*... divinas y humanas.

Mientras Emma proseguía en sus lamentos, gritos y protestas, jurando y perjurando que estaba dispuesta a no parir, que aquello era una sentencia de muerte disfrazada, que a buena hora mangas verdes, y cosas por el estilo, Aguado se volvió a Bonis para explicarle lo que había pasado allí.

En cuanto se había acercado a la enferma había visto síntomas extraños que nada tenían que ver con sus habituales crisis nerviosas; se había enterado de pormenores íntimos, aunque con gran dificultad por el horror que tenía Emma a todos los cálculos, previsiones y recuerdos aritméticos, no sólo a las cuentas del tío; y entre estas noticias y lo que tenía presente, y ciertas inspecciones y contactos, había sacado en consecuencia que aquella señora, como tantas otras, al cabo de los años mil volvía por los fueros de la maternidad, abandonados mucho tiempo. Habló mucho de matrices y de placentas, pero mucho más de la misteriosa marcha de la Naturaleza *a través*, y permítaseme el galicismo —dijo Aguado, que era purista en lo que se le alcanzaba—, a través de los fenómenos fisiológicos de todos órdenes. Indudablemente, y no lo decía por alabarse, él no había esperado menos del régimen homeopático e higiénico a que había sometido a su cliente: sin aquellos glóbulos, y más particularmente sin la influencia físico-moral de los buenos alimentos, de los paseos y, sobre todo, de las distracciones, aquel organismo hubiera continuado viviendo una vida valetudinaria, sin esperanza, ni remota, de tener fuerzas sobrantes suficientes para sacar de ellas una nueva vida, un *alter ego*. No cabía duda que

Aguado insistía en querer deslumbrar a Bonis, pues no solía el médico de las damas ser tan pedantescamente redicho.

De todas suertes, Reyes tenía que contenerse para no abrazar al doctor; creía disparatadamente que el estar su mujer embarazada o no dependía de aquella discusión entre el médico y Emma; si Emma quedaba encima en la disputa, ¡adiós hijo!; si el médico decía la última palabra, parto seguro.

Como no había por qué ocultar la cosa, no se ocultó; los de la sala supieron enseguida el pronóstico, nada reservado, de D. Basilio. Hubo gritos de alegría, de sorpresa sobre todo, algunos de malicia; bromas, jarana y pretexto para seguir divirtiéndose y alborotando: Emma continuaba protestando; se sentía mejor, era verdad, después de haber desahogado por completo, pero el susto, al cambiar de especie, había empeorado; no estaba enferma, como había temido, pero estaba en *estado interesante*, y esto era horroroso. Y como no le hacían caso, y se reían de ella y hasta la dejaban sola, para correr por la casa y refrescar y tocar el piano y cantar, toda vez que ella misma confesaba que no le dolía nada, se tiraba la dama encinta de los pelos, insultaba medio en broma, medio en veras, a sus amigas y amigos llamándolos verdugos, y proponiéndoles que pariesen por ella y que verían.

Seguía negando su estado, como si fuese asunto de honor, como pudiera negarlo Marta si se viera en una por el estilo; pero negaba no por convicción, sino por engañarse a sí misma. Por lo demás, bien comprendía ahora, después de oír a D. Basilio y de contestar a sus sabias preguntas, que había estado ciega, que ella misma debía haber comprendido mucho tiempo hacía de qué se trataba al notar cosas extrañas en su vida íntima.

Bonis, que había procurado quedarse con su mujer mientras los demás, despedido D. Basilio, corrían al comedor, donde les aguardaba el refresco, tuvo que dejarla sola porque le echó de su presencia a cajas destempladas. Desapareció Reyes, y los convidados quedaron por dueños de la casa, pues D. Juan Nepomuceno había salido también cuando el médico.

En el comedor se acentuó el carácter burlesco de las bromas con que se recibió el inesperado suceso. Se hacían cálculos respecto de la mayor o menor proximidad del alumbramiento, suponiendo que las cosas fueran por sus pasos contados a un feliz desenlace. Las hipótesis respecto de las causas probables de tamaño lance abundaban, se entrelazaban, se mezclaban, llegaban al absurdo y siempre acababan apoyándose en ejemplos de casos semejantes y de otros mucho más extremados. Körner demostró gran erudición en el particular; pero se preferían como mejor testimonio, más digno de crédito, las cosas más recientes y de la localidad. No le hubiera hecho gracia a Emma oír que se la comparaba con damas parturientas de sesenta años, y que se citaba, como ejemplo de belleza conservada milagrosamente, a Ninon de Lenclos, de quien nunca había oído ni el nombre la señorita de Silva. ¡Lo que sabía aquella Marta, que fue la que llevó la conversación de la tocología a la estética, para poder ella lucir sus conocimientos sin menoscabo de su decoro y prerrogativas de virgen pudorosa e ignorante en obstetricia! Ella, tan avispada, en esto de fingir inocencia tenía tan mal tacto, que llegaba a ridículas exageraciones; y así fue que aquella noche, por rivalizar con el candor de las de Ferraz, a las primeras noticias del feliz suceso que se preparaba estuvo inclinada a dar a entender que, a su juicio, los recién nacidos venían de París; pero la de Silva, la menor, con verdadera inocencia, dejó comprender todo lo que ella sabía respecto del asunto, que era bastante; y Marta tuvo tiempo para recoger velas y abstenerse de ridículas leyendas filogénicas y ontogénicas, como hubiera dicho ella si no estuviera mal visto.

En lo que estaban todos conformes era en lo que ya había afirmado el médico, a saber: que la principal causa de aquella restauración de las entrañas de Emma y de sus facultades de madre se debían a la nueva vida que llevaba de algún tiempo a aquella parte, a las distracciones, a las expansiones. Consultado Minghetti sobre el particular, daba señales de asentimiento con la cabeza, y seguía comiendo pasteles. Los comensales le miraban a hurtadillas, y los más perspicaces notaban en él un aire que Körner, hablando bajo con Sebastián, llamó en francés *gené*; con lo cual Sebastián se quedó a oscuras.

Volvió Nepomuceno cuando se levantaban de la mesa; se despidieron todos de Emma, repitiendo las bromas, recomendándole tales y cuales precauciones Körner, y aun Sebastián, que tenía una experiencia que no se explicaban las chicas de Ferraz en un solterón; y todas las vírgenes, Marta inclusive, se ofrecieron de allí para en adelante a servir a la amiga enferma, de enfermedad conocida, en todo lo que fuera compatible con el estado a que todas ellas todavía pertenecían.

Emma rabiaba, azotaba el aire; y aumentaba su cólera porque no podía explicar a las muchachas, decorosamente, los argumentos con que todavía seguía oponiéndose a la sentencia facultativa. Bajando por la escalera, unas opinaban que el furor de la Valcárcel era fingido, que bien satisfecha estaba con el descubrimiento; otras pensaban, más en lo cierto, que si algo halagaba esta potencialidad a Emma, no le daban lugar a satisfacciones el terror del parto, el asco y la repugnancia a los menesteres de la maternidad después del alumbramiento.

—Y además—decía una de Ferraz a la de Silva—, ¿no ha visto usted qué cara se le ha puesto sólo con los preparativos esos y con el susto?

—Sí, parecía un cadáver....

—Lo que parecía era una cincuentona.

—Poco le falta.

—No, mujer, no exageres. Lo que era que... como se le había caído la pintura....

—Diez años más se le echaron encima.

—Eso sí.

Y todas ellas callaron de repente, ya en la calle, pensando por unanimidad en Minghetti y en la cara de pocos amigos que había puesto en el cuarto de la otra. Sebastián fue a acompañar a los de Körner hasta su casa. Nepomuceno había tenido que quedarse porque el alemán era muy delicado, ahora que se aproximaba la boda, en materias del qué dirán, y no gustaba de que a tales horas pudieran encontrar por las calles oscuras a su hija acompañada de su prometido, aunque Körner fuera con ellos. Aseguraba que para Alemania era buena la costumbre de dejar a los novios andar juntos y solos por cualquier parte, pero que en países meridionales toda precaución era poca. Por lo visto, temía los ardores del buen Nepomuceno.

Pero ¿y Reyes?, preguntaban los amigos de la casa al separarse. ¿Dónde se habrá metido? En el cuarto de Emma no quedaba.

Bonis se había encerrado en su alcoba, ya que su mujer rechazaba enérgicamente las expansiones del futuro padre, que hubiera deseado vivamente saborear en santo amor y compaña de su esposa las delicias de la inesperada y bien venida noticia que acababa de darles D. Basilio.

A falta de su mujer, Bonis se contentó con su humilde lecho de *soltero*, en aquella alcoba suya, testigo de tantos pensamientos, de tantos sueños, de tantos remordimientos, de tantas penas y humillaciones devoradas entre sollozos. Su cama era su confidente, su mejor amigo; no el tálamo nupcial, el del cuarto de su mujer, no; aquellas pobres tablas de nogal, aquellas sábanas sin encajes (porque los encajes y puntillas le daban grima), aquella colcha de flores azules, que le decían tantas cosas poéticas y tristes, dulces, suaves, tan conformes con el fondo de su propio carácter. Parecíale que a fuerza de haber mirado años y años aquellas flores, mientras su pensamiento vagaba por los mundos encantados de sus ilusiones, de sus penas, se le había pegado a la colcha como un barniz de idealidad, una especie de musgo azul de sus ensueños.... En fin, aquella colcha, y otra del mismo dibujo, pero de color de rosa, eran algo así como amigas íntimas, confidentes que a él le faltaban en el *mundo* de los vivos.

Muchas veces pensaba en esto: él no tenía, en rigor, amigos entre los hombres; ni amigos de la infancia, verdaderos, capaces de comprenderle y capaces de abnegación; ni amigos de la edad viril...; *il suo caro Mochi*... ¡bah!, le había engañado una temporada. Era un vividor a quien Dios perdonara. Sus amigos eran las cosas. La montaña del horizonte, la luna, el campanario de la parroquia, ciertos muebles... la ropa de color, usada, de andar por casa... las zapatillas gastadas... el lecho de *soltero* sobre todo. Estos seres inanimados, de la industria, a los cuales dudaba Platón si correspondía una idea, eran para Bonis como almas paralíticas, que oían, sentían, entendían..., pero no podían contestar ni por señas.

Y, sin embargo, aquella noche solemne, al contemplar la colcha de flores azules, el doblez humilde y corto de las sábanas limpias, las almohadas angostas y blandas, le pareció que todo aquello le sonreía con su frescura y con su aspecto de íntima familiaridad, mientras él se quitaba las botas y calzaba las babuchas. No había felicidad completa si los pies no descansaban en la suavidad del paño flojo de las zapatillas.

—¡Ajajá!—exclamó al sentirse a su gusto. Y apoyando ambas manos en la cama, dejó que una dulcísima sonrisa le inundara el rostro con un reflejo de la alegría del corazón.

¡Ahora a meditar! ¡A soñar! ¡Noche solemne! No había milagros: en eso estaba. No estaría bien que los hubiera. El milagro y el verdadero Dios eran incompatibles. Pero... ¡había Providencia!, un plan del mundo, en armonía preestablecida (él no usaba estas palabras; no pensaba esto con palabras) con las leyes naturales. Había coincidencias providenciales, que al hombre piadoso debían servirle de advertencias saludables, emanadas de Dios, traídas por la naturaleza. No era un milagro que se hubiesen equivocado los médicos que antaño le habían condenado para siempre a la esterilidad de su mujer; no era un milagro que Emma pariese ya cerca de los cuarenta años. Tampoco era milagrosa..., aunque sí admirable, la coincidencia de anunciarse la *venida del hijo* la misma noche en que se marchaba la pasión. Se iba Serafina y venía *Isaac*. El que debía llamarse Isaac, por lo que él sabía, pero que se llamaría, Dios sabía cómo, probablemente Diego, Antonio o Sebastián, a gusto de la madre, tirana de todos. ¡Isaac! Lo más extraño, lo más admirable era aquello... sus visiones de la noche memorable del concierto, de aquel concierto en que nacieron gran parte de las desdichas de su casa, la corrupción al por mayor metida en ella. De aquel concierto también había nacido su anhelo creciente de paz, de amor puro, tranquilo... y aquella vaga esperanza, rechazada y rediviva a cada momento, de tener al fin un hijo, un hijo legítimo, único. Lo más admirable, sí, aunque no milagroso, era el cumplimiento de lo que él disparatadamente llamaba, para sus adentros, «la Anunciación».

Tan exaltado se sintió, todo por dentro, tan lleno de ternura, que se tuvo un poco de miedo.

«¡Oh! ¡Si esto es estar loco, bien venida sea la locura!».

¡Estaba tan contento, tan orgulloso! No cabía duda. La Providencia y él se entendían. Había sido aquello como un contrato: «Que se marche ella, y vendrá él».

Pero ella... ¿se habrá marchado del todo?

—Sí—dijo Bonis en voz alta, poniéndose en pie y dando una leve patada en el suelo.

«Sí; aquí no queda más que el padre de familia. Aquí, en este corazón, ya no hay sitio más que para el amor del hijo».

Una voz secreta le decía que su nuevo amor era un poco abstracto, algo metafísico; pero ya cambiaría; cuando el chico estuviese allí, sería otra cosa. «Algo contribuía, pensaba Bonis, a la falta de *cariño humano* a su nene de sus entrañas, de que ahora se resentía, el no saber cómo llamarle. ¡Isaac! No; no sería Isaac. Además, Isaac no había sido *único hijo* de su padre. Aunque pareciera irreverencia, en rigor..., en rigor..., lo que correspondía era llamar a la criatura Manolín... o Jesús. ¡No que él se comparase con Dios Padre, ni siquiera con San José!...».

La idea de San José le hizo incorporarse en la cama, donde ya se había tendido, sin desnudarse. Como Bonis no era creyente, en el sentido rigoroso de la palabra, y sus dudas le habían llevado muchas veces a las cuestiones exegéticas, según él podía entenderlas, pensó en la posibilidad de que a San José le hubiese hecho la historia un flaco servicio, con la mejor intención, pero muy flaco. Sintió una lástima inmensa por San José. «Supongamos, se decía, que él, y nadie más que él, fuera el padre de su hijo putativo; que fuese el padre..., sin perjuicio de todas las relaciones misteriosas, sublimes, extranaturales, pero no milagrosas, que podía haber entre la Divinidad y el Hijo del hombre...; supongamos esto por un momento. ¡Qué horror! ¡Arrancarle a San José la gloria..., el amor... de su hijo!... ¡Todo para la madre! ¿Y el padre? ¿Y el padre?». Pensando estos disparates, se le llenaron los ojos de lágrimas. ¿Si estaría loco efectivamente? ¡Pues no se le ocurría, cuando debía estar tan contento, echarse a llorar, lleno de una lástima infinita del patriarca San José! Pero la verdad, ¡la historia!, ¡la historia! La historia no sabía lo que era ser padre.

«Ni yo tampoco. Cuando tenga al muchacho junto a mí, en una cuna, no estaré pensando en San José ni en todas esas teologías...».

En aquel instante se le ocurrió esto: «El niño debiera llamarse Pedro, como mi padre».

—¡Padre del alma! ¡Madre mía!—sollozó, ocultando el rostro en las almohadas, que empapó en llanto.

Aquella era la fuente; allí estaba el manantial de las verdaderas ternuras... ¡La cadena de los padres y los hijos!... Cadena que, remontándose por sus eslabones hacia el pasado, sería toda amor, abnegación, la unidad sincera, real, caritativa, de la pobre raza humana; pero la cadena venía de lo pasado a lo presente, a lo futuro..., y era cadena que la muerte rompía en cada eslabón; era el olvido, la indiferencia. Le parecía estar solo en el mundo, sin lazo de amor con algo que fuese un amparo..., y comprendía, sin embargo, que él era el producto de la abnegación ajena, del sacrificio amoroso en indefinida serie. ¡Oh infinito consuelo! El origen debía de ser también acto de amor; no había motivo racional para suponer un momento en que los ascendientes amaran menos al hijo que este al suyo.... Bonifacio se había vuelto un poco hacia la pared; la luz, colocada en la mesilla de noche, pintaba el perfil de su rostro en la sombra sobre el estuco blanco. Su sombra, ya lo había notado otras veces con melancólico consuelo, se parecía a la de su padre, tal como la veía en los recuerdos lejanos. Pero aquella noche era mucho más clara y más acentuada la semejanza. «¡Cosa extraña! Yo no me parecía apenas nada a mi padre, y nuestras sombras sí, muchísimo: este bigote, este movimiento de la boca, esta línea de la frente... y esta manera de levantar el pecho al dar este suspiro..., todo ello es como lo vi mil veces, en el lecho de mi padre, de noche también, mientras él leía o meditaba, y acurrucado junto a él yo soñaba despierto, contento, con voluptuosidad infantil, de aquella protección que tenía a mi lado, que me cobijaba con alas de amor, amparo que yo creía de valor absoluto.—¡Padre del alma! ¡Cuánto me habrás querido!»—se gritó por dentro....

Bonis no se acordaba de que no había cenado todavía, y dejaba que la debilidad se apoderara de él. Empezaba a sentirse mal sin darse cuenta de ello. Le temblaban las piernas, y los recuerdos de la infancia se amontonaban en su cerebro, y adquirían una fuerza plástica, un vigor de líneas que tocaban en la alucinación; se sentía desfallecer, y como disuelto, en una especie de plano *geológico* de toda su existencia, tenía la contemplación simultánea de varias épocas de su primera vida; se veía en los brazos de su padre, en los de su madre; sentía en el paladar *sabores* que había gustado en la niñez; renovaba olores que le habían impresionado, como una poesía, en la edad más remota.... Llegó a tener miedo; saltó de la cama, y de puntillas se dirigió a la alcoba de Emma. La Valcárcel dormía. Dormía de veras, con la boca un poco entreabierta. Dormía con fatiga; la antigua arruga de la frente había vuelto a acentuarse amenazadora. Bonis se tuvo lástima en nombre de todos los suyos. Sintió, con orgullo de raza, una voz de lucha, de resistencia, de apellido a apellido: lo que jamás le había pasado en largos años de resignada cautividad doméstica. *Los Reyes* se sublevaban en él contra *los Valcárcel*. ¡Oh! Cuánto daría en aquel momento por haber visto, por haber leído aquel libro de blasones familiares, de que, más que su padre, le hablaba su madre, muy orgullosa con la prosapia de su marido. Ella lo había visto: los Reyes eran de muy buena familia, oriundos de un pueblecillo de la costa que se llamaba *Raíces*. Bonis había pasado una vez por allí, en coche, sin acordarse de sus antepasados. ¿Quién se habrá llevado el libro? Un pariente, un tío.... Su padre, D. Pedro Reyes, procurador de la Audiencia, con mala suerte y poca habilidad, no hablaba apenas de las antiguas grandezas, más o menos exageradas por su esposa, de la familia de los Reyes; era un hombre sencillo, triste, trabajador, pero sin ambición; de una honradez sin tacha, que se había puesto a prueba cien veces, pero sin lucimiento, por lo modesto que era el D. Pedro hasta para ser heroicamente incorruptible. Con los demás era tan tolerante, que hasta podía sospecharse de su criterio moral por lo ancha que tenía la manga para perdonar extravíos ajenos. Amaba el silencio, amaba la paz, y le amaba a él, a Bonis, y a sus hermanos, todos ya muertos. Sí; ahora veía con extraordinaria clarividencia, con un talento de observación que no había sospechado que él tenía dentro, los recónditos méritos del carácter de su padre. Su romanticismo, sus lecturas dislocadas, falsas, no le habían dejado admirar aquella noble figura, evocada por la sombra propia en la pared de su cuarto. Bonis, junto al lecho de Emma dormida, adoró, como un chino, la santidad religiosa de los manes paternos. ¡Oh, qué claramente lo veía ahora; cómo tomaban un sentido hechos y hechos de la vida de su padre que a él le habían parecido insignificantes! Hasta, alguna vez, se había sorprendido pensando: «Yo soy un cualquiera; no soy un hombre de genio; seré como mi padre: un bendito, un ser vulgar». Y ahora le gritaba el alma: «¡Un ser vulgar!». ¿Por qué no? ¡Imbécil, imita la vulgaridad de tu padre! Acuérdate, acuérdate:

¿qué anhelaba aquel hombre? Huir de los negocios, del tráfico y de las mentiras del mundo; encerrarse con sus hijos, no para recordar noblezas de los abuelos, sino para amar tranquila, sosegadamente, a sus retoños. Era un anacoreta, poco dramático..., de la familia. Su desierto era su hogar. Al mundo iba a la fuerza. Su casa le hablaba, en silencio, con la dulzura de la paz doméstica, de toda la idealidad de que era capaz su espíritu cariñoso, humilde. La sonrisa de su padre al hablar con los extraños, tratando asuntos de la calle, era de una tristeza profunda y disimulada; se conocía que no esperaba nada de puertas afuera; no creía en los amigos; temía la maldad, muy generalizada; hablaba mucho a los hijos mayores de la necesidad de pertrecharse contra los amaños del mundo, un enemigo indudablemente. Sí; su padre hablaba a los de casa de lo que aguardaba fuera, como podía el hombre prehistórico hablar en su guarida, preparada contra los asaltos de las fieras, a las demás personas de la familia, aleccionándolas para las lides con las alimañas que habían de encontrar en saliendo. Más recordaba Bonis: que su padre, aunque ocultándolo, dejaba ver a su pesar que era un vencido, que tenía miedo a la terrible lucha de la existencia; era pusilánime; y, resignado con su pobreza, con la impotencia de su honradez arrinconada por la traición, el pecado, la crueldad y la tiranía del mundo, buscaba en el hogar un refugio, una isla de amor, por completo separada del resto del universo, con el que no tenía nada que ver. Para estas conjeturas de lo que su padre había sido y había pensado, Bonis se servía de multitud de recuerdos ahora acumulados y llenos de sentido; pero a lo que no llegaba con ellos era a vislumbrar en sus hipótesis históricas, en su recomposición de sociología familiar, la lucha que el padre debía de haber mantenido entre su desencanto, su miedo al mundo, su horror a las luchas de fuera y la necesidad de amparar a sus hijos, de armarlos contra la guerra, a que la vida, muerto él, los condenaba. D. Pedro había muerto sin dejar a ningún hijo colocado. Había muerto cuando la familia había tenido que renunciar, por miseria, a los últimos restos de forma mesocrática en el trato social y doméstico; cuando la pobreza había dado aspecto de plebeyo al decaído linaje de los Reyes. Y la madre, a quien esto habría llegado al alma, había muerto poco después: a los dos años.

«Y ahora venía otro Reyes. Es decir, algo del espíritu y de la sangre de su padre». Bonis tenía la preocupación de que los hijos, más que a los padres, se parecen a los abuelos. La palabra *metempsicosis* le estalló en los oídos, por dentro. La estimaba mucho, de tiempo atrás, por lo exótica, y ahora le halagaba su significado. —No será precisamente metempsicosis... —pensó—; pero puede haber algo de eso... de otra manera. ¿Quién sabe si la inmortalidad del alma es una cosa así, se explica por esta especie de renacimiento? Sí, el corazón me lo dice, y me lo dice la *intuición*; mi hijo será algo de mi padre. Y ahora *los Reyes* nacen ricos; vuelven al esplendor antiguo...».

Al pensar esto, un sudor frío le subió por la espina dorsal.... Recordó, en síntesis de dos o tres frases, el diálogo que aquella misma noche había sorprendido: el de Nepomuceno con Marta. ¡Oh! ¿Sería sino de los Reyes? ¡Nacía uno más... y... nacía en la ruina! ¡Estaban arruinados, o iban a estarlo muy pronto; eso había dicho el tío, que sabía a qué atenerse!

Bonis tuvo que sentarse en una silla, porque en la cama de su mujer no se atrevió a hacerlo.

—¡Dios mío, en el mundo no hay felicidad posible! Esta noche, que yo pensé que iba a ser de imágenes alegres, de dicha *interior* toda ella.... ¡qué horrible tormento me ofrece! ¡Arruinado mi hijo! ¡Y arruinado por culpa mía! Sí, sí, yo comencé la obra.... Y además, mi ineptitud, mi ignorancia de las cosas más importantes de la vida... los números... el dinero... las cuentas... ¡prosa, decía yo! ¡El arte, la pasión! eso era la poesía... ¡Y ahora el hijo me nace arruinado!

Emma se movió un poco y suspiró, como refunfuñando.

Bonis estuvo un momento decidido a despertarla. Aquello corría prisa. Quería revelarle el terrible secreto cuanto antes, aquella misma noche. No había que perder ni un día; desde la mañana siguiente tenían los dos que cambiar de vida, había que poner puntales a la casa, y esto no admitía espera....

«En adelante, menos cavilaciones y más acción. Se trata de mi hijo. Seré el amo, seré el administrador de nuestros bienes. ¿Y la fábrica, esa fábrica en que ni siquiera sé a punto fijo lo que hacen? Allá veremos. ¡Oh, señor don Juan, mi querido Nepomuceno, habrá *escena*, ya lo sé, pero estoy resuelto! Venga la escena. Pero todo eso, mañana. Ahora, lo inmediato; el *acto varonil*, digno de un *padre*, que correspondía a aquella noche, era... despertar a Emma, enterarla de todo».

Pero Emma despertó sin que nadie se lo rogase, y Bonis no tuvo tiempo para atreverse a abordar la cuestión del secreto descubierto: su mujer le insultó, como en los tiempos clásicos de su servidumbre, porque estaba allí papando moscas. Le arrojó de la alcoba a gritos, le hizo llamar a Eufemia y le dio, por mano de la doncella, con la puerta en las narices.

«También aquello tenía que concluir, pero... después del alumbramiento. Había que evitar el aborto; nada de disgustarla.... En pariendo... y en criando... si criaba ella, como él deseaba, se hablaría de todo; se vería si un Reyes podía ni debía ser esclavo de una Valcárcel.

»Sin embargo, debo volver a entrar, con los mejores modos, para anunciarle el peligro...».

Levantó el picaporte de la puerta que se le acababa de cerrar..., pero volvió a dejarle caer.

Se sentía muy débil. No había cenado. Veía chispitas rojas en el aire. Había que tomar algún alimento y dejarlo todo para mañana. Ya era, así como así, muy tarde. Lo malo estaba en que no tenía apetito, aquel apetito que él perdía difícilmente.

Tomó dos huevos pasados por agua, y acabó por acostarse. Tardó mucho en dormirse; y soñó, llorando, con Serafina, que se había muerto y le llamaba desde el seno de la tierra, con un frasco entre los brazos. El frasco contenía un feto humano en espíritu de vino.

-XV-

Emma defendió su esperanza de que el médico se equivocara, todo el tiempo que pudo, y con multitud de recursos de ingenio. En el asunto de la probanza que se sacaba de intimidades que ella tenía que confesar, intimidades que, por regla general, eran prueba plena, alegaba como excepción su extraña naturaleza, enemiga de todo ritmo en los fenómenos fisiológicos más corrientes. Pero su gran argumento consistía en presentarse de perfil:

—¿Ven ustedes? Nada. Y se apretaba el corsé más y más cada día, sin miedo, despreciando consejos de la prudencia y de la higiene. Se portaba como una pobre doncella para quien dejar de serlo fuera una gran vergüenza, y que quisiera esconder la prueba de su ignominia.

La murmuración de sus amigas se equivocaba al ver un fingimiento en esta oposición terca de la Valcárcel a la fatalidad de las cosas; no, no la halagaba ser madre a tales horas; el terror del peligro, que le parecía supremo, no le dejaba lugar para vanidades de ningún género. La enfermedad, la muerte..., eso, eso veía ella. «Yo no podré parir; me lo da el corazón. Yo no paro», pensaba, con escalofríos, cuando a solas comenzaba a rendirse a la evidencia. «¡A mi edad! ¡Primeriza a mi edad! ¡Qué horror! ¡Qué horror!... ¡Los huesos tan duros!...».

Emma se encerraba en su alcoba; se miraba en el espejo de cuerpo entero, en ropas menores, hasta sin ropa..., se examinaba detenidamente, se medía, se comparaba con otras, sacaba proporciones de ancho y de largo de su torso y de cuantas partes de su cuerpo creía ella, en sus vagas nociones de tocología instintiva, que eran capitales para el arduo paso. Y arrojándose desnuda, sin miedo al frío, en una butaca, rompía a llorar, furiosa; a llorar sin lágrimas, como los niños mimados, y gritaba: «¡Yo no quiero! ¡Yo no puedo! ¡Yo no sirvo!».

La muerte era probable, la enfermedad segura, los dolores terribles, insoportables..., *matemáticos*; por bien que librara, los dolores tenían que venir. ¡No! ¡No! ¡Jamás! ¿Para qué? ¡Otra vez la cama, otra vez el cuerpo flaco, el color pálido, la *calavera* estallando debajo del pellejo amarillento; la debilidad, los nervios, la bilis…, y el tremendo abandono de los demás, de Bonis, del tío, de Minghetti! ¡Oh, sí! Minghetti, como todos, la dejaría morir, la dejaría padecer, sin padecer ni morir con ella… ¡El parto! Crueldad inútil, peligro inmenso… para nada: ¡qué estupidez! Las mujeres felices, las mujeres entregadas a la alegría, al arte…, a… los barítonos…, las mujeres superiores, no parían, o parían cuando les convenía, y nada más. ¡Parir! ¡Qué necedad! ¿Cómo no había previsto el caso? Se había dejado sorprender…. Pero, ¿quién hubiera temido?… Y su cólera, como siempre, iba a estrellarse contra Bonis. El cual tuvo que desistir de sus ensayos de enternecimiento a dúo con motivo del próximo y feliz suceso, porque Emma, ni en broma, toleraba que se hablase del peligro que corría como de acontecimiento próspero.

Por fin llegó a ser una afectación inútil, ridícula, el negar la próxima *catástrofe*, pues por tal la tenía ella. Emma dejó de apretarse el corsé, dejó de defenderse; si en los primeros meses había sido poco ostensible el embarazo, al acercarse el trance saltaba a la vista. No era *una exageración*, decía Marta, pero era; allí estaba el *parvenu*, como le llamaba ella en francés, riéndose con malicia, segura de que sólo Minghetti podía entenderla. Sebastián le llamaba, también con risitas y en sus coloquios maliciosos con Marta, el *inopinado*.

La Valcárcel, los primeros días de su derrota, cogía el cielo con las manos; no podía ya negar, pero protestaba. Mas aquella situación empezó a ser tolerable; se fue acostumbrando a la idea del mal necesario, se gastó el miedo, y por algún tiempo se quejó por rutina con un vago temor todavía, pero como si el día de la *crisis* se alejara en vez de acercarse. La primera vanidad que tuvo no fue la de ser madre, sino la de su volumen. Ya que *era*, que *fuera* dignamente. Y ostentaba al fin, sin trabas, con alardes de su estado, lo que quería ocultar al principio. Además, notaba que su rostro no empeoraba; aquellos diez años que el día del susto se le habían vuelto a la cara, ya no estaban allí; estaba mejor de carnes; la tirantez de las facciones y el color tomado no la sentaban mal, se veía lo que era, pero hasta parecía bien. «Efectivamente, como ser, el estado era *interesante*».

Pero estos consuelos eran insuficientes. De todas maneras, aquello era una atrocidad preñada de peligros, de inconvenientes, de futuros males… y de males presentes.

Con Minghetti jamás hablaba de lo que se le venía encima. Era un tema de que huían los dos en sus conversaciones. El barítono estaba contrariado, sin duda alguna. Sentía despecho, que le hacía sonreír con cínica amargura; se sentía metido en una atmósfera de ridículo. Si no fuera porque no había tales contratas, porque *el mundo del arte* le había olvidado, acaso hubiera preferido dejar aquella vida regalada, sus emolumentos de director de la Academia de Bellas Artes, *los gastos de secretaría*, como le decía Mochi, antes de marchar... todo. Los amigos de la casa, hasta Marta y hasta las de Ferraz, cada cual según su género, hablaban con Gaetano del incidente de Emma con frases maliciosas, con sonrisas medio dibujadas; y Minghetti disimulaba mal la molestia que le causaba la conversación. «¡Qué discreto!», decían todos. «Así hacen siempre los Tenorios verdaderos, los afortunados de veras». Nadie había podido sorprender en Minghetti el menor gesto, siquiera, de jactancia. Hasta se notó que miraba a Bonifacio con mayor respeto que nunca. En efecto; se le había sorprendido muchas veces contemplando al marido de Emma con extraña curiosidad, con una expresión singular, en que nadie podría adivinar ni una ráfaga de burla. Era, en fin, decían todos, la suma discreción.

La única vez que Minghetti y Emma hablaron del embarazo, sirvió para tormento de Bonis y del Sr. Aguado. Emma se empeñó en que debía dar baños de mar; era la época, y aquello todavía esperaría un poco; había tiempo de ir y volver. Por aquel tiempo los baños de mar todavía no eran cosa tan corriente como en el día. En el pueblo de Emma, aunque a pocas leguas de la costa, era escaso el número de familias que buscaban el mar por el verano.

Emma, por lo mismo que la cosa era de *distinción*, se empeñó en ella.

El médico no negaba que el baño de ola sería por lo menos inofensivo; pero, según y conforme: la cosa podía estar más cerca de lo que se creía, y en tal caso, sería una temeridad.... Pero lo peor no era eso..., lo peor, lo verdaderamente peligroso, temerario, era el traqueo del coche... viaje de ida y vuelta... por aquellos vericuetos, con aquellos baches. ¡Absurdo!

—Pero Minghetti ha dicho....

—Señora, Minghetti que cante sus arias y sus romanzas, pero que no se meta en la Renta del Excusado.

—Minghetti ha viajado....

—Sí; pero no en estado interesante.

—No es eso. Digo que ha viajado, que ha visto mucho, y asegura que....

—Que las señoras *comm'il faut* no deben parir. Sí; ya conozco la teoría.

Contra los consejos de Aguado, los de Reyes fueron a baños.

Bonis estuvo tentado a oponerse, a inaugurar aquella energía que estaba decidido a poner en práctica en adelante, pues estaba asegurada, o poco menos, la descendencia. Mas era tal la cólera que se pintaba en el rostro de Emma en cuanto su esposo indicaba siquiera el deseo de que se pesaran con detenimiento las razones del médico, que el infeliz Reyes continuó aplazando su resolución de *tomar el mando de la casa* y ser *el marido de su mujer* para después del parto.

«No; no perdamos lo más por lo menos. No la irritemos; un malparto sería una catástrofe horrorosa; la catástrofe de mis esperanzas, de mi vida entera. Después del parto, ya hablaremos».

«Pero Nepomuceno, Körner, el primo Sebastián, Marta, las de Ferraz, Minghetti, no iban a parir; ¿por qué no se atrevía con ellos? ¿Por qué no echaba de casa a los parásitos? ¿Por qué no ponía orden en los gastos, y orden en las costumbres de su hogar, inundado por aquel holgorio perpetuo?... Sobre todo, ¿por qué no se encerraba con Nepomuceno y le decía:—¡Eh, eh, amiguito; hasta aquí hemos llegado! A ver, por lo menos explíqueme usted eso de la ruina inminente...».

«¿Por qué no se atrevía con el tío y con los amigos de la casa?». El viaje a la costa vino a darle una tregua, que era todo un sofisma de la voluntad.

«Ahora nos vamos y no puedo yo ponerme al frente de todo eso. A la vuelta, ¡oh!, lo que es a la vuelta, tendré una explicación con el tío».

Lo único que había osado Bonis antes de irse a baños, había sido olfatear un poco en los negocios de la familia. Tímidamente se atrevió a proponer a Körner y al tío que le llevaran consigo a ver la fábrica, que estaba a una legua de la ciudad, una legua de carretera llena de baches. Nadie sospechó que el viaje fuera malicioso, un espionaje. La ineptitud de Bonis para toda clase de negocio serio, industrial, económico, era tal, que oía hablar al tío y al alemán como si fuera griego todo lo que decían. Hablaban en su presencia del mal estado del *negocio antiguo* sin que comprendiera palabra. El negocio nuevo era otra cosa. Pero en ese no tocaban pito los fondos Valcárcel, como los llamaba el ingeniero, despreciándolos ya completamente. La fábrica de productos químicos languidecía; lo de sacarles a las algas sustancia se había abandonado casi por completo; *en teoría*, el negocio era infalible; en la *práctica*, una calamidad. No se abandonaba por completo por tesón. El material adquirido, a costa de grandes e improductivos sacrificios, de los *fondos Valcárcel*, se empleaba en otras aplicaciones de tanteos aventurados, locos, desde el punto de vista económico; en pruebas que le servían a Körner para ensayar las novedades que veía en los periódicos técnicos, pero que en el comercio, en el triste comercio español, sobre todo en aquel rincón de España, sin comunicaciones apenas, sin ferrocarril todavía, resultaban desastrosas, una locura. En estas aventuras de romanticismo químico se empleaba poco dinero... porque ya no lo había; no lo había del caudal que hasta entonces había provisto a todo. Pero la industria nueva era otra cosa. Nada de vaguedades, nada de variedad de ensayos sin contar con las salidas probables; esto otro era... una fábrica de pólvora, la primera y única por entonces en la provincia. Körner la dirigía como ingeniero, y Nepomuceno estaba al frente de la Sociedad comanditaria que le daba el jugo crematístico. A los Valcárcel, agotados, les habían dejado algo, muy poco, y sin saberlo ellos apenas.

La fábrica de pólvora estaba implantada en los terrenos de la vieja, como llamaban ya a la fábrica primitiva. No se sabía por qué para la antigua industria se habían comprado tantas hectáreas; pero ello había sido una fortuna... para la industria nueva, que, a bajo precio, había podido adquirir lo que la fábrica de pólvora necesitaba y lo que a la otra no le servía para nada. Aquel tejemaneje industrial y administrativo en que por fas o por nefas siempre figuraban

Körner y Nepomuceno manejándolo todo, les había costado no pocas reyertas, y no pocas componendas... y no pocos cuartos, por la necesidad de vencer escrúpulos de la ley y de la Administración pública, representada por el personal respectivo; pero hoy una comilona, mañana otra, regalitos, palmadas en el hombro, recomendaciones y otros expedientes, habían ido allanándolo todo.

Bonis, en la visita a las fábricas, no sacó nada en limpio más que el miedo invencible, que le tuvo ocupado el ánimo todo el tiempo que permanecieron cerca de la pólvora. La idea de volar, mucho más verosímil allí que a una legua lejos, no le dejó un momento. En cuanto a la fábrica vieja, la de *productos químicos* — así, vagamente, en general—, no le pareció tan en los últimos como creía. Pensaba ver una ruina material, las paredes cuarteadas, la maquinaria podrida, las chimeneas sin humo. No había tal cosa; todo estaba entero, casi nuevo, con vida, había ruido, había calor, había, aunque pocos, operarios... ¿Dónde estaba la ruina? No se atrevió a preguntar por ella, porque no quería que los otros sospechasen que él sabía algo del estado del negocio.

«Cuando volvamos de los baños y yo le pida cuentas al tío, averiguaré si esto nos produce algo o nos arruina en efecto».

Volvió, dando saltos como una codorniz, dentro del coche, y entró en la ciudad, decidido a no plantear nunca por propia cuenta una industria tan peligrosa como la de la pólvora.

Körner y el primo Sebastián, de quien ahora estaba enamorado el tío Nepomuceno, que le metió en sus negocios de muy buen grado, y haciéndole que se interesara en ellos por motivos de lucro, notaron a un mismo tiempo, y se comunicaron la observación, que hacía algunas semanas Bonifacio oía muy atento sus conversaciones acerca de las fábricas, y hasta rondaba las mesas del escritorio y miraba de soslayo los papeles que traían y llevaban.

—Ese imbécil parece que quiere enterarse—dijo Körner.

—Sí, eso he notado. Pero, ¿no ve usted qué cara de estúpido pone? No entiende una palabra.

—Sí; pero... no me fío. Tiene miradas... así, como de espía. Hay que espiarle a él también.

Un día el tío, oyéndoles insistir en comentar la curiosidad inútil de Reyes, se quedó pensativo.

No dijo nada, pero se dedicó a observar también al sobrino por afinidad. En la mesilla de noche de su alcoba vio unos libros que le dieron que pensar.

No eran versos, ni novelas, ni *psicologías lógicas y éticas*, que era lo que solía leer Bonis. Allí estaba un tomo de *Los cien tratados*, enciclopedia popular, que junto a un curso abreviado de la cría de gallinas y otras aves de corral, mostraba un compendio de Derecho civil. Sobre este tomo vio otro que decía: Laspra, *Práctica forense*, y otro con el rótulo: *Código mercantil comentado*.

¿Qué significaba aquello?

Al día siguiente Ferraz, el magistrado alegre, encontró a Nepomuceno en la calle, y le dijo:

—¿Van ustedes a tener algún pleito?

—¿Cómo pleito? ¿Con quién?

—Lo digo porque todas las tardes veo a Bonifacio echar grandes párrafos en La Oliva con el Papiniano de la quintana, con Cernuda el joven.

—¡Hola! ¿Con que esas tenemos?—pensó don Nepo; pero se guardó de decirlo. Y en voz alta, echando a broma el aviso, que en realidad le había alarmado, dijo:

—Pensará hacerse abogado y estará dando lección con Cernuda. Amigo, ahora que va a ser padre, quiere ser un sabio; estudia mucho.

Los dos rieron la gracia, y sobre todo la malicia. Pero a don Nepo otra le quedaba. Lo de Cernuda era grave. Había que vivir prevenido.

Körner, Marta, Sebastián y el tío aconsejaron a Emma que cuanto antes se echase al agua. Minghetti vencía. Se buscó una carretela de buenos muelles, se encargó que fuera al paso, y el matrimonio y Eufemia se fueron a la orilla del mar.

Emma quería sentir algo extraño con el movimiento del coche; esperaba de aquel viaje imprudente una especie de milagro... natural. Que el hijo se le deshiciera en las entrañas sin culpa de ella. Gaetano había dicho que el viaje podría hacer fracasar el temido parto. La Valcárcel deseaba abortar, sin ningún remordimiento. No era ella; era el traqueo, el vaivén, las leyes de la naturaleza, de que tanto hablaba Bonis.

El cual iba aburriendo al cochero con sus precauciones, con sus avisos continuos.

—¡Cuidado! ¿Eh? ¿Qué es eso? ¿Un bache? ¡Maldito brinco! Despacio..., al paso, al paso..., no hay prisa... ¿Cómo te sientes, hija? ¡Estos ingenieros de caminos! ¡Qué carreteras! ¡Qué país!

Y Emma, ignorante del peligro, pensaba: «Sí, sí; el país, los ingenieros; ríete de cuentos; las leyes, las leyes de la naturaleza, que a ti te parecen inalterables y muy divertidas, esas, esas son las que te van a dar un chasco...».

Se quedó adormecida, y medio soñando, medio imaginando voluntariamente, sentía que una criatura deforme, ridícula, un vejete arrugadillo, que parecía un niño Jesús, lleno de pellejos flojos, con pelusa de melocotón invernizo, se la desprendía de las entrañas, iba cayendo poco a poco en un abismo de una niebla húmeda, brumosa, y se despedía haciendo muecas, diciendo adiós con una mano, que era lo único hermoso que tenía; una mano de nácar, torneadita, una monada.... Y ella le cogía aquella mano, y le daba un beso en ella; y decía, decía a la mano que se agarraba a las suyas: «Adiós... adiós...; no puede ser... no puede ser...; no sirvo yo para eso. Adiós... adiós...; mira, las leyes de la naturaleza son las que te hacen caer, desprenderte de mi seno.... Adiós, hija mía, manecita mía; adiós... adiós.... Hasta la eternidad». Y la figurilla, que por lo visto era de cera, se desvanecía, se derretía en aquella bruma caliginosa, que envolvía a la criaturita y a ella también, a Emma, y la sofocaba, la asfixiaba.... Abrió los párpados con sobresalto, y vio a Bonis que, con la mirada de *Agnus Dei*, como ella decía, enternecida, clavaba sus ojos claros en el vientre en que iba su esperanza.

Llegaron sin novedad a la costa. Emma se bañó al día siguiente, con los cuidados que el médico del pueblo, consultado por Bonis, aconsejó. Por aquel doctor supo la Valcárcel, horrorizada, cuando se trató de dar la vuelta a la ciudad, que lo que ella creía aborto, en aquellas circunstancias podía ser mucho más peligroso que el parto en su día..., porque ya sería otra cosa: un verdadero parto antes de la cuenta, pero no aborto en rigor. Un sietemesino de vida precaria, y gran peligro y grandes pérdidas de la madre... eso era lo que podía producir el viaje a la ciudad si no se tomaban grandes precauciones. Emma chilló, cogió el cielo con las manos, insultó a Bonis, y a Minghetti, y a D. Basilio, ausentes. ¡Ella que creía engañar a la naturaleza! ¡Huía de un peligro y buscaba otro mayor! Pero, ¿por qué no me lo han dicho en casa?

—Pero, mujer, ¿no te advertimos Aguado y yo?...

—Aguado hablaba de perder la criatura, no de perderme yo. ¡Dios mío! Yo no me muevo; pariré aquí, en esta aldea... me moriré aquí... Yo no doy un paso más....

Costó gran trabajo meterla en el coche. El médico del pueblo tuvo que asegurarle bajo palabra de honor que él respondía de que no habría novedad si se tomaban las medidas de precaución que él señalara.... Se hizo todo al pie de la letra. Se pidió prestado su mejor coche a una condesa de las cercanías; el cochero tuvo que jurar que los caballos no darían un paso más largo que otro; el carruaje se llenó de almohadones. Emma iba casi suspendida. Tuvo que confesar que no sentía el movimiento apenas. Durante el viaje, que duró tres horas más que el de ida, se durmió también, y se quedó con las manos apretadas sobre el vientre. Cuando despertó, vio a Bonis con la mirada grave, de expresión intensa, fija sobre el mismo sagrado bulto que oprimían los dedos de ella. Se lo agradeció; sonrió al esposo que la ayudaba a no soltar antes de tiempo la carga de sus entrañas, y le mostró, avergonzada de la caricia, como siempre que tenía estas debilidades, le mostró su gratitud dándole un suave puntapié en la espinilla. Y Bonis, que sentía lágrimas cerca de los párpados, pensó: «Lo mejor sería amar al hijo... y amar a la madre».

Al bajar del coche, junto al portal de su casa, Emma exigió que la ayudasen dos, que habían de ser Bonis y Minghetti; se dejó caer sobre ellos con todo su cuerpo, segura de no ser abandonada a su pesadumbre. Después, mientras Bonis y D. Nepo y los demás que habían acudido a recibirla daban órdenes para subir a casa el equipaje, ella emprendió la marcha escalera arriba, colgada del brazo de Gaetano. En el primer descanso se detuvo, respiró con dificultad, miró al barítono con fijeza, y acabó por decir:

—¿Y si me hubiera muerto en el camino... por culpa tuya?

—¡Bah!

—¡Sí, bah! Podía desangrarme; son habas contadas.

—No, hija mía, no. Parirás sin dolor, y tendrás un robusto infante.

Emma se puso muy encarnada. Minghetti, como distraído, le soltó el brazo, y siguió subiendo, delante, sin más cortesía, con las manos en los bolsillos del pantalón, silbando una cavatina con un silbido de culebra, que era una de sus habilidades. La Valcárcel acabó de subir sola, agarrada al pasamanos, y sujetando el vientre, como si temiera parir en la escalera.

Se acostó, e hizo venir a D. Basilio. Exigió un reconocimiento, del cual resultó que no había novedad y que el tremendo trance de Lucina llegaría por sus pasos contados, o no contados en aquella ocasión, a su debido tiempo.

Los de allá, como llamaban a Mochi y a la Gorgheggi, todos los de la alegre compañía, escribieron preguntando con gran interés por la salud de Emma.

Minghetti era el encargado de aquella correspondencia por parte de los de acá. A La Coruña iban pocas cartas; pero de La Coruña venían con abundancia. Los ausentes sentían nostalgia de la *vita bona* que habían dejado. Serafina era la que más abusaba de la escritura. En una hermosísima letra inglesa, escribía pliegos y pliegos de literatura políglota; inglés, a veces, para las cosas más difíciles de decir, y que se quedaban sin entender si no acudían Körner o Marta a traducirlas; italiano a menudo, y por lo común español. Aun en castellano había parrafillos que no comprendían los corresponsales de acá, no por las palabras, sino por los conceptos. Eran alusiones disimuladas y de mucho artificio que iban derechas al corazón y a los recuerdos de Bonis. Este, a pesar de sus remordimientos, escribía de tarde en tarde a Serafina, que se lo había exigido. Tenía la cantante una pasión verdadera por las expansiones epistolares, y era muy capaz de mantener la constancia de una llama amorosa, más o menos mortecina, a fuerza de acumular paquetes de pleguezuelos perfumados llenos de letra menuda, cruzada como un tejido sutil. Pero si Bonis había consentido en *continuar sus relaciones* por escrito, se había opuesto en absoluto a que la cómica le escribiese a él directamente. Aunque era seguro que Emma había llegado a saber que su esposo era o había sido amante de su amiga la Gorgheggi, y hacía la vista gorda, al fin no había que estirar la cuerda; tal vez si se desafiaba su dignidad de esposa burlada, pensaba y decía a su cómplice Bonifacio, tal vez estallase la cuerda y hubiese una de *pópulo bárbaro*. A esto había contestado Serafina con extraña sonrisa: «Pero si tu mujer vive a lo gran señora, despreocupada, y sabe lo que es el mundo...».

Esta idea de la tolerancia perversa de su mujer sublevaba los sentimientos morales de Bonis; no admitía la hipótesis. «No; su mujer no podía despreciarle ni despreciarse hasta ese punto». En fin, no transigió. A él no se le podía escribir cartas de amor, que de fijo caerían en poder de Nepomuceno y de Emma, porque de seguro no se le respetaría la correspondencia, como no se le respetaban los demás derechos individuales. La Gorgheggi tuvo que resignarse, y se contentaba con escribir no sólo a Minghetti, en su nombre y el de Mochi, sino a Emma, su carísima amiga; y hasta en las cartas a esta había contestaciones veladas, intercaladas con un disimulo que revelaba grandísimo arte, a los más esenciales conceptos de las escasas cartas de Bonis. Cuando el futuro padre vio aquellos pliegos en que se aludía al próximo alumbramiento de su mujer, y se aludía con misteriosas oscuridades, que no eran contestación a nada de lo que él había escrito, y más parecían malicias inextricables, sintió hasta repugnancia moral, y cortó por lo sano. Dejó de escribir a Serafina. «Así como así, todo aquello tenía que concluir pronto. En cuanto naciese el hijo». Más hubo. Reyes se hizo supersticioso a su manera; y si bien desechó por absurda, aunque simpática y bella, la idea de hacer una promesa a la Virgen del Cueto, imagen milagrosa de las cercanías, decidió *sacrificar* al buen éxito del parto todos sus vicios, todos sus pecados. «La estricta moralidad, pensó, será para mí, como si dijéramos, Nuestra Señora del Buen Parto». Hizo examen de conciencia, y no encontró más pecado gordo que el de las cartas adúlteras. Suprimió las cartas. Serafina, a las pocas semanas, se quejó con el esoterismo epistolar de costumbre; pero Bonis no se dio por enterado, y acabó por no leer siquiera las cartas que venían de la Coruña primero, y después de Santander. Así es que supo, porque la misma Emma se lo dijo, y se lo dijo después Minghetti, que Serafina estaba en situación poca halagüeña, pues trueno tras de trueno, Mochi, aburrido, se había marchado a Italia sin un cuarto, pero lleno de deudas; y ella, su amiga y discípula, quedaba en Santander sin contrata, sin dinero y con fundados temores de que su maestro y babbo espiritual no volviera a buscarla, aunque se lo había prometido.

Minghetti y Emma, que con el miedo a morirse a plazo fijo se sentía muy caritativa y compadecía mucho las desgracias ajenas a ratos perdidos, trataron en conferencia cómo se podía proteger a Serafina de modo compatible con la dignidad de la cantante. Se consultó con el tío también, y este no ocultó la frialdad con que acogía aquel interés que se tomaba su sobrina por la protegida de Mochi. Dijo, secamente, que no se podía hacer nada por ella, ni con dignidad, ni sin dignidad, puesto que de todas suertes había de ser sin dinero.

A Bonis no se le habló de estos proyectos de socorro; primero, por la inveterada costumbre de no contar con él para nada; y después, porque tanto a Minghetti como a Emma se les ocurrió, sin comunicárselo, que era demasiada desfachatez y falta de aprensión tratar con Bonifacio de semejante negocio.

Un día, cuando según los cálculos más probables, ya se aproximaba la *catástrofe* que horrorizaba a la Valcárcel, y en opinión de don Basilio se debía estar preparado a tenerla encima de un momento a otro, Reyes se encontró en el portal de su casa, al salir, con el cartero. No traía más que una carta.

—Para usted es, señorito—dijo el hombre con voz solemne, como dando gran importancia a lo extraordinario del caso.

—¡Para mí!—Bonis se apoderó del papel como de una presa, como si se lo disputaran; miró azorado a la escalera y hacia la calle temiendo que aparecieran testigos; y cuando ya el cartero tomaba la puerta, le dijo asustado, temblando ante el temor de que no se le hubiera ocurrido llamarle:

—Oiga usted, cartero.... El cuarto, el cuarto, hombre.

—No, señorito; no es puñalada de pícaro; otro día cobraré.

—No, no; si tengo yo. Tome usted. Las cuentas claras. Tome usted.—Y le entregó una pieza de dos cuartos.

—Sobra uno, señorito; queda en cuenta, ¿eh?, para mañana. Ya que usted es tan puntual, yo también....

—¡No, no!, de ninguna manera. Quédese usted con el otro o delo a un pobre.

El cartero se fue riendo.

—Riéndose va de mí—pensó Bonis—; ¡creerá que he querido comprar su silencio con dos maravedís!

No había leído el sobre de la carta, que guardó azorado en el bolsillo. Pero no necesitaba leer nada. Estaba seguro; era de Serafina. En efecto; en el café de la Oliva leyó aquel pliego, en que la Gorgheggi se le quejaba como una Dido muy versada en el estilo epistolar. ¡Qué elocuencia en los reproches! Toda aquella prosa le llegó al alma. Se quejaba de su largo silencio; sabía, por las cartas de Emma, que él, Bonis, ya no leía las suyas, las de su *querida* Serafina. Por eso sin duda no la había ofrecido ni un consuelo en la terrible situación a que había llegado. Tal vez él no creía en tal penuria; tal vez, como un miserable, pensaba que ella podía entregarse a cierta clase de aventuras, que le facilitarían suficientes medios para vivir en la abundancia. Pues, no, no. Creyéralo o no, ella no podía dejar de volver los ojos a la vida tranquila, serena, que él la había enseñado a preferir, penetrando sus verdaderos goces.

Venía a decirle, a su modo, con muchas frases románticas, pero con sinceridad, por lo que al presente se refería, que aquel tiempo pasado en el pueblo de Bonis la había transformado, y no podía lanzarse a la vida alegre en que su hermosura la prometía triunfos y provecho. Ocultaba, como siempre, las aventuras antiguas, pero no mentía en cuanto a la actualidad.

En la Coruña, en Santander, había resistido a todas las seducciones del dinero, únicas que, en verdad, se le habían presentado. Pudo tener amantes ricos, y no quiso.

Era fiel a Bonis como una buena casada que no ama a su esposo, pero le respeta, le estima, y estima y respeta, sobre todo, la honradez. A Serafina le había sabido a gloria la vida de señora de pueblo que había hecho junto a Reyes; de una señora con unas relaciones prohibidas, eso sí, pero sólo aquellas.

«El maestro, seguía diciendo la carta, ha prometido volver a buscarme en cuanto haya una contrata aceptable; pero el tiempo vuela, yo me desespero. Mochi no viene, y estoy delicada, nerviosa, muy triste... y muy pobre. La voz, además, se me va a escape; el teatro empieza a darme miedo; he recibido ciertos desaires, disimulados, del público, que me han sabido al hambre futura, al hospital en lontananza. No te pido un asilo; no te pido una limosna. Pero me voy cerca de ti. Quiero ser *burguesa*. En tu casa, a tu lado, aprendí a serlo, a mi manera. Aquella paz del alma de que me hablabas tantas veces la necesito yo también. Eso y un poco de pan... y un poco de patria, aunque sea prestada. Le he tomado cariño a ese rincón tuyo, como se lo tuve en otro tiempo a aquel otro rincón verde de Lombardía de que te hablaba yo, cuando tú me adorabas como a la *madonna*. Ya sé que el amor no es eterno. No te pido amor, te pido amistad, cierto cariño que no niegan los esposos menos fieles a su mujer. Y tampoco les niegan un asilo. Yo no puedo vivir en tu casa; pero puedo vivir en tu pueblo. A lo menos por algún tiempo: déjame ir. Ahora necesito descansar. Estoy enferma por dentro, por muy adentro. Desquiciada. Necesito ver caras amigas. Tú no sabes qué pena es no tener patria verdadera cuando el cuerpo se fatiga, quiere descanso y el alma pide paz y vivir de recuerdos. Yo antes no pensaba así. Pero tú, tus manías de moral estrecha, hasta tu caserón vetusto con sus aires tradicionales, señoriles, todo eso se me ha metido por el alma. Algunas veces te oí decir que nosotros, los pobres cómicos, os habíamos pegado a ti y a los tuyos nuestras costumbres alegres, despreocupadas. Todo se pega. También a mí me habéis pegado vosotros, tú, tú, Bonis, sobre todo, vuestras preocupaciones y vuestro temor de la vida incierta, peregrina. Esto de que le lleve a uno el viento de un lado a otro, es terrible. Voy a verte. Además, esto, Bonis, *voy a verte*. A ti ya no te importa. Pero a mí... todavía sí. Yo no soy tu mujer; pero tú eres mi marido. No tengo otro. Si yo hubiera sido la hija mimada del abogado Valcárcel, la bendición que santificó tus amores con otra hubiera caído sobre mí. No des al azar más importancia que tiene. Ya sabes cómo soy; el mejor día estoy contigo. ¿Me cerrarás tu puerta? ¿Manda eso la moral que usas ahora? A ti te quiere todavía mucho, Bonifacio Reyes, te quiere, SERAFINA».

Bonifacio no dudó un momento de la sinceridad de tanta prosa. Sintió lástima infinita, amor retrospectivo; la voluptuosidad antigua, evocada por los recuerdos, se purificaba. Se vio desorientado dentro de la conciencia, la brújula del deber le daba vueltas en la cabeza como una loca. Él debía algo también a Serafina. Si ella le había corrompido el corazón, el tálamo, él le había pegado a ella aquellos instintos de vida ordenada, pacífica, honrada. Y además... le pedía pan la que le había hecho feliz.

«¡Sofismas, sofismas!—le gritaba de repente el *hombre nuevo*, como él se decía—. Voy a ser padre, y en la casa en que nazca mi hijo no pueden entrar queridas de su padre. Se acabaron las queridas... y, sobre todo, se acabó el dinero. Yo no gastaré ya un cuarto en cosa que no le importa a mi hijo. Todo por él, todo por él. Y se acabó. No hay que darle vueltas. Esto es ser cruel. Esto es ser egoísta. Bueno. Egoísta por mi hijo. No me repugna. Por él, cualquier cosa. Me agarro a lo absoluto. El deber de padre, el amor de padre, es para mí lo absoluto».

Estas frases y otras por el estilo no imperaban siempre en el alma de Reyes. Desde que llegó la carta de Serafina fue la existencia de Bonis de lucha continua consigo mismo; una batalla perenne, como tantas otras que se había dado a sí propio, siempre derrotado.

Serafina llegó; se presentó en el caserón de los Valcárcel, fue bien recibida por Emma, por Nepo, por Sebastián, por Marta, por todos, y Bonis no tuvo valor para mostrarse esquivo. Lo que no hizo fue oficiar de amante, ni Serafina mostró deseos de reanudar las relaciones, por lo pronto. Él, sin embargo, se acordaba de lo que decía la carta sobre el particular. Los ojos de la Gorgheggi parecían recitar con sus miradas el final de la epístola; pero los labios no decían nada de tales ternezas. Tampoco le tocó la cuestión espinosa y delicada de los *alimentos*, que parecía reclamar la antigua querida.

La cantante dijo que venía a esperar a Mochi, que le había ofrecido volver a su lado para llevarla contratada a América. No pidió nada a nadie. Vivía modestamente en su antiguo cuarto de la Oliva. La visitaban Minghetti, Körner, Sebastián y otros amigos antiguos. Bonis no la veía más que en su propia casa, es decir, en casa de su mujer. Ella no se quejaba de esta conducta. No hacía más que mirarle con ojos amantes en cuanto había ocasión de verse solos.

Reyes estaba satisfecho de su entereza. Había sentido mucho, mucho, al ver en su presencia a la tiple.... Pero se había contenido pensando en su futuro *sacerdocio* de padre. Aquella lucha en que esta vez iba venciéndose a sí mismo, le parecía una iniciación en la vida de virtud, de sacrificio, a que se sentía llamado. Con la energía empleada en esta violencia hecha a la pasión antigua, daba por gastada toda la fuerza de su pobre voluntad, y se perdonaba, con pocos escrúpulos, los aplazamientos y prórrogas que iba dando a lo de las cuentas del tío. Sí, pensaba explicarse; pensaba plantear la cuestión... pero pasaban los días y no hacía nada. Nada entre dos platos. Leía Derecho civil, leía un Código de comercio que tenía por apéndice un tratado de teneduría de libros; consultaba con Cernuda el joven, elocuente abogado y... nada más. El tío se preparaba sin duda. Esperaba una acometida. ¡Oh! ¡Bien sabía Bonis que Nepo tendría armas con que defenderse! Por eso tomaba vuelo; por eso daba largas al asunto... por eso, valga la verdad, le temblaban las piernas cada vez que se decía: «Hoy mismo llamo aparte al tío y le digo...».

¡Pero si no sabía lo que había de decirle siquiera! Una tarde llegó el cartero con dos cartas del correo interior. Una era de Serafina, que no había parecido por casa de Emma hacía tres o cuatro días; escribía esta vez a Bonis, sin acordarse de lo tratado, que era no escribirle a él, y le decía que se sentía mal y con disgustos repugnantes por causa de una letra de Mochi, que no había llegado. Le pedía consuelo, una visita y.... algunos duros adelantados. Lo sentía infinito, pero el fondista de la Oliva le había herido el amor propio, la había ofendido, y quería pagar para tener derecho de dejar aquella posada, y decirle al grosero que no sabía tratar con una dama, sola, sin un hombre que la defendiera.

Ante esta misiva, los primeros impulsos de Bonis fueron dignos de un Bayardo y de un Creso, en una pieza. Por un momento se olvidó de su *sacerdocio* y se vio en el *terreno* atravesando al huésped de la Oliva de una estocada, y arrojándole a los pies un bolsillo de malla, como los que usaba Mochi en las óperas.... Pero la letra contrahecha de la otra carta le llamó la atención: rompió el sobre y leyó de un golpe, ¡y qué golpe!, el contenido del anónimo, pues lo era. No decía más que esto: «¡Ladrón! ¡Sacrílego! ¿Dónde están los siete mil reales devueltos en el confesonario por un pecador arrepentido?».

Bonis, que estaba en su alcoba, se dejó caer sentado sobre la colcha de flores azules de su humilde lecho. Sintió un sudor frío, la garganta apretada.

«¡Me estoy poniendo malo!» se dijo. Pero de repente olvidó su mal, el anónimo, todo, porque Eufemia entró gritando, corriendo; tropezó con las rodillas de Bonis, y exclamó:

—¡Señorito, señorito!... La señorita está con los dolores.

Bonis saltó como un tigre, corrió por salas y pasillos, con una bota y una zapatilla, tal como le habían sorprendido las cartas malhadadas, y llegó al gabinete de su esposa en pocos brincos.

Horrorizada, con cara de condenado del infierno, Emma se retorcía agarrada con uñas de hierro a los hombros y al cuello de Minghetti, que no había tenido tiempo para levantarse de la banqueta del piano. Estaba él cantando y acompañándose, según costumbre, cuando su discípula lanzó un chillido de espanto, sorprendida y horrorizada por el primer dolor del parto próximo. Se había agarrado al maestro y amigo, no sólo con el instinto de toda mujer en trances tales, sino como dispuesta a no morir sola, si aquello se moría; decidida a no soltar la presa esta vez y llevarse consigo al otro mundo al primero que cogiera a mano.

Al presentarse Bonis, hubo en los tres un movimiento que pareció obedecer al impulso de un mismo mandato de la conciencia; Emma soltó el cuello y el hombro de Gaetano; este dio un brinco, separándose de Emma, y Reyes avanzó resuelto, con ademán de reivindicación, a ocupar el sitio de Minghetti. Emma se agarró con más ansia, con más confianza al robusto cuello y al pecho de su marido, que sintió en el contacto de las uñas y en el apretón fortísimo, nervioso, una extraña delicia nueva, la presencia indirectamente revelada del ser que esperaba con tanto deseo. Aquello era él, sí, él, el hijo que estaba allí, que se anunciaba con el dolor de la madre, con esa solemnidad triste y misteriosa, grave, sublime en su incertidumbre, de todos los grandes momentos de la vida natural.

En el apretar desesperado de Emma a cada nuevo dolor, Bonis sentía, además de los efectos naturales de la debilidad femenina en tal apuro, además de *meros fenómenos fisiológicos*, el carácter de la esposa; veía el egoísmo, la tiranía, la crueldad de siempre. Un tanto por ciento de aquel daño que Emma le hacía al apoyarse en él, y como procurando transmitirle por el contacto parte del dolor, para repartirlo, lo atribuía Bonis al deseo de molestarle, de hacerle sufrir por gusto.

—¡Que me muero, Bonis, que me muero!—gritaba ella, encaramada en su marido.

El peso le parecía a él dulce, y la voz amante. Buscó el rostro de Emma, que tenía apoyado en su pecho, y encontró una expresión como la de Melpómene en las portadas de la *Galería dramática*. Los ojos espantados, con cierto extravío, de la parturiente, no expresaban ternura de ningún género; de fijo ella no pensaba en el hijo; pensaba en que sufría nada más, y en que se podía morir, y en que era una atrocidad morirse ella y quedar acá los demás. Padecía y estaba furiosa; tomaba el lance, en la suprema hora, como un condenado a muerte, inocente, pero no resignado y apegado a la vida. Hubo un momento en que Bonis creyó sentir los afilados dientes de su mujer en la carne del cuello.

Minghetti había desaparecido del gabinete con pretexto de ir a avisar a más señores.

En efecto; poco después se presentaba el primo Sebastián, pálido; y a los cinco minutos Marta, muy contrariada, porque aquello podía retrasar algunos días su *próximo enlace*, y tal vez el bautizo eclipsara la boda. Se creería, por su modo de mirar la escena, que se habían dado garantías de que Emma no pariría hasta después de casarse ella. Por fin se presentó Nepomuceno, acompañado del médico antiguo, del partero insigne; porque, con perdón de D. Basilio, Emma le tenía guardada aquella felonía; hasta el día del trance, Aguado; pero en el momento crítico, si la cosa no venía muy torcida, el otro. Quería parir con el milagroso comadrón popular, a quien jamás se le moría ninguna cliente. Damas y mujeres del pueblo tenían más fe en aquel hombre que en San Ramón. Las que morían, morían siempre en poder de los tocólogos sin prestigio sobrenatural. El comadrón insigne sabía llamar a tiempo a sus colegas. A falta de ciencia, tenía conciencia, y de camino ayudaba a la leyenda que le hacía infalible.

Bonis, que siempre había defendido a los tocólogos de la ciudad y atacaba con dureza la fama milagrosa del gran comadrón, al ver entrar a este se sintió contaminado de la fe general. Que perdonaran la ciencia y el señor Aguado... pero él también se sentía lleno de confianza en presencia de aquel ignorante tan práctico, por más que un día lejano le había condenado a él falsamente a la esterilidad de su mujer. Aquel era el falso profeta que le había arrancado la esperanza de ser padre, a llegar a la dignidad que le parecía más alta. Fuera como quiera, don Venancio entró, como siempre, dando gritos; riñendo, declarando que no respondía de nada porque se le llamaba tarde. No saludó a nadie; separó a Reyes de un empujón del lado de su esposa; a esta la hizo tenderse sobre el lecho, y en las mismas narices del pasmado Bonis, le pidió tal clase de utensilios, que a él, el padre futuro, se le figuró que lo que el ilustre comadrón exigía eran materiales para fabricar un cordel con que ahogarle al hijo.

Sebastián, escéptico en todo desde que había dejado el romanticismo y engordado, se sonreía, asegurando en voz baja que la cosa no era para tan pronto.

D. Venancio se apresuraba, tomando medidas con ademanes de bombero en caso de incendio. Siempre hacía lo mismo. Sebastián le había visto en muchas ocasiones, que no eran para referirlas.

Marta creyó que en el papel de niña inocente que la había tocado en aquella comedia, había esta acotación: Vase. Y se retiró al comedor, donde encontró a Minghetti, que mojaba bizcochos en Málaga. No estaba alegre como solía.

Desde allí se oían, de tarde en tarde, los gritos de Emma como si los diera con sordina.

Marta miraba al italiano con curiosidad maliciosa. «¡Cosas del mundo!» pensaba la alemana, que en el fondo, para sus puras soledades, era más escéptica que Sebastián. «¡Este aquí como si nada le importara, y el otro infeliz!...». Minghetti seguía mojando bizcochos y bebiendo Málaga. Acabó por fijarse en la mirada insistente y expresiva de Marta. Tomó el rábano por las hojas, y acercándose a la rozagante alemana, cuando ella creía que le iba a revelar un secreto, a hacer alguna íntima confidencia..., la cogió por el talle y le selló la boca con un beso estrepitoso.

El grito de Marta se confundió con otro de los lejanos que lanzaba la parturienta.

-XVI-

«¡Iba a ser padre!» A tal idea, en su cerebro estallaban las frases hechas como estampidos de pólvora en fuegos de artificio. Con gran remordimiento notaba Reyes que su corazón tomaba en el solemne suceso menos parte que la cabeza... y la retórica. Aquella *dignidad nueva*, la primera, en rigor, de su vida, a que *era llamado*, ¿por qué le dejaba, en el fondo, un poco frío? Sobre todo, ¿por qué no amaba todavía al hijo de sus entrañas, en cuanto hijo, no en cuanto *concepto*?... «¿Hijo o hija? Misterio—pensó Bonis, que en aquel instante dudaba de la sanción que la realidad presta a las corazonadas—. Tal vez hija; aunque, ¡Dios no lo quiera! Misterio».

Y levantó el embozo de la cama, y se metió entre sábanas.

Aquello de acostarse, siquiera fuese por pocas horas, le parecía algo como una *abdicación*. «Era el papel de esposo, llegado el trance del alumbramiento, demasiado pasivo, desairado». Bonis tenía comezón de hacer algo, de intervenir directa y eficazmente en aquel negocio, que era para él de tan grave importancia.

Más era: aunque la razón le decía que en casos tales todos los maridos del mundo tenían muy poco que hacer, y que todo era ya cosa de la madre y del médico, se le antojaba que él estaba siendo allí todavía más inútil que los demás padres en igual situación; que se le arrinconaba demasiado, que se prescindía demasiado de él.

Sin embargo, lo que le había dicho D. Venancio no tenía vuelta de hoja.

—Usted, amigo Bonifacio, a la cama; a la cama unas cuantas horas, porque esto puede ser largo, y vamos a necesitar las fuerzas de todos; y si no descansa usted ahora, no podrá servir como tropa de refresco cuando se necesite.

«Bien; esto era racional». Por eso se acostaba, porque él siempre se rendía a la razón y a la evidencia, y pensaba rendirse aún más, si cabía, ahora que iba a ser padre y tenía que dar ejemplo. Pero lo que no tenía razón de ser era el despego de todos los demás, Emma inclusive, y las miradas y gestos de extrañeza con que recibían sus alardes de solicitud paternal y marital todos los que andaban alrededor de su mujer. Doña Celestina, la matrona matriculada, que había venido por consejo de D. Venancio; el marido de la partera, D. Alberto, que también andaba por allí; Nepomuceno, Marta, Sebastián y hasta el campechano Minghetti, si bien este le miraba a ratos con ojos que parecían revelar cierto respeto y algo de pasmo.

Recapacitando y atando cabos, Bonis llegó a recordar que Serafina misma le había querido dar a entender, de tiempo atrás ya, que el nacimiento de su hijo, el de Bonis, era cosa que no debía tomarse con calor; el mismísimo Julio Mochi, en cierta carta escrita meses antes desde la Coruña, le hablaba del asunto y de su entusiasmo paternal con una displicencia singular, con palabras detrás de las cuales a él se le antojaba ver sonrisas de compasión y hasta burlonas. Pero, en fin, lo de Serafina y lo de Mochi podían ser celos y temor de perder su amistad y protección. Serafina veía, de fijo, en *lo que* iba a venir un rival, que acabaría por robarla del todo el corazón de su ex amante, de su buen amigo... «¡Pobre Serafina!». No, no había que temer. Él tenía corazón para todos. La caridad, la fraternidad, eran compatibles con la moral más estricta. Sin contar con que... francamente, aquello del amor paternal no era cosa tan intensa, tan fuerte, como él había creído al verlo de lejos. ¡Ca! No se parecía a las grandes pasiones ni con cien leguas. ¿Dónde estaba aquella íntima satisfacción egoísta que acompaña a los placeres del amor y de la vanidad halagada? ¿Dónde aquel sonreír de la vida, que era como el cuadro que encerraba la dicha en los momentos sublimes de la pasión?

Esto era otra cosa; un sentimiento austero, algo frío, poético, eso sí, por el misterio que le acompañaba; pero más tenía de solemnidad que de nada. Era algo como una investidura, como hacerse obispo; en fin, no era una alegría ni una *pasión*.

Y daba vueltas Bonis en su lecho, impaciente, como en un potro, conteniéndose tan sólo por cumplir el racional precepto de D. Venancio.

«Claro, hay que descansar; puede parir esta noche, o no parir hasta mañana... o hasta pasado. Pueden ser todos estos gritos falsa alarma. ¡Buena es ella! Si no fuera porque don Venancio ha tocado la criatura.... todavía me escamaba yo. Pero, de todas suertes, Emma es capaz de quejarse de los dolores un mes antes de lo necesario. Sí, durmamos. Puede esto ir para largo y tener que velar mucho.... Si me dejan esos intrusos. Lo que extraño es que Emma, que siempre me ha tenido por enfermero, y casi casi por mesilla de noche, no me llame ahora a su lado. ¡Mujer más rara! Y ahora que yo la ayudaría con tanto gusto».

El calorcillo de las sábanas, que empezaba a sonsacarle el sueño, inclinándole a las visiones vagas, a la contemplación soporífera de imágenes y recuerdos halagüeños, le hizo pensar, suspirando:

—¡Si hubiese sido mi mujer Serafina, y este hijo suyo, y yo algo más joven!

Como si el pensar y el desear así hubiera sido una navajada, allá en sus adentros, no sabía dónde, Bonis sintió un dolor espiritual, como una protesta, y en los oídos se le antojó haber sentido como unas burbujillas de ruido muy lejano, hacia el cuarto de su mujer; una cosa así como el lamento primero de una criaturilla.

—¡Dios mío, si será!...—Sin querer confesárselo, sintió un remordimiento por lo que acababa de pensar, y la superstición le hizo creer que su hijo nacía en el mismo instante en que el padre renegaba en cierto modo de él y de su madre.

—¡Alma de mi alma!—gritó Bonis, echándose de un salto al suelo—; ¡sería eso como nacer huérfano de padre! ¡Hijo mío! ¡Emma, Emma, mujercita mía!

Se abrió la puerta de la alcoba, y antes que nada, Bonifacio oyó distinto, claro, el quejido sibilítico de un recién nacido. «¡Su propia carne volvía a nacer llorando!».

—¡Un niño, tiene usted un niño, señor!—gritaba Eufemia, que entraba como un torbellino y llegaba hasta tocar al pasmado Bonis, sin reparar en que estaba el señorito en camisa en mitad de la alcoba. Ni ella ni él veían esto; la criada estaba entusiasmada, enternecida; Bonis se lo agradecía en el alma, mientras se ponía los pantalones al revés y tenía que deshacer la equivocación, temblando, anhelante, dudando si romper una vez más con lo *convencional* y echar a correr en calzoncillos por la casa adelante. Pero no; se vistió a medias, y tropezando con paredes, y puertas, y muebles, y personas, llegó al pie del lecho de su esposa.

En el regazo de doña Celestina vio una masa amoratada que hacía movimientos de rana; algo como un animal troglodítico, que se veía sorprendido en su madriguera y a la fuerza sacado a la luz y a los peligros de la vida; Bonis, en una fracción de segundo, se acordó de haber leído que algunos pobres animalejos del mar, huyendo de sus enemigos más poderosos, se resignaban a vivir escondidos bajo la arena, renunciando a la luz por salvar la vida: en prisión eterna por miedo del mundo. Su hijo le pareció así. ¡Había tardado tanto! Se le figuró que nacía a la fuerza, que se le hacía violencia abriéndole las puertas de la vida....

—¡Coronado, Bonis, coronado!—decía una voz débil y mimosa, excitada, desde la cama.

Bonis, sin entender, se acercó a Emma y le dio un abrazo, llorando.

Emma lloraba también, nerviosa, muy débil, demacrada, convertida en una anciana de repente. Se apretó al cuello de su marido con la fuerza con que ella se agarraba a la vida, y como quejándose, pero sin la voz agria de otras veces, siguió diciendo:

—¡Coronado, Bonis, coronado, ¿sabes?, estuvo coronado!

—¡Claro, como que nació de cabeza!—gritó D. Venancio, que estaba al otro lado del lecho, con los brazos remangados, con algunas manchas de sangre en la camisa y en el levitón, sudando, muy semejante a un funcionario del Matadero.

—¡Pero estuvo mucho tiempo coronado..., Bonis!

—Sí, siglos—dijo el médico.

—A ti no se te dijo; se te hizo marchar; pero hubo peligro, ¿verdad, D. Venancio?

—Pero, hija mía, si acababa de acostarme....

—Sí; pero hace mucho tiempo que la cosa estaba próxima... estaba coronado... y no se te decía por no asustarte... ¡hubo peligro!...

Y Emma lloraba, con algún rencor todavía contra el peligro pasado, pero más enternecida por el placer de vivir, de haberse salvado, con el alma llena de un sentimiento que debía ser de gratitud a Dios y no lo era, porque ella no pensaba en Dios; pensaba en sí misma.

—Vaya, vaya, menos charla—gritó D. Venancio; y escondió con el embozo los hombros de Emma.

—Y ahora, ¡cuidado con dormirse!

—No, hija mía, dormir, no; eso sí que sería peligroso—exclamó Bonis con un escalofrío. La idea de la muerte de su mujer se le pasó por la imaginación como un espanto. ¡Morir ella! ¡Quedar él sin madre! Y se volvió a su hijo, que lloraba como un profeta.

¡Oh portento! En aquel instante vio en el rostro del recién nacido, arrugado, sin gracia, lamentable, la viva imagen de su propio rostro, según él lo había visto a veces en un espejo, de noche, cuando lloraba a solas su humillación, su desventura. Se acordó de la noche que había muerto su madre; él, al acostarse, desolado, se había visto en el espejo de afeitarse, distraído, por hábito, para observar si tenía ojeras y la lengua sucia, y había notado aquella expresión tragicómica, aquella cara de mono asfixiándose, que era tan diferente de la que él *creía poner* al sentir tanto, de modo tan puro y poético. Aunque era de facciones correctas, llorando se *ponía* muy feo, muy ridículo, con un gesto parecido al que daba a su cara la música más sentimental, interpretada en la flauta de Valcárcel. Su hijo, su pobre hijo, lloraba así: feísimo, risible y lamentable también. Pero... ¡era su retrato! Sí, lo era con aquella expresión de asfixia. Después, al serenarse un poco, gracias a un trago de agua azucarada, que debió de parecerle una inundación agradable, hizo una mueca con boca y narices, que llevó a Bonis al recuerdo del abuelo. «¡Oh, como mi padre! ¡Como yo en la sombra!».

Y al mismo tiempo que sentía como un descanso espiritual, y un orgullo animal, de macho, el remordimiento de haber engendrado le punzaba con los primeros dolores de la paternidad, que van formando, por aglomerados de sobresaltos, penas extrañas, que lastiman como propias, la santa caridad del amor a los hijos.

La conciencia le decía a Bonis: «Ya no volveré a estar alegre, sin cuidados; pero ya no seré jamás infeliz del todo... si me vive el hijo». El mundo adquiría de repente a sus ojos un sentido sólido, positivo; se hacía él más de la tierra, menos de lo ideal, de los ensueños, de las nostalgias celestiales; pero también la vida se hacía más seria; seria de una manera nueva.

El niño seguía llorando, a pesar de que ya tenía un abrigo, unas mantillas bordadas y muy limpias, que a Bonis le parecían impropias de la solemnidad del momento y muy incómodas. «¡Oh, sí; se parecía a él en... el gesto, en el modo de quejarse de la vida! Podrían no ver los demás aquella semejanza; pero él estaba seguro de ella, como de una contraseña. Era el hijo de sus entrañas, tal vez también de sus cavilaciones y de sus *sensiblerías*, no sospechadas por el mundo, ni aun, en rigor, por Serafina».

Algunas horas después, cuando había desaparecido de allí D. Venancio y todo el aspecto de matanza, o por lo menos de cosa sucia que tenían aquellos grandes lances vistos de cerca, Bonis consintió que Emma volviera a hablar largo y tendido, y hasta intervinieron en la conversación los parientes y amigos.

¡Qué de recuerdos evocaba la de Valcárcel! Pero todos eran de la línea materna. Resucitaba en ella la antigua manía patronímica y gentilicia.

—¡Tío, tío! ¡Sebastián, Sebastián! A ver: ¿a quién se parece Antonio?

—¿Quién es Antonio? —preguntó Marta.

—Pues, hija, el amo de la casa: mi hijo. Se llama Antonio, para mis adentros, desde el momento en que yo tuve cabeza para pensar en algo que no fuese el peligro y el dolor.

—Pues se parece —dijo Sebastián—, al héroe de las Alpujarras... a su tocayo don Antonio Diego Valcárcel y Merás, fundador de la noble casa de los Valcárcel.

—Y que no lo digas en broma. Que traigan el retrato y se verá. —Y no hubo más remedio. Entre dos criados y Sebastián descolgaron al ilustre abuelo restaurado, y se le cotejó con el hijo de Bonis, que la madre sacó del calor de su lecho. Unos encontraron el parecido, aunque remoto; otros lo negaron entre carcajadas. Antonio lloraba, y Bonis le seguía viendo la semejanza consigo mismo, según se había visto al espejo la noche en que murió su madre; pero lo que a su juicio se acentuaba por horas era el parecido con Reyes abuelo, con don Pedro Reyes, sobre todo en una arruga de la frente, en las líneas de la nariz y en la mueca característica de los labios.

Marta, sin motivo legítimo, estaba contrariada, y había puesto el gesto de vinagre que a veces se le asomaba al rostro sin saberlo ella, y la hacía más vieja y más fea; gesto que particularmente se le descubría cuando envidiaba algo, cuando se sentía deslumbrada. Veía en el bautizo el eclipse de su boda.

—A mí—dijo—, Antoñito no me recuerda ni el tipo Valcárcel, ni el tipo Reyes. Parece extranjero. Chica, tú has soñado con algún príncipe ruso.

Las de Ferraz, que ya estaban allí, rieron la gracia, fingiendo no encontrarle malicia.

Los demás callaron, sorprendidos ante la audacia.

Emma no vio el epigrama; Bonis tampoco.

Bonis vio que se seguía hablando de los Valcárcel, de si el niño se parecería a su abuelo, si sería abogado, si sería jugador, como tantos otros de su familia; se amontonaban los recuerdos del linaje, buenos y malos. Nadie se acordaba de los Reyes pretéritos para nada.

Antonio seguía llorando, y a Bonifacio le faltaba poco.

«¡Su padre! ¡Su madre! ¡Si vivieran! ¡Si estuvieran allí!».

Bonis, en cuanto pudo, huyó del ruido. Dejó a los demás, ya que les divertían, todas las solemnidades y quehaceres propios del caso. Mientras el niño dormía y no se le permitía verle, y Emma, ya menos nerviosa, pero más fatigada, con un poco de calentura, volvía a su antiguo despego y lo echaba de su presencia en no necesitándole, Bonifacio se recogía a la soledad de su alcoba, y en idea contemplaba al hijo.

—¡Sí, hijo, sí!—se decía con el rostro hundido en la almohada—. Hijo tenía que ser. Me lo decía la voz de Dios. Hijo. Mi único hijo....

Emma, durante todo el primer día, estuvo sentimental, excitada; su marido creyó que la maternidad iba a transformarla, pero a la mañana siguiente despertó con bastante calentura y nada tierna; cuando la postración se lo consentía, rabiaba en la medida de sus fuerzas. Le hablaron del puerperio, de sus peligros, y sintió nuevo terror. Se llegaba a olvidar del chiquillo que tenía entre las sábanas, y no quería enseñarlo a nadie, ni a su padre, por no revolverse ella y coger frío. Bonis no podía ver a su hijo sino en las ocasiones solemnes de mudarlo doña Celestina. De hora en hora lo cambiaba. Según se iba pareciendo más a cualquier recién nacido, perdía aquella semejanza que consigo mismo le había encontrado Bonis en el primer momento. Empezaba Reyes a desorientarse. Además, tuvo que renunciar a llamarle Bonifacio o Pedro, porque Emma desde luego empezó a exigir que se le llamara Antonio, aun antes de bautizarle. Se le llamaría Antonio Diego Sebastián, porque Sebastián iba a ser el padrino. Por todo pasó Bonifacio. No quería disturbios todavía; podía hacerle daño a Emma cualquier disgusto. No, ahora no. Todo lo aplazaba. ¿No estaba él decidido a ser muy enérgico? ¿No estaba decidido a salvar, si era tiempo, los intereses de su hijo, y a darle el ejemplo de la propia dignidad? Pues no había para qué precipitar las cosas. Tampoco quiso, por lo pronto, tener explicaciones con Nepomuceno. Tiempo había. Sin embargo, las circunstancias le obligaron a anticipar en este respecto su actitud enérgica. Ello fue que de Cabruñana, concejo de la marina donde los Valcárcel tenían algunas *caserías*, procedentes de bienes nacionales, llegaron malas noticias respecto de cierto mayordomo de segundo orden, que allí hacía mangas y capirotes de las rentas de Emma, perdonando anualidades atrasadas, o por lo menos aplazando el cobro indefinidamente, colocando por su cuenta a réditos el dinero cobrado; *en suma*, explotando en provecho propio los bienes de sus amos. Nepomuceno no quería dar importancia a la denuncia. Se trató el asunto a la hora de cenar, y cuando don Juan y el primo convinieron en que se hiciera la vista gorda, con gran sorpresa de todos los presentes, que eran aquellos Valcárcel y los Körner, Bonifacio, con voz temblorosa, pero firme, aguda, chillona, pálido, y dando golpecitos enérgicos, aunque contenidos, con el mango de un cuchillo sobre la mesa, dijo:

—Pues yo veo la cosa de otra manera, y mañana mismo, ya que el bautizo se retarda, porque no quiere Emma que el niño se constipe con este mal tiempo, mañana mismo, aunque lo siento, tomo yo el coche de Cabruñana y me voy a Pozas y a Sariego, y le ajusto las cuentas al señor de Lobato. No quiero que se nos robe más tiempo.

Hubo un silencio solemne. Bonis no vaciló en compararlo al que precede a la tempestad. Por de pronto, era el que trae consigo lo sorprendente, lo inaudito. Comprendía Reyes que estaba allí solo, que los Valcárcel y sus futuros afines los Körner se lo comerían de buen grado. No era que él no estuviera azorado, casi espantado de su audacia; lo estaba. Pero ya se sabía que un diligente padre de familia tiene que ser un héroe. Empezaban los sacrificios, y bien que dolían; pero adelante. La seriedad de la nueva lucha se conocía en eso, en el dolor.

Todos miraron a Bonis, y después a don Nepo, que era el llamado a contestar.

Don Juan, que era sumamente moroso y tranquilo, había cambiado mucho con las enseñanzas y excitaciones de Marta. Además, fiaba mucho de la debilidad y de la ignorancia del enemigo. No se anduvo por las ramas. Se fue derecho al bulto. Nada de eufemismos. Sólo en el tono de la voz, sereno, reposado, había cierta lenidad.

—¿Eso de robaros, supongo que no lo dirás por mí?

Si las palabras de Bonis eran un guante, quedaba recogido con toda arrogancia. Antes que contestara Reyes, don Nepo miró satisfecho a su novia, que aprobó su valentía con la mirada.

En aquel momento Bonis, que no esperaba una batalla decisiva, un duelo a muerte como aquel, se acordó con terror del anónimo de dos días antes, que había olvidado en absoluto, por la gravedad de los acontecimientos.

—El purgatorio es esto—pensó—. Yo he pecado. Yo he dilapidado, yo he *robado* el caudal de mi hijo, y ahora estoy en el purgatorio, que es así, hecho de lógica y ética, nada más que de lógica y ética.

—¡Por Dios, tío!—dijo pausadamente y procurando que en su voz hubiese mesura y entereza—. ¡Por Dios, tío, cómo lo he de decir por usted! Lo digo por Lobato, que es un gran ladrón.

—Un ladrón consentido por mí años y años, si hemos de creer lo que dice Pepe de Pepa José, el denunciante quejoso.... Por lo visto, Lobato y yo estamos de acuerdo para arruinaros a vosotros, para acabar con los bienes de Cabruñana.

—Nadie dice eso, tío; nadie dice....

—Lo que yo digo, señor Reyes—y el señor don Juan Nepomuceno dio un puñetazo, no muy fuerte, sobre la mesa—, es que tú no eres un hombre práctico, y que te sienta mal el papel que quieres inaugurar al estrenarte de padre de familia.

Una carcajada de Marta, seca, estridente, que quería ser una serie de bofetadas, resonó en el comedor, con pasmo de sus mismos aliados. Todos se miraron sorprendidos. Marta, con el rostro de culebra que se infla, repitió la carcajada, mirando con cinismo a Bonis.

El cual miró también a su buena amiga sin comprender palabra de aquella risa inoportuna.

Y prosiguió don Nepo:

—Un hombre práctico, de experiencia en los negocios, no exagera el celo ni el recelo, ni cree en habladurías. Bueno sería que yo, v. gr., fuera a creer lo que me decía un anónimo que recibí hace días, asegurándome que tú habías cobrado dos mil duros de una restitución hecha bajo secreto de confesión a la herencia de tu suegro.

—¡Todo lo que yo cobrase sería mío!—exclamó con voz clara, alta, positivamente enérgica, el amo de la casa, poniéndose en pie, pero sin dar puñadas sobre la mesa.

En pie se pusieron todos.

—¡Tuyo no es nada!—contestó el primo Sebastián, que adelantó un paso hacia Bonis, ofreciendo a la consideración de los presentes su fornida musculatura, su corpachón que parecía una fortaleza. Marta, sin pensar en lo que hacía, le apoyó una mano sobre el hombro, como animándole al combate. Se conoce que confiaba más en la pujanza del primo que en la del tío, su futuro.

Bonis se veía metido en la *escena* que había querido aplazar, antes de tiempo, fuera de razón, torpemente.

—Señores, no hagamos ruido, que no hay para qué. Lo que yo no consiento a nadie, y juro a Dios que no lo consentiré, es que se alborote ahora. Lo primero es mi mujer, y si ella se entera de esto... puede haber una desgracia... ¡y pobre del que la provocara!

Todos se sintieron sobrecogidos. Bonis parecía otro.

El mismo Sebastián, que era positivamente bravo y fuerte, y muy capaz de arrojar por el balcón al *escribiente de su tío*, se achicó un tanto por lo que él calificó de fuerza *moral* de aquellas palabras, y de aquel gesto y de aquel tono.

Todos comprendieron que el pobre Bonis estaba dispuesto a morder y arañar para impedir que la salud de Emma peligrase.

—Sin ruido, sin ruido se puede discutir todo—dijo don Nepo, que quería hacer hablar al *imbécil* para ver por dónde desembuchaba y qué leyes le había metido en la cabeza el abogadillo flamante.

—Sin ruido y sin apasionamiento—se atrevió a apuntar el respetable y mofletudo Körner, que se creía en el caso de intervenir en sentido conciliador.

—Es verdad—dijo Bonis—. La pasión no conduce a nada nunca, nunca....

—Justamente—prosiguió el alemán—. Y fácil les será a ustedes ver que aquí, en rigor, no hay nada.... Ni Bonifacio desconfía del tío, ni el tío de Bonifacio, ni nadie pone en tela de juicio su legítimo derecho.

—Cada cual tiene los suyos—objetó Nepo.

—Ciertamente; y no hay para qué hablar de eso ahora, cuando en último caso no había de faltar quien nos dijera a cada cual el papel que le tocaba representar.

Bonis volvió a crecerse.

La alusión a la justicia era clara. Don Nepo sintió una ola de cólera subirle al rostro. Y recurrió a su venganza suprema. A contenerse y jurarse que se la pagaría el miserable. Le azotó el rostro con la intención, y ya desahogada la ira, que se gozaba con las futuras crueldades de la venganza, pudo decir sereno y sonriente:

—En fin, Bonis, tienes razón; ya se ajustarán cuentas cuando Emma sane, y se pueda ver con números, que tú has de procurar entender, ¿estamos?, lo que habéis gastado vosotros, lo que he ahorrado yo..., y quién debe a quién. Lo que te anuncio es que si seguís gastando como hasta aquí, la quiebra es segura.... Estáis puede decirse que arruinados. Emma ha gastado como una loca, y tú, tú no me lo negarás... le diste el ejemplo... tú la arrastraste a esa vida imposible. Y todos sabemos por qué.

—Todos—exclamó con solemnidad Sebastián, que había perseguido en vano a la Gorgheggi, y todavía la solicitaba.

Bonis, que tenía aquella noche energía para luchar con los hombres, no la tuvo para resistir a los hechos; los hechos eran terribles: ¡arruinados!, y ¡había empezado él!, y ¡hasta de lo que hubiera robado el tío tenía él la culpa por haberle dejado! ¡Y su robo, sus robos, para pagar trampas de una querida!

Tuvo que sentarse, pálido, sin contar con las piernas. El tío vio allí de repente al Bonis de siempre, y se creció, pero sin arrogancia, falsamente conciliador.

—¿Quieres ir a ver lo que hay en Cabruñana? Corriente; marcha mañana a las ocho, que es la hora del coche. Ven a mi cuarto, y verás los libros y las escrituras de allá... Todo, todo lo verás. Llevarás lo que necesites, y procurarás enterarte, ¿estamos? Porque no has de presentarte a Lobato llamándole ladrón y sin saber por qué se lo llamas.

Bonis, sin fuerzas ya para nada, siguió al tío maquinalmente, y detrás de ellos se fue Körner. Marta y Sebastián quedaron solos en el comedor.

Körner, siempre fiel a su papel de rey Sobrino, iba como de asesor. ¡Buena falta le hacía a Bonis! Pasó en el cuarto del tío la vergüenza que ya esperaba. Nepo, con redomada astucia, con intención felina, le iba explicando todos los asuntos correspondientes a los bienes de Cabruñana, con los términos del más riguroso tecnicismo del derecho consuetudinario.

Bonis no tenía noción clara del contrato de arrendamiento. La palabra foro le sonaba a griego; aparcería..., laudemio..., retracto..., y después otras cien palabras del Derecho civil, más las propias del *dialecto* jurídico de aquella tierra, pasaron por sus oídos como sonidos vanos. No se enteraba de nada. Comprendía vagamente que se le engañaba y se le quería aturdir y humillar. Caía en mil contradicciones, en errores sin cuento, al querer explicarse lo que le explicaban y al pretender opinar algo por cuenta propia; Körner le ayudaba para poner más de relieve su torpeza y su ignorancia.

—Pero, hombre, ¡yo que soy un extranjero..., y ya sé mejor que usted todas estas costumbres del país... y las leyes de España!...

Al llegar a los números, Körner se escandalizó sinceramente. Bonis no sabía dividir, y apenas multiplicar.

Para huir de aquel atolladero, humillado, corrido, lleno de vergüenza y de remordimiento, Bonis quiso tratar cuestiones más importantes que no fueran de aquel horrible pormenor oscuro, inextricable para él, pobre flautista..., y llevó, por los cabellos, la discusión al asunto de las fábricas.

Estaba excitado, su amor propio ofendido, y olvidando la prudencia, abordó la delicada cuestión de las dos industrias, sin estar preparado, a deshora. Eran las tres de la madrugada cuando Körner y Nepo, *heridos en lo más hondo*, le exigieron que oyera la *historia completa* de aquella desastrosa especulación; necesitaban sincerarse, y pues él provocaba la cuestión, allí estaban ellos para responder....

Y quieras que no quieras, Bonis tuvo que oír, y ver y palpar. Se le pusieron delante libros de actas, presupuestos, pólizas, planos, expedientes, una *selva oscura* que le hizo perder la noción del tiempo y la del espacio.... Se creía en el aire, en un aquelarre. Le zumbaban los oídos. Mientras los otros le explicaban, gesticulando, lo que a él le sonaba a griego, el sueño, la ira, el remordimiento le llenaban de avisperos el cerebro.... Hubiera mordido, pateado y llorado de buena gana. Se le cerraban los ojos, le ardían las orejas, se le doblaban las piernas... «Había caído en un lazo por débil, por imbécil. Había entrado allí solo, debiendo entrar con juez, escribano, abogado, peritos y una pareja de la Guardia civil».

Después de dos horas de aturdimiento, de verdadera agonía, sólo tuvo valor para tomar la puerta, seguido de los dos monstruos, que continuaban explicándole por *a* más *b* la ruina de los Valcárcel en la fábrica, la ruina de Antonio Reyes, de su único hijo. En el comedor, y ya iban a dar las cinco, estaban todavía *esperándolos* Marta y Sebastián, medio dormidos, bostezando. Unieron sus argumentos uno y otro, como queriendo ocupar la atención de Nepo y Körner, a los argumentos de Körner y Nepo; y perseguido por aquella tremenda pesadilla, Bonifacio, muerto de sueño, ebrio de cólera, de fiebre y cansancio, se declaró en franca y acelerada fuga y se encerró en su cuarto, bien decidido, eso sí, a salir para Cabruñana al ser de día, acompañado de los papeles que el tío le había metido por los ojos. Marcharía sin despedirse de Emma, sin ver a su hijo, para que no le faltase valor ni su mujer tuviera tiempo de torcer aquella resolución irrevocable. «Yo no sé una palabra de foros, ni de caserías a medias, ni de aparcerías, ni de números, ni de fábricas; pero he de tener voluntad en adelante; y he dicho que iría mañana, y primero falta el sol. Iré. La calentura de Emma no es extraordinaria; ya cede; Antonio queda sin novedad; voy a Cabruñana, le pongo las peras a cuarto a Lobato..., y me vuelvo pasado mañana con dos o tres nodrizas, a escoger, que por ahí las hay buenas. Emma no querrá, y en rigor no puede criar. Le criaremos nosotros, el ama y yo. Así como así, cuanto menos sangre de Valcárcel, mejor».

Bonis no pudo dormir; estuvo mezclando, con mil visiones de pesadilla, despierto y todo, sus remordimientos de antaño, sus iras y vergüenzas de ahora, sus propósitos de energía futura y sus esperanzas de padre. La actividad era cosa terrible; era mucho más agradable pensar, imaginar.... Pero un padre tenía que ser diligente, práctico, positivo... y él lo sería; por Antonio, por su Antonio.... Pero por lo pronto, la bilis, la vergüenza de su ignorancia de las cosas que sabían todos en casa, menos él, todo aquel barullo de pasiones bajas, vulgares, pedestres, le quitaban el gusto a su dicha presente, a la felicidad de ser padre.

Cuando todos dormían y el sol llevaba andada alguna parte de su carrera, Reyes salió de casa, con sus papeles en un saco de noche; tomó la diligencia de Cabruñana, y antes del medio día ya estaba disputando con Lobato en medio de un prado, frente a unos robles que el mayordomo había consentido derribar a un casero, porque, según malas lenguas, los dos iban ganando. Lobato, un ex cabecilla carlista, era un lobo mestizo de zorro; hablaba con dificultad, leía deletreando y escribía de modo que, en caso de convenirle, podía negar que aquello fueran letras... y él era dueño de la comarca por la política, por la usura y por las trampas a que obligaba a los jueces de paz y a los pedáneos su influencia personal. Nepomuceno le había escogido porque con media palabra se habían entendido, y también porque sólo un hombre como Lobato, que era el terror del concejo, podía cobrar las rentas de aquellos *caseros*, que solían recibir a pedradas y a tiros a los comisionados de apremios, a los alguaciles y a los mayordomos. Lobato, si viajaba de noche, cruzaba a escape ciertos parajes frondosos y oscuros, en que estaba seguro de encontrar asechanzas de aquellos aldeanos, que a la luz del sol temblaban en su presencia. En una ocasión, después de cobrar en juicio a un casero que debía tres años, recibió, al atravesar un bosque, tal pedrada, que llegó a su casa sin sentido, agarrado a la crin del caballo. ¡Y a un hombre así venía a pedirle cuartos un mequetrefe, aquel señorito bobo, de que nunca le había hablado más que con desprecio el Sr. D. Juan Nepomuceno! Con fingida humildad, Lobato se burló de su amo; haciéndose el tonto, el ignorante, le hizo ver que él, Bonis, era el que no sabía lo que traía entre manos. Los caseros se reían también del amo, con sorna que no podía tachar de irrespetuosa. Se rascaban la cabeza, sonreían y se aferraban a la idea de no pagar mejor que hasta la fecha.

Bonis, desesperado, abandonó aquellos hermosos valles de eterna verdura, de frescas sombras y matices infinitos en la variedad de los accidentes de colinas y vegas, en que serpenteaban claros ríos... «¡Divino! ¡Divino!... ¡Pero qué pillo es Lobato, y qué ladrones son todos estos pastores!... En otra situación, sin estos cuidados y preocupaciones, ¡qué buenos días hubiera pasado yo en esta espesura, en que se mezcla el rumor de las copas de los pinos con el del mar, del que parece un eco!». Cabruñana era región ribereña, y parecían sus valles estrechos y de mil figuras, de verde jugoso y oscuro en las laderas y en las planicies pantanosas, cauces de antiguos ríos, abandonados por las aguas. Todos aquellos cuetos y vericuetos, lomas y llanuras, por sus formas violentas, por ejemplo, por los cortes de las laderas aterciopeladas, semejantes en su caída a los acantilados de la costa, hacían pensar en el fondo misterioso de los mares.

Terminada su inútil faena, sin más provecho que dejar sembradas amenazas, de que nadie hizo caso, Reyes decidió a media tarde montar a caballo para ir a pernoctar en la capital del concejo y del partido, a dos leguas, por la carretera. Antes del anochecer, se proponía llegar a Raíces, que estaba al paso, y detenerse media hora; ¿para qué? No sabía. Para soñar, para sentir, para imaginarse tiempos remotos, a su manera; para pensar a sus anchas, en la soledad, libre de Lobato, y Nepo y Sebastián, en los Reyes que habían sido, y en los que eran, y en los que habían de ser.

Raíces consistía en un lugar de veinte a treinta casas, diseminadas en las frondosidades de una península abandonada por el agua, en las marismas; cerca estaban las dunas, cuyos amarillos lomos de arena tenían figura semejante a los vericuetos que rodeaban a Raíces; pero estos, desde siglos y siglos, ostentaban el terciopelo de verde oscuro de sus musgos y su césped, y las flores de los prados, iguales a las que se encontraban tierra adentro, lejos de las brisas del mar. Era Raíces un misterioso escondite verde, que inspiraba melancolía, austeridad, un olvido del mundo, poético, resignado. Una colina cortada a pico, muy alta, cuya ladera, casi vertical, mostraba, como si fuera la yedra de una muralla ciclópea, pinos, castaños y robles, que trepaban cuesta arriba cual si escalaran una fortaleza, escondía y humillaba a Raíces por el Sur; el mar y las dunas le dejaban abierto a los vientos del Norte y del Noroeste, y restos de un bosque le rodeaban por Oriente y Occidente. Las viviendas, escasas y esparcidas por la espesura, eran, las más, cabañas humildes, otras vetustos caserones de piedra oscura, con armas sobre la puerta algunos.

Bonis llegó una hora antes del ocaso a una plazoleta que servía de *quintana* a varias casas de las más viejas, pero también de las de aspecto más noble; carretas apoyadas sobre el pértigo, como dormidas, entorpecían el paso; niños medio desnudos, sucios y andrajosos, sin nada en su cuerpo donde pudiera ponerse un beso, más que los ojos de algunos y las rubias guedejas de muy pocos, saltaban y corrían por aquella corralada común, que era sin duda para ellos el universo mundo. Más serios y a su negocio, hozaban algunos cerdos en el estiércol, que escarbaban y picoteaban gallos y gallinas, mientras dos perros dormitaban, acosados por miles de mosquitos.

—De aquí salieron los Reyes—pensó Bonifacio, que desde una calleja vecina contemplaba el cuadro de paz suave y melancólica de aquella miseria, aislada de las vanas grandezas del mundo—. Un grupo de castaños y una pared de una huerta, le ocultaban a la vista de los chiquillos y los perros, que, de notar su presencia, se hubieran alarmado. Echó pie a tierra, ató el caballo al tronco de un castaño, y se sentó sobre el césped para meditar a sus anchas.

Se acordó de Ulises volviendo a Ítaca... pero él no era Ulises, sino un pobre retoño de remota generación.... El Ulises de Raíces, el Reyes que había emigrado, no había vuelto... a él no podían reconocerle en el lugar de que era oriundo. Y como había leído muchas veces la *Odisea*, y recordaba sus episodios y los nombres de sus personajes, pensó Bonis: «Los cerdos y los perros que encontró Ulises al volver a Ítaca, en la mansión de Eumaios, allí estaban; pero Eumaios, el que guardaba los cerdos de Ulises, no estaba; no le había. Como a Ulises, aquellos perros le atacarían si le vieran; pero Eumaios, el fiel servidor, no acudiría en su auxilio... ¡Qué habría sido de Ulises—Reyes! ¿Por qué habría salido de allí? ¡Quién sabe! Tal vez esos chiquillos, que parecen hijos del estiércol, como lombrices de tierra, son *parientes* míos.... Son de mi tribu acaso».

De pronto se dio una palmada en la frente. Los recuerdos clásicos le habían hecho pensar en el pasaje en que Ulises es reconocido por Eurycleia, su nodriza. Él no había tenido más Eurycleia que su madre, que había muerto; pero Antonio, su hijo, necesitaba nodriza, y él había olvidado que había venido a Cabruñana a buscarla. «¡Mejor aquí! Sí; no me iré de Raíces sin buscar ama de cría para mi hijo. ¡Es una inspiración! ¡Quién sabe! Tal vez se nutra con leche de su propia raza, con sangre de su sangre...».

Y como había resuelto ser cada día más activo y menos soñador; hombre práctico como los demás, como los que ganan dinero, para ganarlo también por amor de su Antonio, dejó sus cavilaciones, se levantó, montó a caballo, y por aquellas quintanas y callejas adelante, de puerta en puerta, fue buscando lo que necesitaba, nodriza para casa de los padres, y natural de Raíces, de donde eran oriundos los Reyes. Era aquella, por fortuna, tierra clásica de amas de cría, de las más afamadas de la provincia; y en tan pequeño vecindario, sin más que extender un poco sus pesquisas por aquellos contornos, encontró Bonis dos buenas vacas de leche de aspecto humano, porque en aquella región venía a ser una especie de industria inmoral y de exportación el servicio que él solicitaba. Quedó convenido que a la mañana siguiente, muy temprano, Rosa y Pepa, que así se llamaban las que presentaban su candidatura al honor de criar a Antonio Reyes, estarían en la capital del concejo, dispuestas a montar en el coche en que las llevaría Bonifacio a la ciudad, para que fueran registradas por el médico, y la de mejores condiciones recibiera el *exequatur* facultativo y el nombramiento oficial de Emma.

Satisfecho de la diligencia y fortuna con que dejaba orillado este negocio, Bonis se detuvo, al salir del lugar, en un recodo del camino solitario, junto a un puente de madera que atravesaba el Raíces, riachuelo poético, sinuoso, que a la sombra de árboles infinitos corría al próximo Océano, sin gran prisa, seguro de llegar antes de la noche; y eso que el sol ya se había escondido tras de las olas que bramaban a lo lejos. Reyes, volviendo grupas, seguro de su soledad, inmóvil en medio del camino, permaneció contemplando el rincón melancólico de que se alejaba, como si allí dejara algo.

Nada concreto, nada plástico le hablaba ni podía hablarle de la relación de su raza con aquel pacífico, humilde y poético lugar; y, sin embargo, se veía atado a él por sutiles cadenas espirituales, de esas que se hacen invisibles para el alma misma, desde el momento en que se quiere probar su firmeza.

«Ni yo sé en qué siglo salieron los Reyes de aquí, ni lo que eran aquí, ni cómo ni dónde vivían; ni siquiera de mi tatarabuelo, sin ir más lejos, tengo noticias, a no ser muy vagas. Sólo sé que éramos nobles, hace mucho, y que salimos de Raíces. ¡Oh! ¡Si yo conservase el libro aquel de blasones de que tanto me hablaba mi madre, y que mi padre, al parecer, despreciaba!... Como soy tan aprensivo... se me figura sentir cierta simpatía por estos parajes.... Esta calma, este silencio, esta verdura, esta pobreza resignada y tolerable... hasta la música del mar, que ruge detrás de esos montes de arena... todo esto me parece algo mío, semejante a mi corazón, a mi pensamiento, y semejante al carácter de mi padre. Los Reyes... no debieron salir de aquí... no servían para el mundo; bien se vio.... Yo, el último, ¿qué soy? Un miserable, un ignorante, que no ha ganado en su vida una peseta, que sólo sabe gastar las ajenas. Un soñador... que creyó algún día llegar a ser algo de provecho a fuerza de sentir con fuerza cosas raras y de las que ni siquiera se pueden explicar. ¡A esto vino a parar la raza!».

Cesó en su soliloquio, como para oír lo que el silencio de Raíces, a la luz del crepúsculo, le decía.

Una campana, muy lejos, comenzó a tocar la oración de la tarde.

Bonis, a pesar de su dudosa ortodoxia, se quitó el sombrero. Y recordó las palabras con que su madre empezaba el rezo vespertino: «El ángel del Señor anunció a María...».

¡Oh! ¡También a él, el ángel del Señor sin duda, le había anunciado que sería padre; también sus entrañas estaban llenas del amor de aquel hijo, de aquel Antonio, en que él estaba ya pensando como se piensa en el amor ausente, mandando miradas y deseos de volar del lado del horizonte tras que se esconde lo que amamos! Una ternura infinita le invadió el alma. Hasta el caballo, meditabundo, inmóvil, le pareció que comprendía y respetaba su emoción. ¡Raíces! ¡Su hijo! ¡La fe! Su fe de ahora era su hijo.

Lo pasado, muerte, corrupción, abdicación, errores... olvido. ¿Qué había sido su propia existencia? Un fiasco, una bancarrota, cosa inútil; pero todo lo que él no había sido podía serlo el hijo... lo que en él había sido aspiración, virtualidad puramente sentimental, sería en el hijo facultad efectiva, energía, hechos consumados.

¡Oh!, se lo decía el corazón.... Antonio sería algo bueno, la gloria de los Reyes.... Y acaso, acaso, cuando se hiciera rico, ya conquistando una gran posición política o escribiendo dramas, lo cual le halagaba más, o, lo que sería el colmo de la dicha, como gran compositor de sinfonías y de óperas, como un Mozart, como un Meyerbeer, él, su padre, ya viejo, chocho, chocho por su hijo... le metería en la cabeza que *restaurase* en Raíces la casa de los Reyes...; y él, Bonis, vendría a morir allí... en aquella paz, en aquella dulzura de aquel crepúsculo, entre ramas rumorosas de árboles seculares, mecidas por una brisa musical y olorosa, que se destacaban sobre el fondo violeta del cielo del horizonte, donde el último aliento del día perezoso se disolvía en la noche.

«¡Oh! ¡En definitiva, en el mundo, no había nada serio más que la poesía!...—pensó Bonis—. Pero eso para mi Antonio. Él será el poeta, el músico, el gran hombre, el genio.... Yo, su padre. Yo a lo práctico, a lo positivo, a ganar dinero, a evitar la ruina de los Varcárcel y a restaurar la de los Reyes. Y ¡adiós, Raíces, hasta la vuelta! Me voy con mi hijo; tal vez volvamos juntos».

Bonifacio, sacudiendo la cabeza, recobrando las riendas para sacar al rocinante soñador de su letargo, siguió a trote su camino, sin volver los ojos atrás, temeroso de sus ensueños, de sus locuras...; dispuesto cada vez con más ahínco a sacrificar al porvenir de su hijo su temperamento de bobalicón caviloso y sentimental.

Durmió en la villa cabeza del partido, y al ser de día montó en el coche diario que iba a la capital de la provincia, en compañía de las dos Eurycleias que había buscado en Raíces.

Al llegar a sus lares, se encontró la casa llena de gente, criados y amigos en movimiento.

Doña Celestina, con vestido de raso negro y mantilla de casco fina, estaba en medio de la sala con un bulto en los brazos, un montón de tela blanca, bordada, de encajes y de cintas azules.

—¿Qué es esto?—dijo Bonis, que entraba con las nodrizas electas a derecha e izquierda.

—Esto es—respondió la partera—que vamos a hacer cristiano a este judiazo de su hijo de usted.

En efecto; Emma lo había decretado así. Cierto era que ella misma el día anterior había dicho que no se le hablase de bautizo hasta que al chiquillo le pasara la fluxión de los ojos; pero al despertar aquella mañana y saber que Bonis, sin su permiso, dejándola con la calentura, se había marchado a la aldea a enderezar entuertos, que nunca se le había ocurrido enderezar, se había irritado, y por venganza y considerando que el tiempo estaba templado, había dispuesto, en un decir Jesús, desde la cama, dando órdenes como ella sabía, que el niño se bautizara aquella misma tarde, para que el padre se lo encontrara todo hecho y rabiara un poco.

Bonis no rabió. La solemnidad del momento no consentía malas pasiones. Lo que hizo fue abrazar a su esposa, consiguiéndolo a duras penas.

Emma tenía poca calentura: estaba muy despejada; y ya sin miedo al peligro del puerperio, aunque no había pasado, había decidido engalanarse y engalanar su lecho.

Sacó el fondo de su armario de ropa blanca, que era un tesoro, y sus amigas pudieron contemplar un mar de espuma, de nieve y crema, de hilo fino espiritualizado de encajes de los más delicados. En medio de aquella espuma aparecía, como un náufrago, el rostro demacrado, amarillento, de Emma, que definitivamente había vuelto a desmoronarse en ruina que no admitía ya restauraciones.

«Es una vieja», pensó Bonis resignado, sin amargura; pero triste por amor de su hijo.

La Valcárcel aprobó el concurso de nodrizas ideado por su marido; el cual no comprendió por qué Nepo, los Körner, Sebastián, las de Ferraz, las de Silva, y otras amigas y amigos reían, a carcajadas unos, con menos violencia otros, la ocurrencia de haber traído él consigo a Pepa y Rosa, las robustas aldeanas de Raíces.

Sebastián y Marta, cada vez que recordaban la entrada triunfal de Bonis en medio de las dos aldeanas de ubres ostentosas, se desternillaban de risa.

Según Marta, aquello era demasiado, y ya no cabía disimulo. Había que reír a mandíbula batiente.

Y se reían.

Bonifacio no comprendía; ni lo intentó apenas. ¿Qué le importaban a él las risas necias de aquella gentuza, que le habían comido el pan de su hijo, y que estaba dispuesto a arrojar de su casa?

La comitiva se puso en movimiento. Emma había decretado, y no había más remedio que callar, que Sebastián fuese padrino y Marta madrina.

Se habían dado órdenes para que la ceremonia fuese de primera clase. El baptisterio de la iglesia parroquial estaba cubierto de colgaduras de raso carmesí con flecos dorados; la pila brillaba como un ascua de oro, iluminada por grandes cirios.

Bonis, que había caminado solo, detrás de doña Celestina, cuidando de que el pañuelo que cubría el rostro de Antonio, dormido, no se deslizara al suelo, no había tenido tiempo, mientras iba por las calles, para sentir la ternura grave y poética propia del caso; más bien recordaba después haber experimentado así como un poco de sonrojo ante las miradas curiosas y frías, casi insolentes y como algo burlonas, del público indiferente y distraído. Pero al atravesar el umbral de la casa de Dios, y detenerse entre la puerta y el cancel, y ver allá dentro, enfrente, las luces del baptisterio, una emoción religiosa, dulcísima, empapada de un misterio no exento de cierto terror vago, esfumada, ante la incertidumbre del porvenir, le había dominado hasta hacerle olvidarse de todos aquellos miserables que le rodeaban. Sólo veía a Dios y a su hijo. Otras veces, viendo bautizar hijos ajenos, había pensado que era ridículo aquello de echar los demonios del cuerpo, o cosa por el estilo, a los inocentes angelillos que iban a recibir las aguas del bautismo. Ahora no veía en nada de aquello lado alguno ridículo. ¡Oh, la Iglesia era sabia! ¡Conocía el corazón humano y cuáles eran los momentos grandes de la vida! ¡Era tan solemne el nacer, el tomar un nombre en la comedia azarosa de la vida! ¡El bautizo hacía pensar en el porvenir, en una síntesis misteriosa, de punzante curiosidad, de anhelante y temerosa comezón de penetrar el porvenir! Aunque él, Bonis, no creía en varios dogmas, ni menos en los prodigios de la Biblia, reconocía que la Iglesia en aquellos trances parecía efectivamente una madre....

Sin repugnancia, y sin perjuicio de las reservas mentales necesarias, él colocaba sobre el regazo de la Iglesia al hijo de sus entrañas. ¡Su hijo, su Antonio; allí le tenía, carne de su carne, dormido, perdido entre encajes; una mancha colorada destacándose en la blancura...!

A él ya no se parecería; pero a su padre, al procurador Reyes, sí; el gesto de pena, la mueca de los labios, el entrecejo... todo aquello era de su padre. ¡Ay! ¡Cómo se le metía por el alma, a borbotones, como lágrimas de ternura que en vez de salir entrasen, el amor de aquel hijo, de aquel ser débil, abandonado por los ángeles entre los hombres!, pero ya no amor abstracto, metafísico; amor sin frases, amor nada retórico.... amor inefable, pero que satisfacía la conciencia y daba sanción absoluta al juramento de constante y callado sacrificio. Vivir por él, para él. «Yo nací para esto; para padre». Bonis sentía a la puerta de la iglesia, esperando al capellán que iba a hacerle cristiano a Antonio, sentía la gracia que Dios le enviaba en forma de vocación, clara, distinta, de vocación de padre. «Sí — pensaba —; ya soy algo».

Después vio llegar a un cura rollizo, sonriente, cubierto de oro, como el altar del baptisterio, con todo el aparato sagrado de acólitos, cirios y cruces que reconoció que eran del caso. No se oponía él a nada, todo estaba bien. Por más que estaba seguro de que su Antonio, aquel inocente niño con cara triste, no tenía en el cuerpo diablo de ninguna especie ni resentimiento personal alguno con la Iglesia, Bonis reconocía el derecho de esta a tomar precauciones antes de admitir en su seno al recién nacido. Hasta lo de no poder entrar en el templo su hijo antes de cumplir los requisitos sacramentales, le parecía racional, si bien pensó que el clero debía tener más cuidado con los *catecúmenos*, o lo que fueran, de cierta edad, porque un aire colado, entre puertas, podía ser fatal y matar un cristiano en flor.

—Doña Celestina—dijo Reyes con voz melosa, humilde, apenas perceptible, con ánimo de que el señor cura y su acompañamiento no dieran una interpretación heterodoxa a sus palabras—; doña Celestina, haga usted el favor de arrimarse a este rincón, porque ahí está usted en la corriente.

—Déjeme usted a mí, D. Bonifacio.

El delegado del párroco empezó sus latines, que Bonifacio entendía a medias.

Entendió que su hijo se llamaría decididamente Antonio, no recordaba qué otra cosa, y Sebastián. Sebastián... ¿para qué? En fin, poco importaba.

Las de Ferraz miraban al niño y al cura con la boca abierta, y como quien asiste a una farsa muy chusca; eran creyentes como cada cual, pero en el mundo, para aquellas señoritas como panderetas, todo era una *guasa*, asunto de broma y de castañuelas.

Allí no valía reírse, pero buenas ganas se les pasaba. Marta, madrina, presenciaba la escena con cara de judío: pensaba en la superioridad de sus ideas personales sobre la vulgar manera de entender la ceremonia que presenciaban aquellas frívolas amiguitas.

De pronto, las palabras que rezaba el clérigo con un tono discreto, suave, de un ritmo eclesiástico simpático, sugestivo, adquirieron verdadero valor musical, como un recitado; porque allá dentro alguien le soltaba los caños de sonidos al órgano, que llenó la solitaria iglesia de resonancias, de chorros de notas juguetonas, frescas.

El nuevo cristiano atravesó el cancel, penetró en la iglesia precedido del sacerdote, en brazos de Sebastián majestuoso. Llegó la comitiva al baptisterio. Los amigos rodeaban a los padrinos; viejas, pobres y chiquillos formaban corro, curioseando y en espera de la calderilla del bateo. Para Bonis, que siguió a su hijo hasta la margen del Jordán de mármol, todo tomó nueva vida, más intenso, armónico y poético sentido. Era que la música le ayudaba a entender, a penetrar el significado hondo de las cosas. El órgano, el órgano, le decía lo que él no acababa de explicarse.

«Pues es claro; la Iglesia es un lince; ve largo; sabe ser madre».

Las notas del órgano, bajando a hacer cosquillas al recién nacido, al que venía de los cielos del misterio, metiéndosele por las carnecitas que dejaban al aire los dedos discretos y expertos de doña Celestina, al descubrir la espalda de la criatura; las notas aladas y revoltosas, eran angelillos que retozaban con su compañero humano, menos feliz que ellos, pero no menos puro, no menos inocente.

Bonis sintió que el rostro de los más indiferentes, hasta el de los pilluelos que esperaban la calderilla, tomaba expresión de interés, de cierto enternecimiento. Las luces parecían cantar también al oscilar con ritmo; brillaban más rojas; los dorados del cura y del baptisterio se hicieron más intensos, más señoriles; los monaguillos, tiesos, solemnes, daban indudable respetabilidad al acto. El órgano era el que se permitía seguir riendo, jugueteando, pero legítimamente, porque representaba la alegría celestial, la gracia de la inocencia.... Mas en el fondo de las bromas poéticas y sagradas de aquella música de la iglesia, a Bonis, de pronto, se le antojó ver una especie de desafío burlón un tanto irónico. Vamos a ver, decía el órgano: ¿Qué guarda el porvenir? ¿Qué va a ser de tu hijo? ¿Qué es la vida? ¿Importa vivir, o no importa? ¿Es todo juego? ¿Es todo un sueño? ¿Hay algo más que la apariencia?... Y la música, de repente, la tomaba por otra parte sin lógica, sin formalidad; empezaba a decir una cosa y acababa indicando otra.... Hasta que por fin Reyes notó que el organista estaba tocando variaciones sobre la *Traviata*, ópera entonces de moda. Bonifacio se acordó de la *Dama de las Camelias*, que había leído, y de aquel Armando, que había amado hasta olvidar al suo *vecchio* genitor, como dicen en la ópera, y, en efecto, el órgano lo estaba recordando:

«*Tu non sai quanto soffri!*»

—¡Pobre de mí!—pensó Bonis—. El hijo puede ser un ingrato. Amará a una mujer más que a mí ciertamente. Yo nací para que no me amen como yo quisiera.... Pero no importa, no importa; esta es la ley. Nosotros a ellos; ellos a los suyos o a las vanidades del mundo.

¡Cosa rara! ¿Por qué no sonaría mal *La Traviata* en la iglesia? Aquello debía ser una profanación... y no lo era. Era que en *La Traviata*, bien o mal, había amor y dolor, amor y muerte; es decir, toda la religión y toda la vida... ¡Oh, cómo hablaba el órgano de los misterios del destino!... Vuelta a la burla, vuelta a las preguntas irónicas: «¿Qué será de él? ¿Qué será de ti? ¿Qué será de todo?...».

—¿Quién toca el órgano? —preguntó Marta por lo bajo a Sebastián.

—Minghetti.

Padrino y madrina sonrieron, mirándose.

—¡Capricho de hombre! —dijo la alemana, consagrando al barítono un recuerdo.

Bonis había oído la pregunta y la respuesta.

—«Tocaba Minghetti: ¡oh, bien se conocía que andaba allí arriba un artista! Había sido una atención delicada.... Los artistas al fin son poetas... ¡lástima que suelan ser además unos pillos! Él, Bonis, entre la moral y el arte, en caso de incompatibilidad, se quedaría en adelante con la moral. Por su hijo».

Ya era cristiano Antonio Diego Sebastián; doña Celestina le había tomado de brazos del tío padrino, y sentada en la tarima de un confesionario, junto a una capilla, rodeada de aquellos amigos y curiosos, se entendía hábilmente con cintas y encajes para volver a sepultar bajo tanto fárrago de lino el cuerpo débil, flaco, de la criatura.

Bonifacio se separó del grupo, y por el templo adelante se dirigió a la sacristía, en pos del sacerdote y sus acólitos. También aquello era solemne. Iba a dictar la inscripción del libro bautismal, a sentar la base del estado civil de su hijo. Mientras Minghetti, por divertirse, continuaba haciendo prodigios en el órgano, iba pensando Bonis por medio del templo: «¡Quién sabe! Tal vez algún día sabios, eruditos, curiosos, vengan en peregrinación a contemplar con cariño y respeto la página de este libro de la parroquia en que yo voy a dictar ahora el nombre de mi hijo, el de sus padres y abuelos, lugar de su naturaleza, etc., etcétera. ¡Abuelos! Mi pobre Antonio no tiene abuelos vivos; le faltará ese amor, pero el mío los suplirá todos».

Al entrar en la sacristía, en una capilla lateral, sumida en la sombra, vio una mujer sentada sobre la tarima, con la cabeza apoyada en el altar de relieve churrigueresco.

—¡Serafina!

—¡Bonifacio!

—¿Qué haces aquí?

—¿Qué he de hacer? Rezar. Y tú, ¿a qué vienes?

—Vengo a inscribir a mi hijo, que acaba de bautizarse, en el libro bautismal.

Serafina se puso en pie. Sonrió de un modo que asustó a Bonis, porque nunca había visto en su amiga el gesto de crueldad, de malicia fría, que acompañó a tal sonrisa.

—Conque... ¿tu hijo?... ¡Bah!

—¿Qué tienes, Serafina? ¿Cómo estás aquí?

—Estoy aquí... por no estar en casa; por huir del amo de la posada. Estoy aquí... porque me voy haciendo beata. No es broma. O rezar, o.... una caja de fósforos. ¿Sabes? Mochi no vuelve. ¿Sabes? ¡He perdido la voz! Sí; perdida por completo. El día que te escribí...; y que no me contestaste; ya sabes, cuando te pedía aquellos reales para pagar la fonda.... Bueno; pues aquel día... aquella noche... como había ofrecido pagar, y no pagué... porque no contestaste..., tuve una batalla de improperios con D. Carlos... ¡el infame!...

La Gorgheggi calló un momento, porque la ahogaba la emoción; ira, pena, vergüenza.... Dos lágrimas, que debían de saber a vinagre, se le asomaron a los ojos.

—El infame tuvo el valor de insultarme como a una mujer perdida...; me amenazó con la justicia, con plantarme en el arroyo.... Yo eché a correr; salí a la calle, como estaba, sin sombrero.... Pero volví. Porque lo dejaba allí todo.... Mi equipaje, lo único que tengo en el mundo. No sé qué cogí aquella noche, al relente, furiosa, por la calle húmeda... ¡Oh! En fin, la voz, que ya andaba muy mal, se fue de repente.... Desde aquella noche canto... como tu mujer. No salgo de la fonda... porque no puedo pagar. D. Carlos me insulta unas veces... y otras me requiebra. Yo no quiero amantes ni altos ni bajos..., porque no quiero..., porque todo eso me da asco. Mochi no vuelve.... A mis últimas cartas ya no ha contestado. Como tú. Sois unos caballeros. Se os pide cuatro cuartos para no recibir insultos de un miserable..., y no contestáis.... No sé dónde ir; en casa me espía mi acreedor, que quiere ser mi amante; en la calle me persiguen necios, me aburre la curiosidad estúpida de la gente.... No tengo dinero ni para escapar... ¿Para escapar adónde? Me meto en la iglesia. Esto es mío, como de todos. Tú me enseñaste a sentir así, a querer paz..., a soñar..., a desear imposibles.... Aquí estoy tranquila..., y rezo a mi modo. No tengo fe, lo que se llama fe.... Pero quisiera tenerla. Los santos, todos esos, aquel San Roque, este San Sebastián con sus banderillas por todo el cuerpo..., aquel señor obispo..., San Isidoro..., todos me van entendiendo. No tengo verdadera religión..., pero por lo pronto... los amantes me dan asco... no quiero amantes...; esperaré a ver si vuelve la voz..., o si vuelves tú. Mochi es un mal hombre, un traidor, un miserable...; ya lo sabía, siempre lo supe. Pero tú..., no creí que lo fueras también. Bonis, no me abandones.... Yo... te quiero todavía..., más que antes, mucho más de veras. Debo de estar enferma.... Me asusta el mundo..., el teatro me horroriza..., el galanteo me espanta.... Quiero paz..., quiero sueño..., quiero honradez...; no vivir de farsa... y tener pan que no deba a mi cuerpo alquilado a un desconocido..., a no sé ahora quién. Tuya, sí. De los demás, no. ¿Quieres?

Bonis, aunque poco formalista en materias religiosas, y a pesar de que las palabras, y el tono, y las dos lágrimas de Serafina le habían enternecido hasta lo inefable, pensó, ante todo, que estaban en la iglesia y que no era el lugar nada a propósito para tal clase de tratos y contratos.

Antes de contestar, miró hacia atrás, hacia el baptisterio, para ver si alguien había reparado su encuentro con la cantante. La comitiva del bautizo había desaparecido. Ni siquiera habían parado mientes en la ausencia de Reyes. Tan insignificante era para todos. Minghetti, sin embargo, seguía embelesado con sus travesuras armónicas en el órgano. Tenía aquella manía: la de hacerse pesado, por broma, cuando se ponía a tocar.

Bonis, con repugnancia por hablar de tales asuntos allí, en el templo, pero compadecido hasta el fondo del alma, y, por otra parte, dispuesto a no abdicar de su dignidad de padre de familia sin mancha, tapujos ni relajamientos de costumbres, dijo con voz que procuró hacer cariñosa al par que firme, y que le salió temblona, balbuciente y débil:

—Serafina..., yo a ti te debo toda la verdad.... Yo, en adelante, quiero vivir para mi hijo.... Nuestros amores... eran ilícitos.... Debo a Dios un gran bien, una gracia...: el tener un hijo.... Ofrecí el sacrificio de mis pasiones por la felicidad de Antonio.... Además, estoy arruinado.... En el terreno de los intereses materiales... haré por ti... lo que pueda...; ¡ya se ve!... Con ese D. Carlos, que es un judío... ya me entenderé yo.... Pero estoy arruinado.... La voz..., tu voz... volverá...

Y aquí, al recordar la *voz* que él había adorado, Bonis estuvo a punto de llorar también.

Mas el rostro de Serafina volvió a asustarle. Aquella mujer tan hermosa, que era la belleza con cara de bondad para Bonis... le pareció de repente una culebra.... La vio mirarle con ojos de acero, con miradas puntiagudas; le vio arrugar las comisuras de la boca de un modo que era símbolo de crueldad infinita; le vio pasar por los labios rojos la punta finísima de una lengua jugosa y muy aguda... y con el presentimiento de una herida envenenada, esperó las palabras pausadas de la mujer que le había hecho feliz hasta la locura.

La Gorgheggi dijo:

—Bonis, siempre fuiste un imbécil. Tu hijo... no es tu hijo.

—¡Serafina!

Y no pudo decir más el pobre Bonis. También él perdía la voz. Lo que hizo fue apoyarse en el altar de la capilla oscura, para no caerse.

Como él no hablaba, Serafina tuvo valor para añadir:

—Pero, hombre; todo el mundo lo sabe... ¿No sabes tú de quién es tu hijo?

—¡Mi hijo!... ¿De quién es mi hijo?

La Gorgheggi extendió un brazo y señaló a lo alto, hacia el coro:

—Del organista.

—¡Ah!—exclamó Bonis, como si hubiera sentido a su amada envenenarle la boca al darle un beso....

Se separó del altar; se afirmó bien sobre los pies; sonrió como estaba sonriendo San Sebastián, allí cerca, acribillado de flechas.

—Serafina..., te lo perdono..., porque a ti debo perdonártelo todo.... Mi hijo es mi hijo. Eso que tú no tienes y buscas, lo tengo yo: tengo fe, tengo fe en mi hijo. Sin esa fe no podría vivir. Estoy seguro, Serafina; mi hijo... es mi hijo. ¡Oh, sí! ¡Dios mío! ¡Es mi hijo!... Pero... ¡como puñalada, es buena! Si me lo dijera otro... ni lo creería, ni lo sentiría. Me lo has dicho tú... y tampoco lo creo.... Yo no he tenido tiempo de explicarte lo que ahora pasa por mí; lo que es esto de ser padre.... Te perdono, pero me has hecho mucho daño. Cuando mañana te arrepientas de tus palabras, acuérdate de esto que te digo: Bonifacio Reyes cree firmemente que Antonio Reyes y Valcárcel es hijo suyo. Es su único hijo. ¿Lo entiendes? ¡Su único hijo!

FIN